让 我 们 一 起 追 寻

诺曼·奥勒（Norman Ohler）

1970年生，德国著名小说家、编剧和记者。《代码生成器》、《中心》和《黄金之城》是其知名的"城市三部曲"。他参与编剧的《帕勒莫枪击案》被提名戛纳电影节金棕榈奖。2018年甲骨文推出奥勒第一部非虚构作品《亢奋战：纳粹嗑药史》，该书讲述了毒品在第三帝国所起作用的鲜为人知的历史，它被翻译成超过30种文字在世界各地出版。《生活方程式》为奥勒最新的历史小说。

个人网站：www.normanohler.com

程巍，北京外国语大学德语系硕士，北京师范大学教育学博士，柏林洪堡大学访问学者。现为中国传媒大学德语教师。译有《在群中：数字媒体时代的大众心理学》等作品。

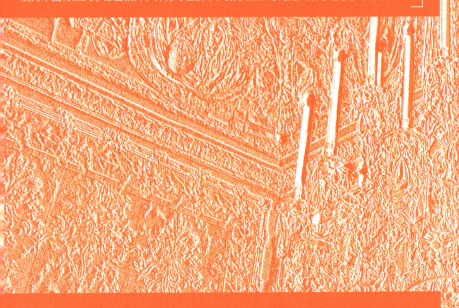

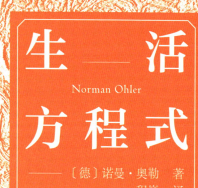

生 活 方程式

Norman Ohler

〔德〕诺曼·奥勒 著

程巍 译

Die Gleichung des Lebens

社会科学文献出版社

SOCIAL SCIENCES ACADEMIC PRESS (CHINA)

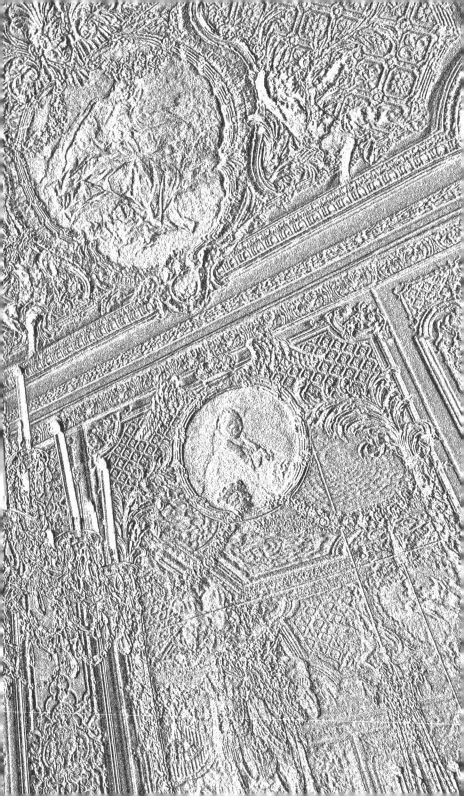

献给水神奥丁，
以及火之子德米安

主要人物

柏林宫廷

莱昂哈德·欧拉（Leonhard Euler）	数学天才
卡特琳娜·欧拉（Katharina Euler）	莱昂哈德的妻子
腓特烈二世（Friedrich II.）	国王
弗雷德斯多夫（Fredersdorf）	国王的王室管家
鲁米（Rumi）	国王的书记官
威廉·冯·施麦陶（Wilhelm von Schmettau）	王室内廷总管
西蒙·冯·赫尔勒姆（Simon von Haerlem）	堤坝总建筑师（Deichbaumeister）
塞缪尔·冯·马沙尔（Samuel von Marschall）	国务大臣
玛丽安·卡洛琳·冯·马沙尔（Marian Caroline von Marschall）	塞缪尔的妻子
西吉斯蒙德·马尔格拉夫（Sigismund Marggraf）	药剂师，欧拉的朋友

沼泽人

兰度莫·马尔绍（Radomeer Maltschau）	最大家族的掌门人
欧达·马尔绍（Oda Maltschau）	兰度莫的女儿
法伊特·马尔绍（Veit Maltschau）	兰度莫的儿子
医师巴托克（Bartok der Heiler）	兰度莫的老朋友
斯登（Sten）	巴托克的儿子
柯普（柯佩克）[Kopp (Koppek)]	兰度莫的对头，雷茨村（Reetz）人
卢卡斯·柯佩克（Lukas Koppek）	造船师，柯普的儿子
麦基（Mecki）	柯普的二把手

弗里岑（Wrietzen）人

露露（Lulu）	"金狮子"（Goldenen Löwen）旅馆的老板娘
格洛丽亚（Gloria）	露露最好的朋友
劳勒（Raule）	"金狮子"旅馆的经营者
威廉·弗里策（Wilhelm Fritze）	弗里岑市长
库尔茨（Kurtz）	鱼市总管

其他

F.K. 马伊斯特 (F. K. Mahistre)	法国工程师，已死
边疆伯爵卡尔·冯·勃兰登堡 (Markgraf Karl von Brandenburg)	圣约翰骑士团 (Johanniter) 团长
曲莫勒 (Kümmerle)	"弯地" 的工头
一条大白鲇鱼	

目　录

I

第一章

土地

地图不是风景。

——劳伦斯·斯特恩（Laurence Sterne）

清晨的空气仍旧潮湿，却已闷热得让人透不过气来。奥得河（die Oder）上弥漫着巨藻、鱼类、水草、泥土和海水的混合气味。晨霭笼罩着沼泽。库尔茨是弗里岑大鱼市的总管，他处事老到，经验丰富。1747 年 7 月 7 日，盛夏这天的清晨，库尔茨还没有喝咖啡，就开始了他的日常巡视。在沿着懒海（Fauler See）驾船行驶的过程中，他遇到了一件稀奇事。库尔茨有着一双眼窝深陷的眼睛，平时一笑便不见了踪影。而此刻，他的眼珠前凸，目光流露出惊骇与恐惧，尽管他平时是一个让别人心惊胆战的人。不，他绝不是一个怯懦的人。在弗里岑以及在整个沼泽地带，人们都知道面对他可要小心行事，因为在他的管辖范围——远至福莱恩瓦尔德（Freyenwalde）、奥得伯格（Oderberg）甚至施韦特（Schwedt）的鱼市交易中，他可以为了维护规矩而动用几乎任何手段。他总是随身带着他那把象征权力的鱼尺，就装在长筒靴的侧袋里。那是一把有小臂那么长的铁尺，如果有人贩卖的梭子鱼或者其他什么鱼没有达到鱼尺的长度，他会毫不犹豫地拿着这把鱼尺对其施刑，正如弗里岑的市长弗里策所要求的那样。

　　库尔茨有着强壮有力的臂膀，划船技艺高超。当他驾着他那艘灵巧的小舟，风驰电掣地追赶沼泽居民，并且抓了他们非法捕捞梭子鱼现行的时候，他可是毫不留情的。在他看来，行刑柱并不是出自黑暗时期的过时刑具，即使在这个启蒙时代，在阳光普照的 18 世纪，当行刑柱已经无处可寻的时候，他还是将其看作能够达到预想的威吓效果的有效工具。然而他这样做却并不是因为对暴力情有独钟，而仅仅是出于对弗里策的忠诚，为了他忠心服侍的主人，他觉得理应如此。

　　尽管外表看来并非如此，库尔茨骨子里却是一个温柔的人。曾经有那么一阵，他昏沉的大脑甚至将这个异常炎热的清晨所发生的一切都归于梦境。几分钟前他刚刚在妻子艾斯卡（Elska）的身边幸福地醒来，什么烦恼都没有。是的，有那么一小会儿他恍然觉得，自己还流连在那个虚幻的世界，仿佛陷在一场梦魇里，想要立刻醒来。但他已经醒了，明白了这一点后，他的恐惧变成了纯粹的惊骇。

库尔茨下意识地倒吸了一口凉气。尸体在他看来并不是什么新鲜玩意儿。但是面对这具被鳗鱼和其他食肉鱼类啃噬了的，部分覆盖着浮水蕨（Schwimmfarn）的躯体，他还是屏住了呼吸。最让他震惊的是那张脸，死者的嘴巴大张，就好像在喊着什么。"沼泽"（Sumpf），库尔茨默念，"沼泽"。

这时他的脑子恢复了运转。不管死的是谁（肯定是生活在这片沼泽上的一个文德人①），自己是不是有责任处理这件事？是不是该把尸体打捞上来？就在纠结于这些问题的时候，他发现在这堆泛着棕绿色的东西里有什么在闪光。他尽量控制住自己，克服恶心感，弯腰向下，不去看死者那张残破的脸。他用指尖够下去，把它从一堆黏糊糊的东西里取了出来。一块镀金怀表。库尔茨难以置信地摇了摇头，翻遍整个贫穷的沼泽地区也不可能找出这么一个值钱的玩意儿。他疑惑地用手绢擦去怀表上的污渍和泥巴，果然，表的背面刻着一个人名：F. K. 马伊斯特。

是建造新运河的工程师！原来是那个无礼的冒失鬼！那个骑着黑马从首都来的家伙。三天前他还在"红百合"碰见这人在痛饮。库尔茨惊恐地把怀表揣进兜里，把尸体拉上小船，撑船离开。他惊慌失措地以最快的速度将船驶回了弗里岑。

① 文德人（der Wenden），西斯拉夫人的一支，5 世纪起即开始定居于德国奥得河一带。——译者注

热

同一天，柏林的 1747 年 7 月 7 日也是一个炎热的周五。赶去参加午后读书会的女士们汗流浃背，不断摇着手里的小扇。热风掺杂着边境吹来的沙粒，沿着排水沟追赶破碎的纸片。车轮在前面马匹踏起的扬尘中前行。云雀兴奋地在林荫道两旁的树上唱着歌。时不时会有一片枯萎变黄的树叶翩然落在干燥的路面上，那里尽是皇家科学院的绅士们在赶往沙龙时留下的靴印。在夏日艳阳的映照下，皇家科学院的砖墙闪着光。下午 4 点，绅士们打开房门，宣告周末的到来。继而他们在这里就沃尔夫（Wolff）的超验哲学思想展开讨论。沃尔夫进一步发展了莱布尼茨（Leibniz）那引起了轰动的理论，前者认为，世界最内核的构成并不是死板的、不可再分的原子，而是活跃的、可以无限分割的能源点。

对于莱昂哈德·欧拉来说，这样的一个周末将不复存在，但是目前他还并不知道这一点。眼下他正站在这座庞大的、崭新的学院楼门前，为自己的执拗感到骄傲。他一向拒绝佩戴那种被轻描淡写地称为"假发"的头饰，而只是戴着他的妻子卡特琳娜为他用浅蓝色的丝绸缝制的帽子。这顶帽子戴在他头上，与他那浓密的、弯曲的、深色的、沉思似的眉毛形成了鲜明对比。此刻，欧拉刚刚离开学院大楼，热切地想念着家里那张总能给他带来宁静的写字台。他看了一眼腓特烈城市教堂那法式塔楼上的钟，掏出怀表对了对时间。四个小时之后，宴会将在和家同样遥远的波茨坦（Postdam）举行，而他还得换衣服。无忧宫（Sanssouci）里的一次晚宴——这是他当下最不缺的东西。除了在宫殿规划阶段去了一次之外，他到目前为止成功地避开了所有在那儿露面的可能，就连几周前的揭幕仪式都没有参加。但这一次信使明确地表示，国王不会再容忍任何托词。不过当欧拉问他，这么匆匆忙忙地送来邀请到底有什么重要的原因的时候，信使却并没有回答。

为什么要搞这一套幼稚的掖掖藏藏？欧拉闭上他的左眼，在深蓝色的丝绸马甲里搜寻，又在过膝的黑色亚麻裤子兜里翻了翻，找到了他的烟草，塞进烟斗。片刻过后，他的嘴通过烟斗和外界取得了联系。在马车里自然无法再思考与工作相关的事情，更何况柏林和波茨坦之间还没有一条像样的马路。在路途中等待他的将是沙子，来自边境的厚沙会不断地卡住车轮。马车必须一次次地启动，又重新卡住，这让人无法集中精力去想与高等数学相关的问题。难道腓特烈大帝（der große Friedrich）不明白，停止计算的每一个小时都会消耗掉不知多少知识？而人的生命有限，我们并不知道我们的一生中能够拥有多少知识……牛顿的成就、伯努利（Bernoulli）的精炼给数学和物理打开了广阔的空间，每一天都有新的发现被提出——啊，国王要是对这一切有个一知半解该有多好！

欧拉把绘有麋鹿图案的烟草盒放回兜里，点燃烟斗，把火柴扔到石板路上，殆尽的烟火中升腾起一个浅灰色的烟圈。他原本想好，只在特殊情况下才吸烟——只在单凭精神的力量无法再保证心情平和的时候才抽。没错，他经常抽烟！不，有一点他很确定，今天晚上他不会赴宴。难道他不是正醉心于他那开创性的著作《引论》（Introductio）吗？这部著作将世世代代被视作每一部数学教科书的模板和基石。难道他不是正因如此才无暇去波茨坦赴宴吗？对，这正是他所做的。对，他没时间。

此时的天气热得让他不由得松了松衬衫的绉边，将其披到领子里。在他的眼罩下面，聚集的汗水刺痒难忍，他将眼罩掀开，用食指擦拭了一下眼眶。他失去这只右眼是在几年前，当时他正在策划绘制俄国地图——毕竟这是世界上面积最大的国家，而这也将是世界上最大的地图。这项工作原计划在几周内完成，但是他在圣彼得堡仅用了一个漫长的、无眠的周末就完成了这项壮举。对于他来说，这个周末没有日落。事后他发了高烧，再加上心力交瘁，引发了右眼的溃疡。就这样他失去了右眼，如今那里只留下一个空洞。

但实际上这件事给欧拉带来的苦恼有限。虽然他的样貌因此变得显眼，尤其是戴上眼罩之后显得有些鲁莽，但是自己的眼睛看上去怎么样对他来说无所谓：反正自己看不见。然而这种引人注目却成了他的困扰，因为宫廷里的人爱议论，所以他的独眼变成了对他的乖戾的一种强调。虽然他可能确实有点乖戾，但他并不想人们把这个看得太重。因为一旦如此，人们就开始注意他，而他则宁愿继续隐身，因为隐身才是计算的最好条件。

欧拉的烟斗抽得太猛，打断了他的思绪。对晚宴的怨恨已经在啃噬他的注意力。他得赶紧回家换衣服，并且尽早动身，这种被胁迫的匆忙让他感到厌烦。他不情愿地沿着学院楼的石墙疾走，摇着头，拐进了文德马赫巷（Windmachergasse）。几分钟后他来到了施普雷河（Spree）边。这里河水碧绿，在炎热难捱的日子里来到这儿总能感到些许清凉。十余艘货船停靠在遍布着制绳场、布店、酒馆和赌窟的岸边，在大坝前等待着开闸。

莱昂哈德·欧拉喜欢到这里来。他像个孩子一样痴迷于船只，甚至计划出版一部两卷本的船舶学著作，从而成为流体力学的权威。这部著作将会介绍造船的科学基础知识，并且开发一种单螺杆的驱动方式，尽管实现这种驱动方式所需要的能源目前尚不存在。此刻，他一边悠闲地将烟斗抽完，一边想：没错，正是围绕着这个核心，围绕着那些限制水位的船闸，这个城市在不断地发展、扩大。河流构成了这个国家的血脉。越多的河流被改造成流速平稳的笔直的航道，这些血管的血就流得越快，生命也就更加富有活力。他欣然环顾四周，醉心于这种发展的景象之中。到处一派欣欣向荣的景象：一个绳索匠正和他的助手把巨大的粗绳盘搬到驳船上；一名船长将一个铜板丢在了桌上的啤酒杯前；工人们正在为更大的新闸池挖坑。欧拉觉得背后有动静，他惊讶地转过身去，但那只是一辆吊车，两个赤膊的彪形大汉正在将它的吊臂高高摇起，好去卸载驳船上装满货物的亚麻袋。一个女人朝他走来，笑容中带着风情。她深棕色的头发披散着，但与之相比她的衬衫显然散得更开。她的嘴里已经没有几颗牙齿。"我知道这位先生在想什么，"她搭讪道，"但是对不对呢？还是要我说出来让这位先生吃一惊呢？"

欧拉被搞糊涂了，但他还是友好地摇了摇头，继而坚定地转身朝贝伦街走去，那是他家的方向，离这里不远。他很疑惑，这个女人是否真的知道他在想些什么。因为他的脑海里恰恰会经常浮现这个念头：有时候他真的感觉，自己的思想并不是私有的，而是公共的，是公有财产。

他转过街角，家里房子那华丽的外墙就已经出现在眼前。一座真正的庄园。管理处在这方面还是很大方的，这倒是挺不错。他时常会想：管理处的那些人是真的尽了力，尽管他也知道，给他这幢房子只是为了安抚他，而它也确实安抚了他。没错，这幢坚实的、宽敞的二层楼让他过上了最高规格的舒适生活。这也是他尽管对自己还没能就任学院院长一事万般不满，却仍然愿意留在柏林的原因。换作另外某个地方，他肯定不得不在生活条件上有所让步，就连在彼得堡也是一样。一想到这点就会让他不悦，因为他认为，既然自己已经缺少内心的安全感，那么这些外在的安全感就是他急切需要的。毕竟他是一个有家室的人，另外他还是一个瑞士人，这是不争的事实。没错，对于在柏林的生活他没什么可挑剔的，这是他常常告诫自己的。他有个好太太，已经有三个孩子，以及每年1200塔勒（Taler）的俸禄。为什么还要有疑虑？有什么可疑虑的呢？

正当他敲响自家的门铃，一个外表脏乱的男人从他的身边走过。这人跟他的年纪相仿，三十八九岁的样子，眼睛已经瞎掉，只剩下黯淡的白色眼珠。这人"盯着"他，一头毡子一样的乱发随着脑袋剧烈地晃动，话语仿佛是从腐烂的牙缝里挤出的："不，您帮不了我！没人能帮我。算了吧，您帮不了我！"欧拉盯着这个瞎子，问他发生了什么事。这人回答说，他无法区分日和夜，因为他小时候在去洗礼的路上，被放在敞篷雪橇上，在严寒里奔驰了一个多小时，那时候他的眼睛就被冻瞎了。欧拉把手伸到马甲里，想要取出一枚钱币。但不知道是乞丐没有注意到，还是有意拒绝施舍，他已经提前走开了，嘴里又一次念叨着："没人能帮我。当基督徒，为了这个特权，我已经付出了很多。"

欧拉目送瞎子走远。凭直觉他认为这个男人说得有道理。这让他心生悲悯，为他惋惜。欧拉当然是帮不了他的，即便每个人总是在说：如果大家都为社会进步尽一份力，这将是理所当然的结果，因为社会的进步也就等同于每一个人生活条件的持续改善。而莱昂哈德·欧拉此刻甚至都不知道，数学能不能解决问题，还是它仅仅在创造更多的问题。这样的想法他不曾向任何人透露。因为，这个大等式，连同这个社会的大等式，难道不是很有可能最终会因违背所有人的心愿而无法成立吗？要知道，这世上有些东西要比光天化日之下那些显而易见、无可争议的事实更加深奥……

这样的以及类似的想法总是在折磨着他，但同时也对他提出了有益的挑战。此刻，他一边纠缠于纷繁的思绪，一边进了家门。来给他开门的是女佣莉莉安娜（Liliana），一个身材圆滚滚的阿尔萨斯女人。欧拉到衣帽间把帽子挂上，一边习惯性地抹了抹褐色的短发，一边像往常一样照镜子。他的左眼看起来有点儿发炎，他必须保护好这只眼睛，不能再因为悲天悯人而过于激动。他穿过房子的一楼，这里有两间相互贯通的小型茶室，装修风格高雅，摆放着桃木材质的沙发椅、长榻和桌子。沿着弧形的楼梯上楼后，他穿过挂着家族肖像的走廊，走进铺着地毯的卧室。卧室的墙上贴着鹅黄色的壁纸，床是莉莉安娜新铺好的。像往常一样，他朝床下看了看，确认是不是有人藏在那里——像往常一样，那儿并没有人。旁边的衣橱是花样繁复的 17 世纪风格，这是他离开彼得堡时一并带来的。据他自己说，这是为了让他的大衣能继续挂在俄式的风景中。有好一阵儿，他呆立在敞开的衣柜门前，琢磨着晚上应该穿些什么。他的面前挂着刚刚熨烫整齐的半裙和裤子。这种井然有序都是他太太的功劳。他经常站在打开的衣柜门前，惊讶地看着里面一排排的衣物，不禁感叹一切是如此整洁。

欧拉走进书房，这是他最喜爱的房间。正对窗的位置摆着一张西伯利亚松木写字台，后面是一张包马皮的工作椅。他倒在椅子上，看向窗外，像往常一样对眼前这自认为完美的景色感到满意。除了离窗不足两米的隔火墙，那里空无一物。这堵墙遮挡了他的视线：真好！从最开始他就把这堵墙看作家里这间书房的最大亮点之一。因为白天它可以阻断任何可能会让他分心的视线；而到了晚上则恰恰相反，当他试着放松下来，这堵墙就会奉上一幅如梦似幻的抽象画。这幅画每次都有所不同，画的内容就是他身边这座正处于快速发展之中的城市。虽然在黑暗之中这堵砖墙也一样让任何一次远眺的尝试不可能成功，但是旅馆和餐馆的火把和照明灯，以及街灯摇曳的光影会不断地从墙的上沿透进这间斗室。这时，墙壁上就好像被敷上了一层光膜，上面的条纹和斑点跳动闪烁。他可以花好几个小时就坐在写字台前，贪婪地欣赏这幅美景，因为这就是关于发展的生动呈现。

他不由得想起那个瞎乞丐，感觉到自己即将进入一种游离状态。他拉开写字台最下面的抽屉，里面放着鸦片酒（opiumhaltiger Wein，含鸦片的葡萄酒）。此刻只等着时间来检验，到底是喝的酒会先起作用，还是忧郁的愁绪会先占上风。他将小瓶子从抽屉里拿出来，拧开瓶盖，开始喝起来。他明白：喝下去的每一口都会耗费掉他一小时的计算时间。但是，他的精神一旦崩溃，有时他甚至一整天都无法工作。

这时，他的儿子约翰（Johann）推门走了进来。他脚上崭新的黑皮鞋擦得闪亮，身上穿着深红色的灯笼裤、白色的亚麻衬衫，戴着蓝色的领巾，手里拿着深灰色的檐帽。他站在那里，紧紧抿着嘴唇。

"你有什么事？"欧拉有些粗暴地问道，并把鸦片酒收进柜子。难道约翰看不出来他正在工作吗？欧拉知道：若不是有充分的理由，约翰是绝不敢来这个房间找他的。

"我已经想好了我这辈子要做的事。"

"很高兴听你这么说。但愿不是科学。"

"就是科学。"约翰垂下头。他随时都可能会憋不住眼泪：这一点两人都心知肚明。

"我只不过是开个玩笑。但是确实得非常小心才行。"

"小心什么？"

13

"小心谁，得这么问。"

"那么小心谁呢？"约翰用那双漂亮的大眼睛看着他，那是一双让他的父亲嫉妒的眼睛。

"小心你效命的人，因为科学家总要为人效命。"

"那有没有不必为别人效命的职业呢？"约翰现在想知道。

"真正的艺术家。"欧拉说。

"那我想成为一名真正的艺术家。"

欧拉微笑着摇了摇头。他的儿子将成为一名科学家。这欧拉早已知道，因为一方面他有时能洞见未来，另一方面他也有足够的影响力，能让约翰早早进入科学院；他的声望让人无法拒绝他的要求。

"好啦，走吧！"他一边对儿子说，一边站起身来。他抚摸着儿子的后脑勺，把他送出门去。

这时，卡特琳娜从她自己的那间稍小的卧室里走了出来。她和她的丈夫同年出生，都是 37 岁。她虽然有点娃娃脸，但是面容也堪称标致。金色的头发被紧紧束起，因为这样会让她看起来更加端庄。但因为她又怀孕了，而且已经到了第六个月，所以现在她穿着一条宽松的天蓝色孕妇裙，外面套一条同样是蓝色的深褶罩裙，裙子的前面是低开的胸口，以便突出里面的鲸须紧身胸衣。她有些头疼，睡得并不是特别好。

"国王说话的时候不要打断他。"她没有问候丈夫和儿子，而是说了这么一句。她走了过来，将原本就细长的浅蓝色眼睛眯了起来，好看得更加清楚。她的手伸向欧拉的右耳，把挺立在那里的那撮不听话的头发别到耳后。同时，因为她的一只胳膊夹着本厚厚的书，所以只用另一只手捋顺丈夫的头发，让它看起来更加有型。将发型调整满意了之后，她又走向敞开的大衣柜，片刻思考之后，抽出一条平布系扣款的裤子。她让丈夫把两只脚交替抬起来，好给他穿上裤子。

"你拿的是本什么书？"他能闻到妻子身上的茉莉花香水味，他喜欢这种味道。

"塞万提斯的书。真是让人不忍释卷，你看过吗？"

他摇摇头。"那我也不会看的。现在大家都热衷于读小说，但我并不是其中的一分子。以前人们常常求助于工具书，现在它们也变得没有那么重要了。这样的变化对于我来说并不是什么好事，因为我就是做工具书的。人们回到幻想的世界，理性的时代因此涣散——而我恰恰是理性时代的主角。"

"真的吗？"卡特琳娜倚在他的胸前，审视地看着他，"因为本地的生活更多地体现在小事上，所以无论理性的时代是来还是去，像你所说的，人们逃往幻想的世界，其实并没有什么稀奇，不是吗？"

"小事？"欧拉笑了。"这里毕竟是这个大洲未来的权力中心之一。我实际上在行使科学院院长的职责，今晚应邀去皇宫赴宴。这些全都不是小事。"

"科学院的院长是莫佩尔蒂（Maupertuis），"卡特琳娜更正他道，"就算你做了所有的工作，你也只是数学系主任。至于你要去跟这位奇怪的国王共进晚餐，我也并没觉得有什么了不起，我听说他最爱吃加巧克力和酸樱桃的杏仁蛋糕。再说：普鲁士是权力中心？在这方面，我在俄国可是见识过其他规格的。"卡特琳娜边说边帮他系上裤子上最后一颗纽扣。

"一切都在证明，这个国家正在朝着好的方向，向前发展。"欧拉对卡特琳娜的话无动于衷，他的回答也好像在给自己打气。"这里不再是一个含苞待放的，而是一个花红似火的强国。它的累累硕果必将是举世无双的。国王现在正当盛年：他会有所作为，自从赢取了西里西亚（Schlesien）之后，这一点就是有目共睹的。光辉的未来不容置疑，我在其中所起的作用也一样不容置疑。"欧拉对自己的表述深感满意，在嵌入柜门的水晶镜子里打量着自己。他正了正眼罩。"无论如何，科学都在大踏步地前进，"他喃喃地说，"这使得整个社会蓬勃发展，把它带到一个新高度。"

"新高度？"卡特琳娜耸耸肩，"到目前为止，国王主要是通过军事行动达到这个新高度的。"

"我不想再吵了。"莱昂哈德·欧拉满含爱意地抓住妻子的手臂。因为她明显比他矮，所以他得低下头去。他看着她的脸，亲吻了她的嘴唇。"你没被邀请我也觉得很抱歉，"他轻声说，"国王……按他自己说的，现在受不了在新的郊外行宫里安排'闺房'。就连他自己的妻子也只去过那里一次，还是在他本人也在的情况下。"

"我听说了，"卡特琳娜回答道，她用浅蓝色的眼睛紧紧盯着自己的丈夫，"毕竟我嫉妒你是有原因的。咱们在柏林已经住了好几年了，而我还从来都没有见过国王本人——在这方面，我在俄国也是见识过别的风俗的。"

"第一次见他本人，我现在真的非常害怕。"

"为什么害怕？"

"因为宫廷里的人都不喜欢我。腓特烈管我叫独眼计算巨人（Rechenzyklop）。"

"唉，亲爱的。"她抚摸着他的左脸说。

"但我不得不去。"

"是的，"她温柔地说，"人们已经在窃窃私语了。"

"是吗？他们怎么说的？"

"他们说，你本有几次机会可以面见国王，但是都被你白白浪费了。"

"但是我……"欧拉刚要开口说话，卡特琳娜就把食指放到了他的嘴唇上："你怎样拥护腓特烈并不重要。唯一重要的是，宫廷里的人怎么想和怎么说。如果你想抓住机会，在未来的某个时刻接任莫佩尔蒂的位置——虽然你并非出身贵族，但这是你的抱负，你也有这样的才能，那么你就必须……圆滑些。一种瑞士人特有的品质，不是吗？"

"所以尽管我要计算，我还是得去啊。你真是一个好太太。"

"那你什么时候回来？"

"因为是晚宴，所以我今天可能要住在波茨坦了。这样的话，就算明天早上 6 点起床，一个小时后启程返回，恐怕也无法在 12 点之前赶到柏林。随后我还得去科学院，好把损失的时间补回来。这样算来，咱们要等到明天晚上晚饭时分再见了。"

卡特琳娜叹了一口气。"别忘了，莱昂哈德，国王说话的时候不要打断他，"她又重复了一遍她的建议，"就算你觉得自己是有道理的——当然你一直都是有道理的。可别像平常那么执拗。另外尤其要注意，不要谈论数学。没人对数学感兴趣。"说着，她转向紫杉木的衣柜，从里面为她的丈夫找出了搭配的袜子。

梭子鱼捕手之家

在 7 月 7 日这天的傍晚，空气仍旧温热，夜晚看来会非常美好。沼泽的男人们聚集在雷文（Lewin）村，这里可是捕捞梭子鱼的绝佳地点。在这个古老的的村子里，两口水井，麦芽酒厂和巨石罐子，中间遍布着猪圈的中央广场，14 间为没有房产的自由人而建的黏土小屋，以及湿地和草场像星星一样四散分布。这个星形村落就位于乌肯尼策（Wuckenitze）河的湍流旁。但是，有时其他地图也会把它标注在沃尔茨尼（Volzine）河的旁边——这可能跟年份以及水流改道有关。少数时候雷文村甚至被认为位于马尔拉克（Mallacke）河与亚麻沟（Leinengraben）的交汇处。有时为了方便，人们干脆省去了这些时而叫这个，时而又改叫那个的河流名称。如果就连这样的混淆都拦不住某些非要去雷文村一探究竟的游客，那么人们就会建议他们从"血腥谷"出发，一路向南，朝"下拉泽"（Untersten Ratze）的方向走，直至即将抵达特雷宾湖，但一定要注意不能把它和懒海（die Faule See）弄混了。为了让混淆来得更加圆满，有些地图把上述水域称作大海（die Große See）。而位于弗里岑上游的，由于汇入了莫里尼辛河（Morinichen）和巴尔多纳河（Bardaune）而变得丰盈的奥得河段则被称为懒海。但是这一切都没有关系。因为每个人都知道，在这片水和灌木丛的错综交织里，地面稍稍高起的地方就是雷文村的所在。在那里，所有桁架结构房屋的山墙都朝向村庄的广场。这些房子的中心则是马尔绍家的庭院。一家之主是年老又顽固的兰度莫；女儿欧达有着深色的头发和绿色的眼睛，脾气是出了名的喜怒无常。他家有全村最大的鱼桶，那是一个黄铜制成的珍品，欧达常常会把它擦得锃光瓦亮。

马尔绍家的芦苇屋顶上长满了谷物，屋顶的坡度很大，甚至伸手就能够到它的边沿。在离他家不远处，就是被称作"梭子鱼捕手之家"的谷仓（Reißscheune）。沼泽下游（Niederbruch）的渔夫们（这里几乎所有的男人都是渔夫）利用这块地方收拾他们捕捞到的鱼虾，也在这里讨论所有重要的话题，常到深夜都不散去。夏天他们就坐在谷仓外面，时常还有月明星稀的夜空相伴。

这时候人们讨论的是闯到渔网里来的各式让人震惊的物种，关于拦河筑坝的可行性改良方案，或者是否要在盛产鳗鱼的特雷宾湖畔盖一间更大一点儿的船坞（Bootshaus）。大多数情况下，沼泽的男人们都能达成共识。但如果人们的意见不合，无法说服对方，作为最古老家族的一家之主，兰度莫·马尔绍就会应邀参与发言。据说马尔绍家是波克（Bog）人的直系后代，而波克人就是最初从遥远的东南方迁徙而来的沼泽人的祖先，据说所有的沼泽人都是他们的子孙。

兰度莫每天都喝啤酒，但是只喝一杯，不会超量；他只吃鱼和蔬菜，只抽上等的烟草，总是待在户外，没人知道他的真实年龄。他身上的一切都给人一种繁茂的感觉，尤其是他那把浓密的黑胡子，只是下巴上有了一抹轻微的灰白浸染。他深色的眉毛下面，一双棕色眼睛分得很开，看人的时候总是直盯着对方。同样是深色的蓬乱头发盖在头顶，让他的脑袋和敦实的身材比起来显得过大。在他的鼻根上方刻着两道深深的、由于经常皱眉而产生的纵向皱纹。很多很多年前，兰度莫失去了他的妻子沃尔娜（Wolna）。自那以后，虽然从来也没有缺少过机会，但是兰度莫并没有再娶，这也让他的威望进一步提升。在这段婚姻中，沃尔娜为他生了一对异卵双胞胎：美丽而又任性的女儿欧达——人称"母梭子鱼"，以及变幻莫测的儿子法伊特，朋友们（但是不包括兰度莫）都叫他"狼"。有些好事者对法伊特做出了不祥的预言，说他因为缺乏决断力，永远也无法继承兰度莫的衣钵。法伊特的妻子马格德莱娜（Magdalena）是个丰腴的女人，继承了雅尼人（Jany）古老的采克里克（Zeckericker）血统。现在她马上就要生第一个孩子了，这不仅让法伊特激动万分，也让兰度莫异常兴奋。在这样的家庭氛围中，常常显出忧郁情绪的欧达就更加形单影只了。

虽然在人称"鲇鱼"的兰度莫身上，一切资源都显得无比充裕，但他却常常把自己的声音压得很低，因为他知道，这样一来人们必须更加认真地听他讲话。实际上，他也确实常常讲话，因为与别人相比，他负责的家庭相对较小，这样一来他就有更多时间去关心村里人的福祉。这个男人也确实把这项职责履行得很好：村民有了纷争，他就负责调解；当要追忆很久远的历史，所有人也都来找他。他既有才华又有丰富的想象力，总是负责给大家讲五花八门的故事。

傍晚时分，人们就让兰度莫给他们讲沼泽的故事，他也确实有一大堆神乎其神的东西可讲，直到讲得听众都如痴如醉。一会儿工夫，所有人就都如同徜徉在幻想的天堂里。就连遥远的过去，他也能讲得真切。他给大家讲以前生活在这块土地上的古欧洲野牛、毛犀牛、珍野牛、猛犸象和森林象；讲述那些或是突然发生又结束的，或是绵延数千年的历史事件。他的故事不拘泥于空气中草籽儿的芬芳，湖泊里的鱼虾王国，或者是河流多变的走向。他也不光会讲那些退潮以后，人们摇摇苹果树就会像成熟的果实一样纷纷落下的美味的螃蟹。他常常挂在嘴边的还有一种爱，这种爱将人们（也包括他自己）和这沼泽联系在一起：这是一种世世代代延续的，世间少有的爱。

在这个特别炎热的周五傍晚，兰度莫穿着一条黑布的齐膝半裙，裙子上有一排排列紧密的银纽扣。他摇了摇黄铜铃铛，宣告梭子鱼捕手之家的集会开始。这个黄铜铃铛平时就挂在谷仓里正面的墙上，紧挨着弗里岑执法官库尔茨的画像。这位政府派来的、正式官职叫"渔业总督"的人是个狠角色，所以他的画像上有一个用两根红木条做成的叉。男人们坐在两根长长的橡木方料上，面前是平时用来拆网的光秃木桩。由于梭子鱼鱼血的浸染，如今木桩已经呈现深红色，并且泛着金属的光泽。木桩上的陶罐里，盛满了自酿的啤酒；这是因为各码头的人们只信赖自家酿的酒，不能接受别家的。在长长的黑色木质烟斗里，人们抽的烟草也是自带的。

"伙计们，"兰度莫平静的声音一出，所有的交谈都沉寂了下来，"咱们都听说了今天早上懒海岸边发生的事儿。有人发现了一具尸体，一个国王手下的人死了。听说，这个人不是简单地翘了辫子，而是有人解决了他。咱们得小心防备，做最坏的打算：不管是不是咱们的人干的，报复都将是可怕的。"

"什么叫不管是不是？"麦基（Mecki）激动地站了起来，他是雷茨村人，是兰度莫的老对头柯佩克的亲信。在紧勒的皮帽子下，他的宽脸盘看起来总有点儿挖苦的意味，像个未老先衰的孩子。"还能有谁？几个月以来，你一直在说要运用所有的暴力手段来抵抗国王的计划。这些弗里岑的人也是知道的，现在那里的人都在造咱们的谣，说咱们是杀人凶手。这是整个沼泽的灾难！"几个渔夫（也就是柯佩克的所有拥护者）或是点头，或是嘟囔着表示同意。"说吧，兰度莫，"麦基接着说，"是谁？或许是你儿子。谁知道他在想什么？在做什么？！"

"不要污蔑法伊特，他正陪着他的妻子。她很快就要生产了，"兰度莫坦然自若地反驳道，"我儿子有时的确做事有些草率。但要是再说一次他是杀人凶手，就有你好看的。"他从腰带里抽出匕首，慢慢地来回比画着，继而皱起眉头说："难道大家不觉得，这件事情的发生就好像是故意要嫁祸给咱们，好让咱们合情合理的抗争反而变得见不得光？不，法伊特没有杀人。咱们中间没有任何人杀人。但是咱们要防备那些企图摧毁咱们世界的人，这完全是另一码事儿。"

"咱们的地盘上出了点岔子，这还远不能摧毁咱们的世界。"麦基声调激昂地说。

"法伊特昨天在弯地，"兰度莫回答道，"现在那儿已经有几百个外乡人驻扎下来。他们住在帐篷里，按照腓特烈的命令挖着咱们的土地。咱们都知道弯地有远古时期留存至今的巨石，咱们都对这块地充满了崇敬之情，把它看作咱们祖先的坟基。这口气咱们可咽不下去。对吧，伙计们？！"

很多渔夫举起了拳头，大声喊出了他们的不满。但还有不到一半的人保持沉默，平静地看着兰度莫。

"你在胡说些什么？"麦基的声音越发尖锐刺耳，"大概那是你的祖先以前的坟包吧。伙计们，沼泽现在有发展，咱们应该高兴。现在建的这条运河是一项杰作。执行建造任务的都是国王身边最才华横溢的那帮人。别忘了，这也是咱们的国王。而且还会有一个新的大坝为一切提供保护，这可比咱们用牛粪垒成的堤坝强上百倍。到时候咱们就终于能安稳地过日子了。"

"但是将由谁来控制这个大坝？"兰度莫摇摇头，"我告诉你们：是建造它的那些人。到时候，咱们就必须仰仗着这些人的保护，而不能再像现在这样自己关照自己。那时咱们的自由也就一去不复返了。所以，咱们倒不如相信自己的力量。大家都知道：风暴威力巨大，它的每次到来都让人心惊胆战。大坝总有溃堤的时候，付出了很大的代价求来的保护也会突然弃咱们于不顾……到时洪水临近，咱们却没有准备。而且咱们也不能忽视了周围的山，必须时刻清楚，是不是有积雪，这些雪什么时候融化，什么时候冲到咱们这儿来。洪水的事儿咱们自己能解决。再多的我就不说了。"兰度莫环顾四周，感觉到男人们听懂了他的话。

但是麦基马上提出反驳："你们还记得吗，伙计们？咱们的堤坝上一次溃堤是在十一年前。那时候整个沼泽都成了一片汪洋，整个村子都淹在水里。一些人没了办法，绝望地想要划着汤盆回到自家的院子。但你们知道吗？那玩意儿一坐进去就会翻个儿！咱们的房子淹了水，咱们得把牲口从圈里面救出来——大家还记得吗？牛都站在快没过自己身体深的水里，吓得直哆嗦。"麦基用袖子擦了擦额头上的汗。他的话让他自己心绪难平，就好像重新经历了一次这一切。"你们的耳朵里难道没有那些哭喊声、牲畜的号叫声、马儿惊恐的嘶鸣和野狗的狂吠吗？水鸟来了咱们村子，它们可真是好好地美餐了一回。你们难道听不到它们吵闹的叫声吗？咱们后来吃了冲到岸上来的死鱼，那可不是什么好吃的鱼，鱼肉都已经腐烂发臭。吃了以后有些人高烧不退，另一些人则起了严重的疹子，身上发出难闻的味道。咱们的手和脚在碰了那腐蚀性强的水之后都长了脓包。手指和脚趾间生了疮，就像疥癣一样四处蔓延。很多人都脱了皮，而咱们除了用焦油，或者车轮润滑油配淤泥之外，也再没有其他的东西可以涂在伤口上——你们还记得吗，那有多恶心？伙计们，如果挖一条新的运河，那咱们就再也没有这些烦恼了。而且咱们还会变得有钱。"

"有钱？"兰度莫的两只眼睛拧在一起，眉毛几乎成了道双弧线。他严厉的目光越过梭子鱼捕手们的头顶，向前延伸过去。

"想着有朝一日变有钱的人，当下一定是贫穷的，而且穷的是灵魂。亲爱的伙计们，咱们可不是这样的人。"他喝了一大口啤酒说，"我这么跟你们说吧：贪婪是一种罪，并不适合咱们。"

"嘿，兰度莫，有事说事，"麦基说，"多赚点钱有什么不好？有钱就可以买好东西，买咱们自己做不了的东西：工具啦，漂亮衣服啦，给咱们漂亮的媳妇儿，好锅子啦，也给咱们漂亮的媳妇儿。"

"不，那咱们就跟那帮人一样了。"马尔绍家的挚友——船磨坊那边的摆渡人库莫洛夫斯基（Kummerowski）反驳道。他穿着长及脚踝的蓝色亚麻长衫，庄重地站起身来环顾四周："兰度莫说得有道理。这些外乡人就好比九眼鳗，它们的嘴死死地嘬在咱们身上，贪婪地吸着咱们的血，直到把血都吸干。如果现在不加提防，咱们就会失去所有的力量。到时候咱们美丽的家园和安静的生活就该到头儿了。"摆渡人环视谷仓，摇摇头说："讲一个死人的是非不是什么好事，但是对这个法国人大家都已经有所耳闻了。他骑着黑马翻过瞭望山丘，四处挥霍，给女人们花线，让她们摘了帽子在古斯特比泽（Güstebiese）招摇过市。在'潮手威利'，他甚至让女人在酒馆里就脱了上衣。伙计们，可别不当回事。"库莫洛夫斯基重新坐了下来。最初没有人说话，因为他的最后一句话让梭子鱼捕手之家的所有人都感到震惊。

"哎，怎么了？咱们都别假正经了。"柯佩克猛地站起身来——他的脑袋也很大，至少可以和兰度莫的相比，所以人们都叫他柯普——他用炯炯的目光看着众人，身上穿着传统的蓝白条渔夫袍，虽然他完全有财力给袍子配上一排黄铜纽扣，但他只扎了一条未经染色的粗麻腰带。多年以来，他一直是沼泽地带最有影响力的渔夫之一。他有十几条平底船，捕的梭子鱼也是全沼泽最多的。当人们的注意力集中在他身上的时候，他慢慢地捋着自己两撇银色的胡须说："库莫洛夫斯基，你怎么对'潮手威利'里发生的事知道得那么清楚？难不成你自己是那儿的常客？"谷仓里有几个人笑了起来。"不，伙计们，咱们不能因为害怕新事物就自己毁了未来。勇敢点！我们雷茨村将会因为运河计划失去我们最好的草场。但是我们抱怨了吗？没有，因为这点儿损失将会以其他的方式换来数十倍的补偿。"等他把话说完，谷仓里充满了赞同的，但同时

24

也蕴含着不安的喃喃声。

兰度莫站了起来。他又开始低声细语，所有人必须竖起耳朵才能听清他的话："我就说一点，朋友们。现在要是不留神，咱们就完了。他们会骑到咱们的头上作威作福。我确定。面对这种危险，建大坝是没用的。只能依靠信念，伙计们，不是吗？"

屋里一片沉默。巴托克站起身来。这个身体厚实的家伙和他的妻子安娜（Anna）一起在特莱米泽河（Tremmitze）和吕克利茨河（Löckeritz）的交汇处经营着自家的风车磨坊。他们的两个女儿分别名叫阿莱娜（Alena）和汉娜（Hana），还有一个叫斯登（Sten）的儿子。巴托克是兰度莫最好的朋友，他性格柔和，即使生气也很快能自己熄灭怒火；这种快速恢复平静的能力源于他那追求和谐的天性。他永远透红的肤色加上火红的胡子和头发让他看起来像一株蛤蟆菌。因为识百草，懂得驱鬼降魔，也不畏给人接骨疗伤，所以大家通常叫他"神医"（Heiler）。凭借这些技能，他在沼泽之外也为自己赢得了一定的声誉。没有人记得是为什么，也许是因为他和兰度莫交情好，虽然他本人并不是纯粹的渔夫，但是在梭子鱼捕手的聚会上他却能享受客人般的款待。他时常也会利用这一特权，以便不受打扰地在这里好好地喝杯啤酒。"这个异乡人的死只是一个开始，也是一个信号，它代表着可怕的事情将会发生。而且在这之前还出现过其他的征兆。"巴托克用他那永远嘶哑，含混难懂的嗓音说道。

"是吗？什么其他的征兆？"麦基问，"说吧，巴托克，到底是什么让咱们不能多挣点钱，更好地养家糊口？你在吕克利茨河有你的磨坊，生活得不错，这我知道。"

巴托克看向兰度莫。对方向他鼓励地点头示意之后，巴托克讲述了早晨卧在威皮士（Welpisch）圈地，就在老博维兹

（Bowitz）家的茅屋前的三条相互缠绕的鳗鲡，虽然那些鳗鲡已经死了，但是一直到中午都还有白烟从它们的身体里升腾出来。还有，上礼拜科瓦什（Quartschen）的一个人来找他看病，跟他讲了晚上打鱼时碰到的一条蓝紫色的、叫不上名字的怪鱼，将他引到了利普（Liepe）的附近，让他迷了路。"而且我自己也亲眼看到，"巴托克最后说，"昨天傍晚有两只麻雀从我们家磨坊的风车上掉了下来。就那么掉了下来。死了！还有我的玛蒂娜，我们家的那条母狗"——几个男人笑了起来——"我没能救得了它：它像发疯一样地扑向那些麻雀，然后不小心掉进一个泥潭，被淤泥吞没。掉下去之后它的叫声相当怪异。太奇怪了，伙计们。"

梭子鱼捕手们默不作声。有几个人喝了口啤酒壮胆。

"嘿，不要散播这种谣言！这些都是胡扯。"柯佩克坚定的声音充满了低矮的谷仓。"真的。我求你们相信上帝。是他给咱们送来了这笔财富。咱们要利用这个机会。上帝给了咱们邻居，好让咱们和他们做生意。虽然咱们不认识这些邻居，但也不用怕他们。如果他们计划挖一条运河，那肯定是条大运河。咱们必须从这里面分一杯羹。关于这一点，上帝已经给了咱们启示。"他举起他的大手，接着说："大伙儿想想，咱们生活在这片沼泽，时常遇到洪水。那咱们就得靠水吃水，充分利用这个地方给咱们的财富。你们不想永远蹲在你们那烟熏火燎的小房子里，什么事都落在后头，整天可怜巴巴地刮着汤锅里的那点黄米粥吧？"

在追随者赞同的嘟囔声中，柯普从容不迫地继续讲述自己的观点。他时不时地用余光瞟一眼兰度莫，但是对方不为所动。有一阵子"鲇鱼"的脑子里甚至在想别的事情。他的思绪开了小差，想着他儿子法伊特和儿媳马格德莱娜。虽然助产士说洪水到来之后孩子才会降生，但是兰度莫感应到有事正在发生。就在这一刻，谷仓的木门开了，一个小女孩——助产士的女儿撞了进来。小女孩丝毫顾不上理睬她所带来的骚动，径直跑向兰度莫，摆手让他探头过来，在他耳边轻语了些什么。

兰度莫听罢转头面向渔夫们说："亲爱的伙计们！"他伸展双臂，准备宣布这个让他喜出望外的消息。他整个人沉浸在喜悦之中，展露出开怀的笑容。"是个儿子。我儿子法伊特，哦，是他的妻子——她生了一个儿子！"

梭子鱼捕手们立即欢呼起来，就好像这个好消息是他们自己家的一样。所有人都举起了石酒杯，将他们的喜悦之情释放到这个小小的空间。人们呼喊着向兰度莫表达祝福。很多人站了起来，跑到他身边来祝贺他，麦基和柯普也走了过来。很快，人们拿来了刻着所有人名字的玻璃瓶。这个瓶子平时只作为公物，在重要协议上封章用；现在兰度莫将它斟满藜穗烧酒（Rispenschnaps），大家轮番畅饮。

是日深夜

欧达戴着深色鹿皮帽和大个琥珀珠子串成的项链，大大的银质纽扣耳环上刻着贝壳的图案。兰度莫下身穿一条深绿色的亚麻裙，系一条有鲇鱼鱼头形状扣环的腰带。父女俩都已疲惫不堪，却难掩兴奋。过去的几个小时，他们是在老房子的小屋里和家族的小家伙一起度过的。当双手第一次接过这个粉嘟嘟的小家伙，看到他超大的脑袋上那黑色的胎毛时，刚刚当上爷爷的兰度莫就已热泪盈眶。然后，他拥抱了儿子法伊特，这家伙已经高兴得几乎说不出话来。

"给他取个什么名字好呢？"欧达打破了沉默。她从腰带的活套中抽出长刀，砍去垂在草地上的树枝，好让父亲通过。两个人走过用公牛血涂刷的一长排烤炉。为了防范火灾，人们把这些炉子搭建在离村庄足够远的地方，它们看起来就好像土拨鼠拱起的一个个巨大的土包。

"虽然是早产儿，但他的个头很大。他已经等不及了。他会是一个大人物。"兰度莫的眼光投向寂静的水面，看着上面星星的倒影。"他的肚子就像一个滚圆的南瓜。他会成为家族的首领。他必须成为家族的首领。"

"你是说，取代法伊特？"

兰度莫点点头。"是的，虽然我也很难过。但是他会取代法伊特。法伊特跟你不一样，他做事太莽撞了。如果我不在了，你要先接过我的位子。"他若有所思地抓住女儿卷到手肘处的宽大衣袖。欧达穿着长及腰间的亚麻衬衫，她那漂亮的棕色头发短得出奇，在星光的映照下，她的脸庞熠熠发光。在这个安静的美好夜晚，家族被赐予了一笔如此巨大的财富，兰度莫看着女儿，体会到一种触及每一根神经的、深深的幸福感。"你到底为什么不结婚呢？快选一个吧。就没有让你中意的人吗？"

"你是抱孙子抱上瘾了吗？我还盼着这个孩子能让你先满足一阵子呢。你是知道的，我想先恋爱。"

"唉，恋爱，什么叫恋爱？就是因为这个，你才老是跑到三个村子以外，一夜一夜地不回家吗？"

欧达用愤怒的眼神看着父亲，却什么也没说。兰度莫继续说道："恋爱，就是一种时髦的玩意儿。它像水一样，来了又走，是靠不住的。但守着你的伴侣就不一样了。"

他们到了特雷宾湖的一个岔口。坚硬的棕色土地铺成的羊肠小道尽头是一片芦苇。这时一只黑天鹅在他们身后几米的地方腾空而起，从他们的头顶掠过。两个人没有听到天鹅飞起来的声音，欧达吓了一跳，就连兰度莫也吃了一惊。奇怪的是，这只鸟没有发出任何响动声，就连天鹅拍打翅膀时都会带动的风声好像都被隐去了。

"我一开始是喜欢这些男人的，这你知道。但是，见了几次面之后，我就开始讨厌他们。而且是所有的（男人）。"

"但是他们不讨厌你啊。"

"很多人想娶我当老婆，这是肯定的。但是，只要我开始考验他们，我就会感觉到，他们看中的并不是我这个人，而是咱们的家族。我是一个理想的结婚对象，所以他们才想娶我。而我真实的性格是他们所有人都受不了的。至于我读书这件事，在每个人看来都是不可接受的。"

"欧达，你是无法划清明确界限的：你和你的家族……你是沼泽里最聪明的女人。所有人都欣赏你。"

"你真的觉得，男人想要的是我的灵魂？我现在满心想的都是怎么竭尽全力，不让这个可怕的国王入侵咱们的领地。你觉得，男人们能对付得了我这样一个女人吗？几天的话，可以。也许可以一块儿出去夜捕几次。但是所有的人在心底里都害怕我。他们认为我是疯子，让人捉摸不透。事实也确实如此。"

兰度莫叹了口气。"你的头脑非常复杂，所以你也时常被它捉弄。但最重要的是你有一颗善良的心，不带任何邪念。而且你对孩子也是那么温柔。这是每个人都知道，也很赞赏的。比如，你对待可怜的斯登（Sten）的态度很好。巴托克告诉我，你就像他的第二个妈妈。虽然那个男孩儿并不好相处。"

"斯登并没有不好相处。他只是有与众不同的想法。所以，他在村子里被大家当傻瓜嘲笑，还被欺负去放鹅。还好，有卢卡斯

（Lukas）照顾他。"

"说实话，欧达，就真没有人让你喜欢吗？"

"有一个。但你是不会同意的。虽然他身材不错，棕色卷发到肩膀那么长。脸上没有胡子。我刚刚说的就是他……"

"卢卡斯，柯普的儿子？！"

"对，就是他。"

"但是，他是造船师。"

"那又怎么样？你是觉得，造船的男人没时间陪老婆，是吗？"

"没错，到时候他所有的注意力都在船上。而且他是柯佩克家的人。可别告诉我你是认真的。"

"我就是需要一点儿爱。"她边说边将裙子抚平。她的半裙通过里衬的绳子在齐膝处收紧，这让她的腿部线条显得更加优美。"但是说实话，爸爸，我不认为卢卡斯是我的真命天子。所以，我一直也没有给他什么希望。不过这反倒更加激励了他。"她摇了摇头，默默地笑了起来。她抓住兰度莫的小臂，将身体挂在父亲的胳膊上："如果你还一直说让我安个家，那就只能选这儿的这位啦。"她用下巴指了指水的方向。"我有它就够了，爸爸。它就是一切，比任何一个男人能给我的都要多。"

兰度莫点点头。他非常了解自己的女儿。

"还有些事要告诉你，"欧达说，"我上次在弗里岑市场上碰到卢卡斯，他在追求我，他跟我说了些事，大概是为了引起我的好感吧：他很快就要当上王室造船师了。"

兰度莫把头转向欧达说："接着说。"

"他得到了一份新任务。是来自首都的。他为此已经干了好长一段时间了。更多的他还不想告诉我。"

兰度莫思量着。"他在为国王造一艘船？我真想知道，这些魔鬼葫芦里到底卖的是什么药。"

"卢卡斯还告诉我了一些事。是关于那个死去的法国人的。据说，他的死因是鱼叉伤。这是卢卡斯从库尔茨那里知道的。"欧达看着父亲说，"是一支九齿鳗鱼叉（Neunaugenspeer）。"

"一支九齿鳗鱼叉？这样的鱼叉在整个沼泽就只剩下两个家族还有：咱们和柯佩克家。"

"我知道。"欧达的眼睛盯着一颗滑落夜空的流星，"你有怀疑的人吗？"

"肯定是柯佩克家的人干的。"兰度莫说。

"只有这一种可能。法伊特不会做这样的事情。他完全不知道，那些人在'绿礼帽'（Grüner Hut）对你们的妈妈做了什么。他还以为妈妈是因为难产死的。"他用一只胳膊揽住欧达。

"我倒不觉得是柯佩克家的人干的，"她说，"他们为什么要这么做？咱们都知道，他们家是和外人串通一气的。"

"柯普自己也说了，"兰度莫答道，"计划修建的这条运河会让他们失去最好的草地。而雷茨村的很多事情都是依赖这些草地的。而且，在我看来，他们家的人什么事都干得出来。也包括把这件事栽赃给咱们家，好让雷文村一蹶不振，这样不久之后沼泽就是他们的了。"

无忧宫

欧拉上一次来到这里是整整三年前（当时仅仅是为了检验供水系统的安装情况），当时的宫殿还是一片尚未完工的建筑工地，往来其中的人员无数，都在为了实现君主的宏大构想而奔忙。今天，当欧拉走进接待大厅的时候，他先是吃了一惊。同样的四墙之内，笼罩的气氛却与往日大相径庭。建造阶段的忙碌气氛已经荡然无存，四下空无一人。柔和的夕阳透过三扇高大的窗户投入室内。所有的东西都是新的——屋顶犹如华盖一般，空气中飘浮的些许尘埃让四根朱红色立柱看上去像扑上了一层粉妆。半圆形的厅室里空空如也，没有一件家具。突然，墙外飘来远处老式钢琴的天籁之音。随后，阳台的门开了，国王意气风发地从外面走了进来。

腓特烈身材修长，浑身散发着新生的朝气。他穿着通身金银色的丝绸制服，配以绶带和羽毛装饰。虽然夏夜里仍有几分炎热，他的粉红色丝绸长袜还是被拉到了膝盖以上，并且用金色的袜带系好。他的鞋跟是红色的，鞋子上面的钻石扣大得有些喧宾夺主。在开口说话之前，他伸出了戴着数不清到底有多少只戒指的雪白双手，抓住正在鞠躬的客人的手指。

欧拉抬起头，他发现，国王并没有直视他的眼睛，而是将目光锁定在他眉间的某一点，那样子就好像正在看向远方，而且无论如何要越过他看过去。这种诡计早在他还住在巴塞尔（Basel）附近的农业小镇里恩（Riehen）的时候，欧拉就已了解。那时他终日与鹅为伍，深知面对这种果敢的羽毛动物时，是绝不能直视它的眼睛的，因为这样会让它失去敬畏，变得有攻击性。人们必须若无其事地让目光掠过鹅的头顶，才能让这种动物明白，你是比它高大的，这样它才会变得顺服。为了强化这种威吓的效果，腓特烈像近视一样瞪了瞪眼，让他的水蓝色眼睛更加突出，也让他的目光看上去有着些许的轻蔑意味。但这一系列举动并没有在欧拉的身上达到预期的效果，因为这位科学家突然之间对多日以来奋斗求解的一道方程式有了灵感，觉得自己离解题又近了一步。他快乐至极，露出由衷的微笑。国王略带好奇地看着他。两个人之间还是没有任何交谈。只有圆形空间里那抽象的，以前未曾听

32

过的音乐仍不绝于耳。

"欢迎阁下光临我这间简陋的乡间别墅，正是多亏您的效劳我才能在此处理日常国务。"国王操着精练的法语，透露出一丝生硬的痕迹。他向旁边退了两步，邀请客人随他到户外。

展现在他们面前的御花园兼具屋前平台的功能。远处，哈维尔河在夜色中泛着暗银色的光，隐约有小艇和驳船穿行其上。天气依然温热。洛可可风格的花园配上美酒，还有在酒杯后摇曳生姿的无花果树、柠檬树和橙子树，让人油然生出一种安逸之感，恍然置身于一处人造的世外桃源。

"水上统治权，"国王开口说道，"是我摄政的要务。正如伏尔泰所说，人类有可能起源于水中，不过如今却生活在陆地。所以，我才如此热爱我的波茨坦：一片水文景观。来！"他抓住客人的衣袖，将他引向黑暗的地平线随着火把的光影而弯曲渐亮的方向。"咱们吃点儿东西。开怀畅饮！"向前走了几步，欧拉便听到窃窃的谈话声，瞥见一张桌子，他完全不认识的诸位宾客均已落座。见他们走过来，这些人便中断了聊天，起身问安。国王右手边的位子为欧拉留着。他惊奇地意识到，这是主宾椅，但他坐在这儿并不会感到舒服。原因主要在于他不能背靠墙坐着：因为这是国王独有的特权。欧拉考虑是否应该请求调换一下座序，但是想起了卡特琳娜关于宫廷里要克制的叮嘱。

王室管家米夏埃尔·加布里埃尔·弗雷德斯多夫（Michael Gabriel Fredersdorf）是个敦实的家伙，他穿着白色的半裙、长筒袜和浅口鞋，有着一副尖细的假嗓，围着桌子忙前忙后，谄媚地为宾客扶正椅子，并且为他们介绍在场的各位来宾。欧拉首先认识的是身形高大的男爵西蒙·冯·赫尔勒姆（Simon von Haerlem）。他身上的深紫色锦缎在色调上与头上丰盈的蓝灰色齐卷假发搭配

33

完美。为了形成反差，他在那宽宽的中分线上扑了白粉。这位皮笑肉不笑的赫尔勒姆出身于一个荷兰人家庭。但是从 16 世纪起，他的家族就一直生活在德意志境内。管家尖声尖气却又郑重其事地介绍，赫尔勒姆是国王身边职位最高的官员之一，他兼任战争和国土委员会成员以及堤坝总建筑师。

第二位先生在四十五岁上下，体形纤细，看起来有些阴郁，同时也显得十分可靠，他抹了油的头发梳了一个干净利落的卷儿。他脸上的皮肤十分苍白，显得毫无生气，这是因为他相信这样的皮肤才健康，所以用水银粉涂抹过。在这样的一张脸上，他的一双眼睛就像是一对被钉上去的黑纽扣。他穿着一条新式的无领紧身罩袍，通身用钢纽扣系住。身旁的桌上放着一个时髦的文件包，表明他"时尚人士"的身份。王室管家介绍说，这位就是国王的内廷总管海因里希·威廉·冯·施麦陶（Heinrich Wilhelm von Schmettau）。

施麦陶身边坐着的是包裹在酒红色暗花缎子衣服里的弗里岑市长威廉·弗里策。他肥厚的肚子上系着一条粗大的金链子，上面挂着他所在城市的市徽。弗里策看上去显得微不足道，一副十足的癞蛤蟆模样。他那包裹着一层肥油的身形，和癞蛤蟆如出一辙的脑袋形状，本就不漂亮的蛤蟆脸上那些深深的痘疤，再加上火红色的胖脖子，搭配得（倒也）几近和谐。弗里策的卷发在耳朵的左右两边像宽边帽檐一样地高高卷起，这是奥得兰各省（Oderland-Provinzen）最新的时尚潮流——假设"时尚"在这里是恰当的形容词的话。

一位肤色较深的年轻人坐在第二排，面前是他自己的小桌子。浓密的黑色卷发从高高的制服帽下面伸出。他的面前摆着一沓稿纸、一支羽毛笔，旁边放着一瓶墨水和摆好了棋子的象棋盘。欧拉猜测，这位是国王的书记官。

　　四位仆人从四个不同的方向走过来，同时为客人们盛上托考伊甜酒（Tokaier）。国王站起身来，所有的宾客也随之站了起来。腓特烈说，他衷心地欢迎在场的各位，并且承诺这将是一个充满惊喜和收获的夜晚——此时他稍做停顿，目光迷离地望向远方——土豆（Erdapfel）可以为此担保，因为他不仅今天晚上要为宾客们奉上土豆佳肴，还在考虑将其作为主食在整个国家推广。国王使了一个眼色，仆人们随即再次赶来，将汤碗、调味汁壶和上菜盘在桌上摆好，为客人们分别盛上热气腾腾的、浅黄色的汤。

　　脸涂抹得极白的施麦陶望向盘子。他说自己精通农业和饮食问题，曾经听说过这种来自美洲的块茎植物，却从来不曾亲眼得见，更别说品尝一番了。不知国王刚才说的，要把这种稀有之物定为主食的豪言壮语究竟是何意？在宫廷之外，人们基本不认识土豆，而且将其视作珍馐。

　　"殿下说的是薯仔（Tantoffel）吗？"赫尔勒姆从齿缝里挤出了一句话，极尽自命清高之态，因为他觉得这样会让自己显得睿智淡泊。"另外，对于这种东西我能给的只有警告。有一次我吃薯叶沙拉严重中毒，从那以后对块茎敬而远之了。"

　　"土豆是很好的，"王室管家严厉地反驳道，并且开始一个接一个地为客人们掀开汤碗的盖子，"它对健康没有任何危害。"

　　除了国王以外的所有人都盯着这道陌生的菜肴，眼里混杂着惊讶和不安。"土豆供诸位品尝，"腓特烈神采奕奕地说，"各位可能会觉得奇怪，但是这些新的、看来有些异域风情的果实不仅味道好，而且营养丰富。并且，它种植起来也比其他的作物更加便利。实际上，它的产量比谷物高十倍还多。这也是为什么我要让我的子民也喜爱这种食物的原因。未来我会有更多的子民，要着重避免粮食危机。"

"更多的子民？"欧拉脱口而出，他想到的是自己不断怀孕的妻子卡特琳娜。

"比现在多很多，"腓特烈确认道，"因为我要用全新的人口政策开放普鲁士，让一大批来自南方的人口拥入。"腓特烈叉起一团有迷迭香点缀的贝壳面。"土豆（Pomme de Terre）会帮我完成这项大业。因为它不仅让人垂涎欲滴、体魄强壮，同时也蕴含着经济价值。所以，大快朵颐吧，诸位！对，还有您，赫尔勒姆！我喜欢我身边围绕的都是些朝气蓬勃的人，肋骨上多来点儿肥肉最好。满脸饿相的书呆子只能让我生疑。厨师（Maître）！"

身穿深蓝色制服、头戴雪白帽子的厨师从后门走进来，把黄油焗土豆分给各位宾客。国王先品尝，随之正餐开式开餐。

默不作声地吃了几分钟之后，欧拉满意地看向桌子。一道如此简单又味道淳厚的菜。取自土地，又让人着迷。就像数学一样。他指了指雪白的金边瓷碗和装在里面的一小堆浇了焦糖的紫色土豆。片刻后，仆人就给他送上了几个。他叉起一个，送到鼻尖，吸入那沁人心脾的香气。他以前从不知道，这种块根植物居然有许多不同的品种，烹调方法也多种多样。就好像生怕破坏了它的美味一样，他小心翼翼地将这美食放入口中，闭上左眼。他的牙齿研磨着面粉一样的土豆，它的黏稠度恰到好处，而味道就像松露一样丰富鲜美。欧拉不禁在心中默想：都可以用什么方法来烹制它呢？也许甚至可以用热奶酪做浇汁？

餐间小点是用土豆做的果子露。欧拉素来胃口好、食量大，常常津津有味地吃到别人提醒他用餐时间已经结束才作罢。这会儿，他又招手要来了自己的那份。尽可能充裕地为大脑提供这种陌生的养分反正是不会有什么错的，因为它也许会带来一些新奇的想法。

斜坐在欧拉对面的弗里策向外拉了拉椅子，好为他那搭着金链子的肚子腾出点儿地方。他陶醉地转了转眼珠，忘我地叉了一块煎土豆送进嘴里囫囵吞下，又满怀期待地望着餐车上等着上桌的餐后甜点，那是凝乳配土豆。他的脸色由浅红转向深红，这顿饭给他带来愉悦的同时也让他觉得辛苦，他向后仰着脑袋，费力地喘着气。平时他最爱的菜是沼泽龟炖汤，不知不觉地也因此养成了吃高蛋白食物的瘾。但是，淀粉含量极高的土豆同样也能让他满足。有那么一会儿，他甚至忘了从周一开始就放在他办公室地下室里的那具尸体给他带来的困扰。

碳水化合物摄入过多会导致肝脏中的氨基酸过量，这在腓特烈的身上表现为细碎却强烈的情感。他想到了秩序，想到了帝国的扩张。今天晚上要公布的宏伟计划会帮助他巩固领土。他又一次微微瞪眼，尽可能做出睿智深沉的模样。他环顾左右，放下刀叉，做了一个邀请的手势，随后站起身来，带领宾客朝着纵向单层宫殿的尽头走了几步。

"我们今天晚宴的主题有点让人紧张，现在咱们来放松一下。诸位上前几步，请看！这儿，就是这儿……"国王指向含沙的土地，"这里将来会成为我的坟墓。"

弗里岑的市长又忍不住咳嗽了起来，这一次是因为恐惧。

"我和我的灰猎犬将在此安息。在人们的记忆中，我将是那个把无用的旷野改造成有益的良田，把贫瘠的沼泽转变成富饶的文明的那个人。在刻着我的名字的石板上，人们不应该摆放鲜花，而应该供奉土里的苹果（土豆）。"国王完成他简短的致辞后，回身走到餐桌前。

等宾客都重新落座以后，腓特烈说："那么，市长，我们想听听阁下对此事的看法。毕竟邀请阁下前来并不是没有理由的。"

肥胖的弗里岑市长吓得瞠目结舌，错愕地看着国王。他费力地思考，国王到底想听他说点什么。但是他的胃消耗掉了所有的注意力，一时间他什么也想不起来。

"你说说，"腓特烈逼迫道，"我们能不能在弗里岑的东南方向种上这种优秀的土苹果，以此来养活那些即将在此定居的外来移民？"

"东南部地区？"弗里策使劲儿地用手绢擦着沁满汗珠的额头。他又朝后挪了挪椅子，双手抱住挤在桌沿边上的肥重肚子。"在东南方向，这些土豆会被水淹的；就像不管从哪儿来了移民都会被水淹一样。那里是沼泽。无用的泥沼。只有那些顽固不化的逆民能够在那儿存活。那里根本就不是耕地。"

"赫尔勒姆！"国王的声音如雷贯耳，"请您给市长讲一讲您要给我们讲的事情。讲讲农业构想，赫尔勒姆。伟大的农业构想。"

"伟大的农业构想……"堤坝总建筑师将鼻子下面又宽又长的嘴角微微翘起，似乎对自己无限满意。这时，为了凸显自己的淡泊超然，他从嘴里把发黄的白色陶瓷假牙拿了出来，用淡紫色的餐巾轻轻擦拭。他边擦边说：他的祖国荷兰一向朴素，虽然一度强大，在世界各地都开拓了殖民地，但是未来也乐意臣服于其他国家。在那里，土豆田已然是农业构想的一部分。这些田地正是通过堪称典范的筑坝工程从海洋强取而来，这样的改造给荷兰带来了可观的利润。说着，他透过低垂的眼帘斜睨向国王的方向。

"市长听懂了吗？"腓特烈问道。

"听懂了，"弗里策小声地回答，"只不过……咱们这儿没有海啊。"

"但是有水！"腓特烈厉声喝道。他一时间难以自已，因为显然事实又一次证明，那些围绕在他身边的，他不得不依赖以实现伟大目标的人们远跟不上他的思想。

"国王殿下指的是奥得伯格东南边经常洪水泛滥的沼泽地带、弗莱恩瓦尔德和弗里岑。这些地方是老实本分的人和高地居民避之不及的，也就成了野蛮人和野兽的藏身之所。"施麦陶插话说，"如果我们没记错，这个位于帝国中心的地区是您的职责范围吧。"

"是的，"弗里岑市长回答道，"的确如此。不过……"

"我是一个以陆地为生的人。"腓特烈提高了嗓门，这让他的声音显得更加尖锐。"水是鳗鱼、比目鱼、鸭子的地盘。现在那些渔民赖以为生的湿地，未来可以用来养牛。现在只能长芦苇的地方，必须改造成可以种植土豆的土地。德意志人不应该是反复无常的渔民，而应该是诚实可靠的农民。农业是所有艺术中的上品。"腓特烈停了下来，因为他感到横膈膜下方传来一阵刺痛。难不成又是肠绞痛？

"牛绝对比鱼有用。"赫尔勒姆露出了假意的微笑，"奶牛是一部高效的机器，吃进去的是草，产出的是肉和奶。而且这部机器还不必特意去生产，奶牛自己就完成了这一任务。饲养它也没有多么昂贵，并不要求有特殊技能的人力。实话告诉大家吧：我计划在沼泽地区推广养牛。和牛在一起，人们会感到幸福，并且会想养更多的牛。因为和鱼不同，牛可以做劳力拉东西。就算有一天它们干不动了，人们还可以充分利用剩余的部分，就连皮囊都可以鞣成皮革。"为了强调这些话的分量，堤坝总建筑师严肃地点着头，他那泛滥的小卷假发随之生成了一阵微风，两旁银色烛台上方的光影因此不安地晃动了起来。

腓特烈朝赫尔勒姆点点头，表示认可。随后，他向王室管家弗雷德斯多夫做了个手势，仆人们就在桌子上摆好了麦穗和橡树叶，并为宾客们斟上血红色的贝尔热拉克（Bergerac）葡萄酒。此时，太阳已经落山，晴朗的夜空在餐桌上方铺展开来。

国王的重要时刻即将到来，他看了看书记官，确认其已经准备就绪。腓特烈的声调略显夸张，但是他自己全然不知："在胜利地夺取西里西亚之后，我们现在不想再发起任何战争，连一只苍蝇都不想再伤害，我们要把目光转移到另外一种方式的占领上。赢取世界不能再单单依靠武力，而是要通过引进经济作物，改变土地，让土地变得富饶。巴黎和伦敦周边的农业已经繁荣了起来。只有柏林还被包围在沼泽之中。而这片沼泽正是天赐的良地，我们可以在这里实现转变，并且以此作为其他地区的示范。这块良地就是经常洪水肆虐的奥得沼泽（Oderbruch），只要把水治理好，一个新的世界就将在这里产生。"腓特烈带着喜悦的神情环顾四周，继续说道："今天看似举行了一次晚宴，但实际上是一个奠基的时刻。我要的是秩序与和睦，沼泽带来的却恰恰是混乱与隔阂。咱们倒是要看看，谁能胜得过谁。"腓特烈举起了他的高脚杯。"来，干杯，先生们：为了更多的土地！"

现场

"给我们大家讲讲奥得沼泽委员会到目前为止的工作情况吧，它可是我专门为此目的成立的。"在所有人碰过杯之后，腓特烈对施麦陶说。

内廷总管躬了躬身。"陛下所说的委员会由国务大臣塞缪尔·冯·马沙尔（Samuel von Marschall）担任主席。可惜他本人今晚不能前来与我们相聚，因为此刻他正在位于奥得沼泽边的蓝夫特（Ranfft）领地，赶着在几天之后的约翰尼大潮（Johanni-Flut）到来之前将堤坝筑好。此外，来自巴黎的工程师马伊斯特也是委员会的成员。原本他今天应该跟咱们在一起的，"施麦陶匆匆地看了一眼弗里策市长接着说，"不可抗的原因使这一计划不能成行。在被称为'弯地'的地方，挖掘工作已经顺利启动了，到时候新的奥得河河床会将整个沼泽的水汇集在一起。堤坝总建筑师大人，也许您能给我们介绍一下这件事的进展？"

欧拉又呷了一口上好的葡萄酒，他的心情渐入佳境。此时，他注意到赫尔勒姆的表情发生了变化。自从提到了马伊斯特的名字，赫尔勒姆此前的自命不凡就被一种忧郁的，甚至几近阴沉的表情所取代。堤坝总建筑师大人清了清嗓子，两次将他戴了假发卷的头转向右侧并深呼吸。"委员会有记录可查，我对于奥得河新河床的建议是，从诺因哈根（Neuenhagen）到奥得伯格挖一条简单的沟渠。为此，我估算的支出仅有5.7万帝国塔勒[①]。但是，工程师马伊斯特的另一个想法得到了大家的认可，他所规划的运河规模要大得多，也就是从古斯特比泽经过弯地，直接通往霍恩萨藤（Hohensaaten）。我们正在修建的就是这条河道。"

"我一向是大方案的拥护者，"腓特烈打断他说，"这一计划的预算如何？"

"23.5万帝国塔勒。"赫尔勒姆回答。

腓特烈抿起嘴唇。"这可是（你原计划的）四倍还多。它能带来的土地也有（你原计划的）四倍还多吗？"

"这也正是我提出的问题。"赫尔勒姆回答，并看向了施麦陶，对方则愤怒地把眉毛拧在一起作为回应。"咱们别忘了，作为这个扩展方案的总建筑师，马伊斯特工程师是能够最直接从中获益的人。"

---

① Reichstaler，当时德国通用的银币。——译者注

施麦陶打开了他的公文包，从里面拿出了一些文件。"不管怎样，我们的出发点是马伊斯特所预计的这一工程的回报率。因此我们才下定决心，今年抓紧在最大程度上推进这一工作，不能辜负了好天气。"

"别忘了，作为圣约翰骑士团团长（Herrenmeister des Johanniter-Ordens）的边疆伯爵，卡尔·冯·勃兰登堡-施韦特是强烈反对马伊斯特的这项计划的，"赫尔勒姆反驳道，"这就让这件事变得非常棘手。毕竟，整个沼泽的四分之一，包括好几个村镇都是边疆伯爵的领地。因为项目中规划的运河会穿过他最好的草场，所以他担心会遭受经济损失。此外，他还说，所有的规划在技术上都是行不通的，而且会导致前所未有的大洪水。"

"现在惹麻烦的偏偏是我的堂兄卡尔，这个世界上最正直、最高尚的人。"腓特烈摇了摇头，把他的坏牙咬紧，咧着嘴挤出一个面具式的微笑，好让别人不会注意到他的愤怒。此时，他朝着欧拉的方向鞠了一躬，说："教授先生（Mon professeur），现在您应该明白了，您加入我们，与我们共谋此事，有多么重要了吧？由于这一工程耗资巨大，所以我们需要精确到小数点的精准计算才能知道，将如此广阔的沼泽地排干是否行得通。只有这样，我们才能说服那些批评者，因为我们需要他们的支持。"

"我当然乐意受此命令。请陛下派人将所有的材料送至科学院，我会立即着手此事。"

"我亲爱的欧拉，我就知道您会这么说，"腓特烈答道，他以一种恭维的语气继续说道，"您完全无法想象，我们的科学院赢得了像您这样的一位人才，给我一次又一次地带来了什么样的欢愉。您就是我们国家的脊梁。我爱您，因为您是一个任劳任怨，又从来不会有辱使命的人。您将会名留青史，与牛顿比肩。我想说，眼下就是一个好时机，我们的政权正稳步发展。未来，当世人回顾历史，提起我的名字的时候，他们也总是会听到您的名字。而且，因为我都是自己安排人来撰写我们所处时代的历史——因为没人比我更了解这段历史——所以我会亲自关照，您在史书中将被描述为引领整个人类世界的无与伦比的数学家，您不仅在理论上做出了划时代的贡献，而且在实践中也亲力亲为，推动完成了整个欧洲的转型。教授先生，曾经您缺的只是那个掉落的苹果。现在已经不一样了。"

"掉落的苹果？"欧拉抬了抬他左边的眉毛。他觉得自己必须小心提防，同时也注意到，背后的书记官正在仔细地观察他。

"广受欢迎的主要作品，"腓特烈解释说，"人们用以了解您的代表作。比如：我思故我在（Je pense，donc je suis）。"

"我正在撰写我的《引论》。它将会成为经典……"

"《引论》？"国王不耐烦地打断了他，"光听这个标题就让人觉得死板，不是吗？不，不，亲爱的欧拉，这不是会在后世给您带来声望，给您罩上一层金色外衣的那种著作。对于您，我有更大的计划。"腓特烈把自己的手搭在欧拉的手上。"您说说，难道一个物体不是因为惰性才留在原地不动的吗？直到一个力使它运动起来的吗？我这样理解物理是对的吧？"

"这是前提，对的。"

"如果是这样，那么我现在就是那个让物体运动起来的力，是促使您离开写字台的那个力。"腓特烈用下巴指向远方。"我要开垦东部的土地，要把顽固的沼泽排干，这一切都要仰仗您的精准计算。而且这次计算要在现场完成。"

欧拉给国王鞠了一躬。让欧拉亲自前往那片沼泽无疑是不可能的，因此他说："由于理论是由最稳定的、最无懈可击的原理推

43

导而来，因此不应在任何情况下怀疑它在实际应用中是否成立。如果我能拿到一份这个地区的准确地图，那么我不仅能在科学院我的办公室里计算出任意一项措施的费用，而且在办公室的运算甚至要比我亲自前往现场还要精确，因为看了现实的情况之后就难免受到情感上的误导。"

腓特烈嘴边那调皮的笑意消失了。"教授先生，就连我本人在战场上都理所当然地要站在冲锋队伍的最前排。一个伟大的人要做的不仅仅是围着写字台转。现在我交付您的这项任务意义重大，只有到现场去感受，它的深意才会展现在您的面前。"

"国王陛下所言极是。"施麦陶用一种古怪的表情看着欧拉道，"这件事可容不得我们掉以轻心。一个危险的对手正在我们身边徘徊。一个如水一般、阴暗、难以捉摸的敌人。我们要以理智的手段与其对抗——就在他所在的地方。"

欧拉的目光越过餐桌，看着烛台上跳动的光影中其他人鬼魅般的面孔。这时，王室管家走到腓特烈的身边："现在巴赫（Bach）先生想要为陛下演奏《音乐的奉献》（*das Musikalische Opfer*）。另外要提醒您，今晚还要启程去鲁宾（Ruppin），参加那儿驻军士兵的体检活动。"

国王当即站起身来，朝他的宾客们点了点头，他们则以鞠躬回应。他再一次转向欧拉，语气中透露着自信和放松，容不得任何的反驳："有哪一位科学家做到了用自己的名字来命名一整块土地？‘欧拉沼泽’（Eulerbruch）听起来难道不是特别悦耳吗？您将会成为人类语言的一部分，没有比这再高的荣誉了：‘欧拉’什么（eulern），以后可能就是赢得土地的意思。而且我们还为您准备了另外一个惊喜。您一到沼泽的边缘，就会有一个特别为您准备的、拥有名副其实的水上航行实验室的一艘装备精良的船（Bateau），

44

它是专门供您考察洪水涉及地区使用的。"

欧拉惊讶地看着国王:"一艘船——专为我一个人准备的?"

名字

一直到了 7 月 8 日洗礼的这一天,都还没有人听说过新生儿的名字。和马尔绍家熟识的男男女女都认为,那将是一个古老的文德人的名字,它将延续文德人的悠久传统。还没到中午,第一批客人就驾驶装饰一新的船只缓缓而来,他们从四面八方摇着桨过来,大声地唱着颤音调子,吹着嘹亮的口哨,一边欢快地呼朋唤友一边划船靠岸。人们都穿着节日盛装:女人们戴着大大的耳环,脖子上挂着粗大的项链,她们把深蓝色的棉布头巾在额前打一个结,每个人都穿着有褶的棉布上衣。男人们也穿着夏天的围裙,围裙大多是用粗糙的麻料编织而成,长度及至脚踝。他们上身则穿着同样材质的马甲,上面钉着两排光亮的纽扣作为装饰。

不久之后,各种船陆续到来。今天来的客人比以往任何时候都多——就好像许多沼泽居民都在担心,可能在不久的将来就没有机会再这样相聚了。这些人从四面八方远道而来,比如北边的雷泽恩鲁赫(Ritzenluch)、居斯特里尼辛(Cüstrinichen)周边地区、梭子鱼海(Hechtsee)、卢斯特洛环形带(Lustrow-Schleifen)、梅德维茨(Medewitz)、采克里克沼泽(Zeckericker Bruch)、老弗里岑(Alt-Wrietzen)、乌斯特洛(Wustrow)、吕特尼茨(Rüdnitz)和雷茨村。在马尔绍家的人到场之前,人们就围坐到桌前。他们大声叫着,笑着,凿开了第一个啤酒桶,并且在半个小时之内把它一饮而空。

很快气氛就变得热闹起来，柔和的阳光下吵闹的敬酒声和即兴演说声在水面上回荡，引来了更多的宾客。

依照习俗，孩子现在还不会露面，而是和马格德莱娜以及法伊特一起待在他们的房里。这时，身形消瘦却身高出众的牧师布博兹（Bubotz）出现在人群中。这个骨瘦如柴的男人蓄着深棕色的短须，他的目光中永远透露着怀疑，因为在他的教区里许多教众正放肆地混淆基督教信仰和异教传说。布博兹以严苛著称，对文德人的那些世代相传的神祇他是一概拒绝的。然而他很清楚，马尔绍一家以及在他眼中有些疯癫的巴托克仍然崇拜耶杜特（Jedute）。据说这个时而为男身时而为女身的神能帮助人们保护家乡，抵御外族的入侵。

对于牧师来说，耶杜特和斯拉夫人的战神特里格拉夫（Triglaf）一样，无外乎是幼稚的人们的迷信对象。他本人一直生活在曾祖父造的那座漂浮教堂里。这是一艘底部类似木筏结构的船，就停泊在特雷宾湖的沼泽下游那个名叫乌赫雷泽（Wucheritze）的地方。当按上帝的意愿汹涌而来的潮水来临之时，它会漂浮起来；而在干旱时期它则稳稳地矗立于地面。在洪水暴发时期，无论布博兹身在哪里，即便在船上他也会直接向人们布道。

一到主人家，布博兹就向穿着新木鞋的马格德莱娜打听新生儿的情况。他一边问，一边用一只眼睛瞥向开着的窗户，鄙夷地看着已经开始欢腾庆祝的人群。弗里岑的人行为世俗化，已经不再完全忠诚于主，和摒弃上帝的柏林以及其他遥远的地方一样，都让他蔑视。但这些都不及他对自己教区教众的蔑视，这些人怀有一种来自异教的生育狂热，在光天化日之下纵饮啤酒。而他则喜欢在傍晚时分享用一杯红葡萄酒，同时体会这种甜美汁液所蕴含的寓意。

此时，欧达已经在外面开始忙活起来。兰度莫挽起装饰着红色起绒粗呢的袖管给她帮忙，不停地把蒙着布的碗从厨房送到木桌上。此前，两个人已经在厨房忙活了一早上。这会儿，有些装着鱼饼的碗已经被揭开，并迅速被清空。接下来的一切都进行得很快。宾客们被招呼着起身，移步到长满金丝雀草的水岸边。穿着黑色教袍的布博兹和抱着孩子的马格德莱娜已经来到屋外。牧师站到了他的教众面前，在拍手示意了几次并且确定吸引了大家的注意之后，他说完了问候语，以便立即开始洗礼。当说到新生儿的姓名并且为其祈福的时候，他看向了马尔绍一家。法伊特迅速上前，对着牧师耳语了些什么。布博兹微笑着继续，将孩子抱在怀里，慢慢地靠近水边。

"埃法塔（Effata）①！"布博兹用手抹过孩子的眼睛和耳朵，"打开你自己。我为你洗礼，并为你授名……卡尔（Karl）！"布博兹喊出这个名字时的声音高昂嘹亮，甚至把几个在场的宾客吓了一跳。欧达先是惊讶地看了看法伊特，然后又看看兰度莫。老爷子在岸边岿然不动，刚才他的脸上还满布了喜悦的祥云，现在两道眉毛几乎拧到了一起。他抑制不住胸中的怒气，把烟斗狠狠塞进左边的牙缝里，死死咬住。此刻，牧师正把新生儿的头浸入清凉的水中。这意味着这个除了他的名字以外，顺遂了所有人心意的宝贝儿就此获得了新生。霎时间，欢呼声响彻天空，仿佛驱散了温热的空气。就在这时，一只巨大的白色鸬鹚在人群上空掠过。布博兹把婴儿交还马格德莱娜。卡尔被按在了母亲的乳房上，就此安静了下来。

_____

① 罗马天主教派洗礼仪式中的惯用祷告语，用以表示受洗的新生儿能够聆听上帝的话语。——译者注

在欧达的示意下，所有的宾客都回到了桌子旁边。桌子的正中央摆放着亮得发光的桶形鱼锅，锅身上刻着奥得河的美人鱼，她卷起的鱼尾延伸到了其手臂的上方。锅里炖着用橡木柴火煨着的梭子鱼大杂烩。这是欧达的拿手好菜，配上香芹叶调的汁，每个人都赞不绝口。当法伊特和兰度莫把黄油煎鲇鱼端上桌的时候，那沁人心脾的香气又一次让所有人迷醉。欧达趁这个空当走向厨房，想去取一碗龟汤。经过悬在厨房上方的黑色烟囱下方的时候，她停了下来。她想起了法伊特给孩子起的那个名字，不由得怒火中烧，同时又有一种不解油然而生。关于这件事，她必须和哥哥谈谈。她快步走进地下室，在湿煤堆的背后摸到了那瓶藏好的封装鸦片酒。欧达清楚地知道，该喝多少才能让自己的心情平静下来。鸦片酒的苦味让她边喝边不断地摇头，喝完之后她又回到了地面上。

这一天对于沼泽地区来说是个大日子，对于兰度莫来说更是如此，但是法伊特给孩子选的这个名字却让他忍不住不断地用目光剜儿子，整个晚上他都咬着烟斗，烟嘴都快被他咬穿了。"卡尔"绝不是古老的文德人的名字。好在丰盛的饭菜让老爷子的心情稍稍平复了一些，尤其是当煎雷泽河鲇鱼被端上桌的时候。那鱼肉质细腻，连一块儿被沼泽人称作"蟹壳"的软骨都没有。是的，宾客们都忙着大快朵颐，他们的注意力都集中在芥末黄瓜配鲃鱼条，欧达著名的梭子鱼丸配莳萝酸奶，虹鳟鱼配萝卜泥，沙棘汁炖牡蛎，皱叶甘蓝卷黑色的、蓝色的、黄色的碎鱼冻上。所以，人们刚开始很少聊到洗礼仪式本身，就连那只白色的鸬鹚也鲜有人提及。只是后来巴托克说，这鸟儿预示着即将到来的一切不幸。

酒过三巡，宾客之间的闲聊变得热络了起来，话题集中在那个死去的工程师和弯地那儿已经开挖的工程上。如今，大鱼市的总管库尔兹已经在好几个村子贴出了布告，上面说国王正在紧急招募劳工，据说每天的工钱能给五个格罗森①，报酬还算不错。柯佩克和他家族里远远近近的亲戚们一起坐在最大的桌子边，又一次说自己要全力配合。他说，想去弯地干活儿的人，就应该采取行动。他多次强调，额外的工作就等同于额外的财富，他一边高谈阔论，一边愉快地号召大家为刚当上父母的小夫妻干杯。确实，柯普今天心情大好，他穿着节日的盛装，裙摆上排成一行的二十枚纽扣都是纯银制成的。在美味面前，他毫不拘束，让自己大饱口福。只是儿子卢卡斯还没有从弗里岑过来让他有些不悦。就在庆典前他还盼望着他的大儿子能够趁此机会进一步赢得欧达的芳心。这姑娘虽然不好相处，但确实值得追求。如果两人能够结合，那么这段爱情最终会把两个最强大的家族联系起来。到时候，更加富有、人数也更多的柯佩克家就能占据上风，把沼泽的人们团结起来，并且带领他们一起走向辉煌的未来。卢卡斯这小子到底跑哪儿去了？

这时，法伊特和兰度莫端上了这顿饭的重头菜——梭子鱼。鱼的下面垫着葱，旁边还配有熏鳗鱼汁和橡叶沙拉。娃娃们这会儿被安排在一张单独的桌边坐好。他们的主菜是炸梭子鱼饼。论这道鱼饼，没有人能比欧达做得更酥脆。此前，宾客们是以家族为单位分开坐的，此刻大家围坐成一个大圈。夕阳西斜，桌上已摆好了咖啡和樱桃蛋糕。蛋糕上有欧达用铁模具印上去的螃蟹和贝壳图案。来自乌斯特洛（Wustrow）的乌尔（Wurl）一家给大家斟上了他们自产的温润的李子酒。夕阳在水面上铺上了一层金箔，一切如梦似幻。只是在最西边有乌云聚集，间或还能听见如同炮

---

① Groschen，旧时德国货币单位。——译者注

49

声一样的低吼雷声。那里正有雨水落下，仿佛织成了一个灰色的面纱，把世间和天际隔绝开来。

兰度莫坐到柯佩克身边。"哎，咱们这些老人家也可以利用一下今天的这次机会，好好地交流一下，你说是不是？跟我说说，关于那个死了的法国人，你都知道些什么？我听说，杀死他的是一支九齿鳗鱼叉。"

柯佩克惊讶地睁大了双眼。"但是拥有九齿鳗鱼叉的就只有我们——还有你们。"

"我们家和这件事无关。我们刚刚把一个新的生命带进这个世界，在这时候我们不会再带走一个生命，因为那样是对神灵的亵渎。而且我保证：我们家的鱼叉头都生了锈，没人用过。这鱼叉都是由我亲自保管，没人知道我放在哪儿。所以我想问问：你们雷兹村那边是个什么情况？"

"我们家的鱼叉我从不离身，"柯普一边回答一边站起身来，"跟我来，我给你看。"说着他已经下了山坡，朝水边走去。

"看。"柯佩克跳上他的小船，掀开一层厚重的罩子。下面是一支鱼叉，几乎和小船一样长。柯佩克拿起鱼叉，把九齿鱼叉头给兰度莫看。鱼叉头上锈迹斑斑，很明显已经很长时间没人用过了。"我一直把它带在身边，因为我爸就是鱼叉不离身。这鱼叉会给咱们带来好运。但是你知道的，打鱼的时候咱们会用渔网、鱼笼，以及筑鱼坝。"

"那个法国人怎么可能被一支同样的鱼叉杀死呢？"

"这个问题我倒是要问你呢，因为我并不知道答案。"柯佩克的唇边泛起一抹微笑，"不过，你说说，兰度莫，为什么给孩子起名叫卡尔啊？这不是你们家的风格啊。"

"这是我儿子的决定。""鲇鱼"的目光越过水面看向对岸。那里有一只黑色的海狸，就像一个男孩大小，蜷伏在芦苇荡里，正向他们这边看过来。"今天的机会难得。咱们再去喝点儿吧。"

当两个人再次回到桌子旁边的时候，一些宾客正在起身整理衣服，准备告辞。老库莫洛夫斯基用他低沉浑厚的嗓音对着众人喊道："咱们都为小的庆祝过了，也吃过了，喝过了。明智的人和明智的客人都得识时务，该走的时候就得走，省得好事最后留下个坏印象。"

兰度莫举起双手说："你就那么想家啊？你们家窗口看到的水和这儿的有什么不一样啊！"所有人都笑了起来。"咱们这儿一年里也就那么几次大的节庆。但是我得告诉你们：我们家的这次是最大的，今天谁也不许提前走。"

库莫洛夫斯基看着他，咧嘴笑了笑，又坐了回去。这个夜晚，所有的人都很放松。就连老人和小孩都情绪高昂：没有人肯休息，每个人都化身社交达人。女人们最初还显得拘谨，只在私下里闲聊，时不时地看看新生儿，现在也开始唱起了歌。

片刻之后，所有欢庆的宾客都开始放声高歌。他们的歌声洪亮，兰度莫深受感染。他注意到，这歌声饱含热情，但是同时深藏着忧愁与悲伤。有时就好像他们正在歌唱一次前所未有的大洪水。这场洪水的到来不可避免，它会淹没、吞噬这里原本宁静美好的生活。

终于，卢卡斯·柯佩克也驾船到达了。为了映衬庆典的欢乐气氛，他这天穿上了一件装饰着十六个双排闪亮纽扣的蓝色马甲。他首先问候了主人兰度莫，然后是他的爸爸，其后又问候了刚当上父亲、他最好的朋友法伊特及其妻子，之后他朝着欧达走去，礼貌地把手递给她，并且在所有人的注视下朝她微笑。

这时，法伊特出人意料地开始唱歌，所有人都安静了下来。

谁也没想到，这个平时很少表露自己情感的新晋爸爸歌居然唱得这么好。就连孩子们都停止游戏，和大人们一起围成一圈，不想错过这美妙的歌声。兰度莫闭着眼睛，静静倾听。"鲇鱼"感受到儿子的脸在火把光亮的映衬下熠熠生辉，他感受到这个小伙子用他那浑厚而低沉的嗓音所表达出的，饱含悲伤和执拗的忧郁情感。他有一天会成为沼泽人的首领吗？在两首歌之间的停顿间歇，有那么一刻人群是绝对寂静的。这时，兰度莫的一声叹息划破夜空下的寂静，这叹息声是如此响亮，仿佛发自灵魂的最深处。被火把照亮面庞的人们为之动容，面面相觑。巴托克站了起来，他高举双臂，开始演唱一首关于南瓜和寒鸦的小曲；所有的宾客都随着他的歌声唱了起来，拿起自己的酒杯开始跳舞。

拂晓时分，人们纷纷登上自己的驳船，陆陆续续地摇桨离岸。很久之后，人们都还记得小卡尔的洗礼仪式和这个异常美好快乐的夜晚。

旷野之梦

太阳循着既定的轨迹，照常升起；路面上的老旧鹅卵石沾了晨露，仿佛焕发了新生。欧拉穿着一套英式剪裁的新潮西装，这是来自伦敦的礼物，是英国皇家学会（Royal Society）会长为了吸引他去那里工作送给他的。他的行李都装在了一个棕色的皮箱和两个包铁的木箱里。衣袖上装饰着金丝绶带的年轻车夫正举起它们放上深蓝色马车厢的顶篷。

这又是盛夏里炎热的一天。当欧拉还是孩子的时候，这样的天气在瑞士倒是常见，但是等到他的青少年时期就已经不再多见了。欧拉轻轻地拍了拍四匹马的脖颈，以示抚慰。马儿们在出发前刚吃了最后一槽燕麦，不住地点头。他又给了马车夫五个格罗森作为小费，好让旅途更加顺利。随后他向卡特琳娜和约翰告别，上车，收起踏板。车夫已经在驾驶位坐好了，所以他又自己关上了车门。

卡特琳娜穿着一条浅蓝色的法式连衣裙，走到窗边。她知道，让欧拉中断《引论》的写作并不容易，因此想找一些安慰的话对他讲。但是她觉得，无论自己怎样表达，也只能徒增他的痛苦。她用柔和的目光看着他说："我们期待着你平安归来。祝你旅途愉快，有新的发现。"

"我也希望有所发现。"他满含爱意地注视着她。"我会想你们的。"

车夫下达了出发的口令，抖动缰绳。莱昂哈德·欧拉又一次朝他的妻子和大儿子挥手。他们俩站在皇家邮局（Postfuhramt）大门前延伸出去的行车道上。邮局的院子里弥漫着为邮差做早餐烤香肠时飘散出来的香气。马儿奋力向前奔跑，车厢也随之上下起伏。欧拉斜着身子朝窗外看去，卡特琳娜在挥手，约翰在哭。

教授长叹了一口气。有黄色流苏装饰的车厢里面散发着霉味，闻起来很像鬃毛燃烧的味道，就好像刚刚有人在这里燎过猪毛。城市在车窗外跳跃着闪过。在将近一个小时之后，他们到达了兰茨贝格尔门（Landsberger Tor）的通关哨所。在那里，他们见到的是最后几张涂得惨白的脸、擦了胭脂的腮、戴在头两侧的假发卷和飘散在胸前的领巾。他们离开了柏林，车水马龙的城市渐渐隐没在树叶编织成的绿色跃动之中。路上深深的车痕让前行不易，城市最后的踪迹也在消失在这里。

下午早些时候，他们到了韦尔诺伊兴（Werneuchen），这是一处荒凉的不毛之地，有一座岩石堆砌的教堂、屈指可数的几间低矮屋舍和扭曲变形的黏土谷仓。他们沿着一条布满横七竖八的车辙和马蹄印的石灰公路继续向东前行。伴随着马蹄的嗒嗒声，路面上扬起灰尘并钻进车里。终于到了一片稍微凉爽的浅绿色针叶林区。这里的地面布满了粗糙的石块，马车又开始剧烈地颠簸，好在这里离驿站应该是不远了。阳光在树梢后面翩然落下。这会儿他们走的是一条散发着湿黏土气味的松软小路，沿着钒矿采石场的边缘前行，不久后他们到达了一座丘陵，这里一定就是钒矿的崩落线了。欧拉敲了敲车厢的门，马车夫随之勒住了奋力疾驰的马儿。欧拉从皮袋子里拿出了他自己研发的望远镜，他让人给它装了可以拆卸的无色透镜。这玩意在当时还没有正式出现，而且在牛顿大师看来，它应该永远也不会出现。

明黄色的金盏花破土而出，尽情绽放；数以千计的白头翁属植物展示着它们淡紫色的钟形花。欧拉满怀期待地穿过一小片树林，穿过古老的刺柏树丛、黑刺李、巨大的松树——一只蜜蜂在他的眼前旋转翻飞，就好像要告诉他什么秘密，而他也就跟随着它一直来到了崩落线前。

突然展现在眼前的深谷就是采石场，一眼望过去给人一种威严之感。这是地球大幅变暖、冰川消融之后形成的一个巨大的冰蚀谷，看上去就好像上帝用大拇指在地球上按下的一个指印，它巨大无边，低于周围的一切。一条小河在谷底蜿蜒流淌，截获了晚阳的霞光，就好像一条怀了孕的鳗鱼。欧拉拉开望远镜，叉开双腿站定。有那么一刻，镜头里的一切都是黑的，然后，那些如毛细血管一般的分支轮廓开始渐渐显现：这就是奥得河。欧拉试着追踪河流的流向，紧跟它的曲折与蜿蜒。但是很快它就消失了，直到欧拉看到了一个巨大的洞。想必这就是弯地附近的建筑工事了。可以看见那边有人影在疾走。他调整了一下望远镜，看到人们正在垒建堤坝，他们站在水里，或是在把泥土铲进桶里，或是用斧头根除树木的残余。地面上到处横倒着树干，很多地方的芦苇丛已经消失不见，在其他的地方则可以看见高高的芦苇堆。这里没有蜿蜒的河流，有的只是垂直相交、起到阻流作用的排水渠。

突然，一个奇怪的、柱状的东西犹如龙卷风一般在巨大的沼泽上方掠过。接着，有更多的圆柱体进入了他的视线，这些圆柱体彼此交错又互相分开。随着它们而来的是一种奇怪的、忧伤的击鼓合鸣之声。这种声音来自圆柱体本身，每一个圆柱体都有属于自己的节奏。不同圆柱体的鼓声和在一起有着类似催眠的作用。欧拉又调节了一下镜头的清晰度。难道那里是成群的鸟儿在飞？鼓声变得越来越强，就好像有一支军队整装待发正在准备进攻。又有一个圆柱体进入了欧拉的视野，继而充满了他的视野。这时，一个声音打断了他的观察："天杀的……"车夫站在他的身旁，摇了摇那颗蓄着短发的脑袋，头上斜戴着的那顶装饰着雄鹰徽章的车夫帽也随之晃动了一下："下面的那些蚊子。水不流动，就到处都是蚊子：对于牲畜来说倒真是天堂。只是如果我对您此行的目的理解不错的话，这样的情景应该维持不了多久了。"

入夜之后，湿气从外面钻进车厢，四面八方响起了蛙鸣声。马车经过了位于福来恩瓦尔德市前方的一个小渔村，村子里只有几间破旧的茅舍。从这里开始，此前路上占主导地位的马蹄的嗒嗒声被车轮经过泥泞道路时发出的不同强度的吧唧声所取代。车轮深深地陷入路面，再加上是下坡，车身左右摇晃得厉害，路上的烂泥被高高溅起。两位乘客屁股底下的皮质座椅吱嘎作响——在福来恩瓦尔德换马的时候又有一名乘客上了车。路中间的大石块颠得人肋骨生疼。马匹呼出的气从车窗边掠过。在火把跳跃的昏黄光线里，橡树、山毛榉、云杉的轮廓都融在了一起，组成了一片黑乎乎的影子。坐在欧拉对面的男人蓄着大胡子，穿着手工业者的制服，把橡树皮塞进了粗劣的树根烟斗，点燃了树皮，深深地嘬上一口。"不好意思，有点儿味道，"他说，"但是这样可以驱走蚊子和蠓虫。冒昧自我介绍一下：基施鲍姆（Kirschbaum），伊弗雷姆（Ephraim），箍桶匠。我做各种各样的鱼桶和酒桶，我还做木桶。"他把强壮的手伸给欧拉。"还有棺材。去弗里岑，是个急活儿。明天中午之前就得干完。盖儿上要刻鹰，还要整个儿刷成朱砂红。要得太急了，但是有点儿意思。"

"您去过弗里岑？"欧拉边问，边解开管家为他准备的晚餐包。他期待这一刻已经有几个小时了：煎玉米饼和辣味羊肉酥皮馅饼，都是他特别爱吃的。女管家还给他带了一罐乳浆、一大块火腿和腌绿椰菜，还有一块苹果蛋糕做甜点。

"是啊，还和以前一样，在金太阳旅店下车。那是个好地方。"基施鲍姆也拆开了他的晚餐，是一串裹了火腿的烤云雀，他美美地在肥美多汁的肉上咬了一口。"在弗里岑那边还有下等酒吧（Kaschemmen），那种地方就连在柏林都还没有呢。而且现在洪水就要来了，到时候大水会四处蔓延。我跟您说，这也是柏林人见都没见过的。"箍桶匠鼓着腮帮子边说边欢快地摇着头。突然间，他机警地看向窗外。响亮的号叫声划破天际。可以听见车夫在高声喊：吁！他费了好大的力气才勒住了缰绳，控制住狂奔的马儿。

欧拉咬了一口火腿，看向窗外。"出了什么事？"马儿们由于受了惊，眼睛都直往后转，看起来就好像是中了邪。丛林里又一次传来了号叫声。

"狼！"基施鲍姆喊道。"咦，咴……咴……"马儿大声地嘶鸣，将马蹄深深刨入沙土中。车夫跳下车，拍了拍马儿的肚子，跑来跑去地给两匹马的嘴里各塞了一块糖，又对着它们乱动的耳朵轻语了几句。最后，马儿们终于极不情愿地跑了起来。

路况越来越差，车轮常常在淤泥里打空转。天空黑洞洞的，没有一丝光亮，也看不到一颗星星。投到天空上的目光仿佛都要被它吞噬，继而在巨大的空洞中打转。车夫不得不越来越频繁地使用鞭子。不时有狼嚎声传来。马儿会不会脱缰？马车会不会翻倒？有好几次，他们不得不停下来。车夫爬下车座，用火把朝四下照去。地面泥泞不堪，已经分辨不出哪里是路，马儿的蹄冠都没入了烂泥，溅起的泥巴被甩到车窗上，渐渐地给车厢包上了一层硬壳。然后，他们终于到达了中转站。

谋杀

"蓝夫特到了！"车夫的声音从黑暗中传来。他从车座上起身，打开车厢门。现在已经快到午夜了。"休息一个小时。得让马儿喘口气。"

不过马儿并不是停车的原因，当一个眼窝深陷、身材敦实的男人走过来，并且直接指名道姓地问候了莱昂哈德·欧拉之后，这一点就已经非常明显了。他穿着半长的黑色薄平布裤子，戴着卷沿高帽，自称库尔茨，是弗里岑的鱼市总管和执法官。他说，他们已经恭候教授多时了。在继续赶往弗里岑之前，欧拉需要和蓝夫特的领主，也就是国务大臣塞缪尔·冯·马沙尔和内廷总管海因里希·威廉·冯·施麦陶会上一面。

旅途的劳顿让欧拉好像全身都散了架一样，因此这时候的歇息对他来说恰到好处。而且想到可以再见到施麦陶，欧拉心中有一种连他自己也感到意外的期待。虽然他在无忧宫并没有和这位高官私下交谈，但是能在这遥远的异地遇到施麦陶，和他一起讨论计划中的措施，并且还可能会配上一杯美酒，想到这些，欧拉就觉得惬意。因此，很快他就在庄园的大门口热情地与迎接他的内廷主管握了手，而后者则依旧夹着那个人尽皆知的公文包。

"请原谅我的唐突。"施麦陶用那双乌亮的圆眼睛看着欧拉。他的马尾辫塞在塔夫绸发包（Taftbeutel）里，身上则穿着一件高领的紧身衣配黑色男裙。"我们有些事要告知您。可惜并不是什么好消息。"他那扑了粉的脸比在无忧宫里初次见面时显得还要苍白，在庄园前厅微弱烛光的映衬下，这种苍白变得更加明显。

"到底是什么事？"

"您先进来说话。"施麦陶用微微颤抖的手指将雪茄烟送到嘴边，用力地嘬上一口，烟雾随之在他肩膀上方的夜色中弥漫。沿着通往阁楼的橡木楼梯而上，他们来到了庄园的花厅。虽然天气温热，但是壁炉里还是点着火，散出浓烟。花厅里灯光昏暗，四周贴着深绿色的墙纸，摆满了书架。一位 60 岁上下、衣着随意的男人坐在那儿，正在嘬着一支已然短得无法再吸的雪茄烟蒂。他敞穿着一件棕色的男裙，里面是一条同是棕色的长裤，配一件易皱的芥末绿丝绸衬衫。他黑色皮靴的鞋尖上溅满了泥巴。见欧拉进来，他便站起身来。"我来介绍一下，"施麦陶将两人引到一起，"这位是庄园的主人，也是我们今天的东道主，国务大臣塞缪尔·冯·马沙尔，负责贸易和经济方面的工作，是我们尊贵的国王陛下的左膀右臂。这位是……"

"……这位贵客无须介绍。"马沙尔接过话来，他那留着中分样式、长及耳垂的头发已经花白。他卷着袖管，露出毛发浓密的小臂，握住客人的手。"在我的眼中，欧拉教授不仅是柏林最多产的学者，更是有史以来最伟大的数学家之一，只有阿基米德和牛顿能和您相提并论。能在寒舍欢迎阁下，是我的荣幸。"

欧拉鞠躬致意。他注意到，马沙尔的左右脸挤在长长的鹰钩鼻和微微向右斜的眉间皱纹边上，两边脸上的表情并不一致。

"局部面瘫。"马沙尔说道。他注意到了欧拉的目光，并且已经习惯了这样的情况，因此马上做出了解释，"和我父亲一样。"说话间他朝着壁炉旁边挂着的那副荷兰风格的油画扬了扬下巴。画中人物的左右脸也有轻微的变形，似乎挤在了一起。"医生们经常会告诉我，我脸上的这种不和谐的容貌要归罪于我所承担的繁杂责任。但是其实它和外界的影响根本没有半点儿关系。遗传就是这样，好的或者不太好的，我们都会从父母那儿遗传过来。"

"您的祖籍是苏格兰？"欧拉向前走了一步，仔细地打量着马沙尔父亲的画像。画框上用花体字写着"Marishal de Clothoderick *，1643"。欧拉的目光紧接着掠过一个手掌大小、有着天真表情的金色太阳，它就挂在画像的旁边，这是一个他也分不清年代的手工艺品，这也是花厅压抑的气氛中唯一的慰藉了。

"我的家族和斯图亚特（Stuart）王室有双重血缘关系，和邓迪伯爵（Earl of Dundee）的关系也很好。"马沙尔说，"11世纪以来，我们家族就一直在帝国的马里沙尔（Reichs-Erb-Marishall-Amt）任职。但我的父亲生性爱冒险，他曾经作为士官生在勃兰登堡任职，并且娶了我的母亲，她的家族来自荷兰。但是在咱们开聊之前，请允许我先给您倒上一杯喝的。我这儿有上好的佐恩多夫（Zorndorfer）烧酒。"马沙尔说着走向一张边桌。桌上摆放着盛着清冽液体的大腹玻璃瓶、几只酒杯、一个雪茄盒，还有一本皮革包裹的书，那是伯纳德·吉（Bernard Gui）的作品，拉丁语书名意为"实用问题指南"（*Tractatus de practica inquisitoris*）。马沙尔拿起大腹瓶说："我认识酿酒师本人。这酒很不错。可以给您倒上吗？"随后他又转身面向执法官。"您也来一杯吗，库尔茨？"

"我是永远不会拒绝小酌一杯的。"库尔茨龇着牙，把酒杯递给了马沙尔。

"无论何时何地，一杯好酒总是有裨益的。"马沙尔对库尔茨说。他先给欧拉，再给执法官和施麦陶把酒倒上，却没有给自己倒酒。"要不要再来一支雪茄？"他问欧拉，"它可以驱赶该死的蚊子。这样，咱们也可以给抽烟享乐这件事儿加上一份功利主义的价值啦。"

"非常乐意。烟草的香气可以安神醒脑。我基本上不会拒绝。"欧拉从马沙尔递给他的雪茄盒里取出钻孔器和一支雪茄。

"您请坐。"马沙尔指向一张深色皮面的椅子，自己则坐到了壁炉前的一把虎皮椅上。施麦陶和库尔茨都站着没动。库尔茨站在三扇窗户的中间那一扇前，正看向昏暗的夜空。

"首先我要代表堤坝总建筑师赫尔勒姆向您道歉。他原计划无论如何都要陪您乘船的，但是由于我马上要说到的这件事情，他不得不紧急前往弯地。那儿的600名壮丁已经开始了挖掘工作——但是目前还是群龙无首的状态……"马沙尔看向施麦陶，问道："不知道阁下是否愿意担任领导一职？您是官方的人。我不知道自己在什么地方会出岔子，汇报的时候也难免不分轻重。"

"咱们还是让教授先把烟点上。这是他长途旅行之后应得的奖赏。"施麦陶在壁炉前点燃了一块木屑，递到欧拉面前。欧拉慢慢地在雪茄尾部转动木屑，直至烟灰形成了一个小小的圈形。随后他又对着雪茄用力地鼓了一口气，好把点烟时产生的苦味吹出去。完成这套流程之后，他才嘬上第一口。虽然房间里弥漫着一种道不清的紧张气氛，但是欧拉怡然自得地坐在椅子上，将烟雾吞下，身体后倚，看着四角浸入黑暗的天花板。"知道吗，我的先生们，"他挺了挺身说，"只要我能喝着这美味的佳酿，能一边烤着火一边纵情地抽着雪茄，你们就大可以用你所说的这次会面那令人不安的起因来吓唬我，但前提是必须满足这些条件。"

"您可真是泰然啊。"施麦陶答道。接下来他就讲述了执法官的巡查遭遇，发现尸体的过程，以及库尔茨是怎样将尸体用小船运回弗里岑并向市长汇报。"医生在那儿做了尸检。居斯阿普福（Süßapfel）医生是一个犹太人，但他是个好人，他在尸体解剖过程中发现死者胸口有一处鱼叉伤。"施麦陶结束了他的汇报。

欧拉坐在那儿，挑了挑左眉，尝试着消化刚才听到的信息。"我理解得没错吧：正在建设中的运河河道的工程师被人用鱼叉杀死了？"

"而且不是一支普通的鱼叉，"库尔茨回答道，"是有九个齿的那种。一支九齿鳗鱼叉。（这种鱼叉）已经禁用一阵子了，可不是寻常人家随处可见的工具。"

"用这样一种原始武器杀人的人是想暗示点儿什么。"施麦陶边说边捋着他的黑色胡子，这样做会让他的心情平静下来。"我想说的是，我们非常抱歉，不得不唐突地告诉您这样的消息。虽然您一直保持镇定，但是我可以想象，这些信息一定会在您的心中掀起波澜。您的到来让我们激动万分，所以想请您帮忙破解这起疑团重重的谋杀案。虽然是个不情之请，但希望您能谅解。"

"阁下何出此言？我是个数学家，又不是治安官。而且我要测量沼泽面积，计算新运河的成本和工作量，还要操心筑坝的事儿，我已经够忙的了。"

"我也是这么跟内廷总管大人说的。"马沙尔摇着头瞥向施麦陶。

"唉，这一点上咱们想的不一样，尊敬的国务大臣大人。"施麦陶反驳道。他转身面向欧拉说："恰恰因为您是数学家，我才有

61

了请您参与破案的念头。我们的国家是一个现代化的国家，因此我们也要诉诸现代化的方法。您就把可怜的马伊斯特的案子想象成一道数学难题。如果您愿意，大可以把它想象成一个方程式。就像柯尼斯堡七桥问题，或者象棋里的骑士巡逻问题一样。这些问题不是也被您当作数学现象来看待吗？而且也都找到了答案。亲爱的教授，您不用出家门就是一位治安官，是法律的守护者。"

施麦陶提到了自己在专业圈子之外几乎无人知晓的著作，这让欧拉十分受用。"我还不确定，我有没有正确地理解您所说的内容……"

"我愿意为您，和各位大人，尽量详细地介绍案件的情况。"内廷总管回答道，"目前，我们国家的查案方法发展得还不够成体系。多年以来，我一直在要求设立专门的谋杀案侦破警队，但是直到现在我的这些呼声也没有引起大家的重视。可以想象，在像马伊斯特这样的案子里，实际上关系到一种卑鄙无耻的阴险行径，我们对案件的侦破却没有明确的责任划分。我们肯定不能让弗里岑市长独自为此事负责。"施麦陶用余光瞥了一眼执法官。"如果按老规矩的话，优秀能干的弗里茨会像变戏法一样变出一个杀人犯来，然后迅速将他送上绞刑架。这样既可以安抚民众，又可以维护所谓的正义。但是这样的做法却有可能损害国王陛下的大计。为了维护这个大计，我们必须找出真正的凶手，将其绳之以法。除了本世纪最伟大的推理大师、现世最聪明的人之外，谁还能担此重任呢？"

"亲爱的施麦陶，各位大人！无论是对咱们教授请求的忧虑，还是你们本身的担忧都过度了。"马尔绍尽量均匀平缓地吸着雪茄，好让烟气凉下来，这样烟草才能更好地挥发香气。"排干奥得沼泽的计划绝不会因为这样一个意外事件而受到影响。请大家不要以为我们的腓特烈大帝会因为一点小麻烦，就放弃他高瞻远瞩的计划。"

"这件事比您想象的要更加不确定。因此在无忧宫我们才没有透露任何关于此事的信息。这是为了避免给国王陛下造成不必要的不安，"施麦陶反驳道，这次他近乎急切地转向欧拉说，"我们所有人都是法律的护卫者。今天在场的所有人都是。柏拉图在他的《理想国》里讲的不就是一个由科学家领导的国家吗？那么，为什么在咱们的国家里不能由数学家来负责破解最棘手的刑事案件呢？您，尊敬的教授阁下，以能够最准确地分析和破解所有难题而闻名。请您将理智之光照进黑暗的谜团。因为这样的一个黑暗之谜与我们这阳光普照的光明时代实在是不相称。"

欧拉抽着雪茄，烟云慢慢地笼罩了房间，他周围的烟雾也越来越浓。"我赞同您的观点，亲爱的内廷总管大人，这世上没有解不开的方程式。无法破解的方程式不符合上帝创世的设想，这个世界是完美的，只不过人类可能还不能理解它所有的细节。但是，为了解开方程式，我们还是要先了解所有相关的因素。"

"我们要查明马伊斯特被害案的全部实情。只有这样的行事方式才符合我们这时代的精神。"施麦陶说。

欧拉审视着他。"既然阁下这么说，也许我可以接下这份差事。"然后他又看向马沙尔："国务大臣大人，您意下如何？"

马沙尔没有立刻作答，他走回到边桌，拿起茶壶给自己倒上一杯茶。片刻间，一股香气在房间里弥漫开，让人想起树皮的味道。"如果国王托付给您的本职工作不会因此而受到影响……"

"对此您大可以放心，"欧拉说，"同时处理多项事务实际上正是我的特长。让我苦恼的倒是弗里岑的市长。只有他支持我，不对我横加阻拦，我才能顺利地彻查此事。"

"他不会乐于接受这个决定的。但是我会吩咐弗里茨应付他的。"施麦陶说，"另外我建议，您参与此事的决定就不要外传了，万万不可招摇。国王陛下暂时也不必知悉此事。咱们得保护他，不能让他受过多信息的侵扰。陛下太容易激动。"马沙尔给欧拉倒上了一杯烧酒，走到他的身边。

"首先咱们必须评估一下这名工程师对于既定的措施到底有多重要。"欧拉接过酒杯，转头问道，"您是怎么看的，内廷总管大人？"

"我还从没有见过任何一个比这个马伊斯特更能干的人呢，"施麦陶答道，"工地上各种各样的问题层出不穷，但对他来说这都不在话下。他做事的风格是既能切合实际，又能持之以恒。"

"谁会接替他的工作？"欧拉接着问。

"他在弯地的前任名叫曲莫勒（Kümmerle）。一个坚韧的小伙子。我非常看好他。"

"话是可以这么说，"马沙尔插话道，"但是他跟马伊斯特不能相提并论。"施麦陶补充说："总体上先由赫尔勒姆来代他行使职责。至于他本人能不能担此重任，还得他自己来证明。"

马沙尔挑挑眉毛，点了点头。欧拉吐了口烟，他的目光穿过三扇落地窗里中间的那扇，望向了远方。外面空无一物，漆黑一片，只有伸手不见五指的黑夜。"现在说说作案动机。"他说，"先生们，如果这片沼泽不被排干，那么谁可能是最大的受益者？"

"当然是沼泽人啦。"马沙尔呷了一口茶，他那不对称的脸上短暂地扭曲了一下。"关于这些人是怎么在那里过日子的，我们大多数人都知之甚少。要是他们起来反抗，倒也不奇怪。这些我一开始就说过了，因此我也建议咱们的态度要强硬。一旦我们软弱下来，文德人就会马上利用这一点。我们可以想一想，这些人会失去些什么。这个地区是以盛产鱼类而远近闻名的。沼泽人经营着全欧洲销量最大的内陆鱼市，而这些鱼对于普鲁士——勃兰登堡来说一直都是最重要的贸易产品。"

"这我倒是不知道。"欧拉说。

"为了让您对我所说的规模有个确切的印象,"马沙尔接着说,"这里涉及的是数百万桶鲜鱼和经过盐渍、腌制、熏制或者用其他方法处理过的鲟鱼、梭子鱼、狗鱼、鳟鱼、鲍鱼以及其他一切可能的水产。这些水产品被出口到劳齐茨(Lausitz)、萨克森、图林根、西里西亚、波希米亚、巴伐利亚、哈尔茨山、汉堡以及莱茵兰地区。每年销售出去的虾蟹和鳗鱼不计其数;难以计数的龟类作为封斋节的菜品被运往所有的欧洲天主教国家。就连教皇本笃(Benedikt)本人都是他们的常客。我认为,外面沼泽里的那些人害怕会因为排干沼泽而失去这所有的一切,这至少是可以理解的。"

"但是您别忘了,尊贵的国务大臣大人,"施麦陶插话道,"这些收入的大部分并不能进入沼泽人的腰包,获益的是弗里岑的梭子鱼捕手行会。行会拥有加工和处理鱼的专权。沼泽人只负责提供原材料。看看集市广场旁边的那座富丽堂皇的捕鱼大厅(Reißhalle)吧,那里才是繁荣贸易的起始点。如果这么看的话,我们很可能得去那儿寻找可能的嫌疑人。"内廷总管边说边拿了炉钩子,捣了捣壁炉里烧红的炭火。"到目前为止,弗里岑人还没有明白,他们可以从农业中开发出新的、利润更丰厚的收入来源。市长的死对头,一个叫劳勒的家伙,已经开始行动起来了。是吧,库尔茨?"

"是的,劳勒是个很讨厌的捣乱分子。"执法官怒气冲冲地确认道。

"我觉得,在这件事上,咱们得看得透彻些。"马沙尔在烟灰缸的边缘转动着他的雪茄,想抹去那些深色的烟灰。"沼泽的人们严守他们的风俗和习惯。传统就是他们的根基。他们的经验是代代相传的。这些经验给了他们安全感。现在,一切都将改变。此刻他们最想要的无外乎保持现状。我们不能被蒙蔽：他们的生活方式是注定要消亡的，这一过程已经开始。感觉自己生存受到威胁的人，就会胡乱挣扎。对于他们来说，使用什么手段都不为过。"

"显然，咱们现在要解的是一个相当复杂的方程式。"欧拉默默地说，随后转向库尔茨："内廷总管此前说过，您在尸体身上发现了一只怀表。东西现在在哪儿？"

"那只表保存在我这儿。"马沙尔替执法官回答道，他吸了一口雪茄，将烟吐往壁炉的方向，炉火在他深浅不一的浅蓝色眼睛里闪动跳跃。"我们检查了这只表，没有发现任何与案件相关的细节。只有表盖上的刻字可以证明，它曾经为马伊斯特先生所有。"

"如果不会给您添麻烦的话，我想看看这只表。"

马沙尔耸耸肩，走到房间的另一头，拉开一张洛可可式写字台的多个小抽屉中的一个。他从里面拿出一样闪着金光的东西，递了过来。"给您。"

"谢谢。"欧拉接过表，从上衣兜里掏出他的消色差透镜，举在左眼前，从各个角度细细端详。

"这里有几个值得注意的点，可能就是我们这个方程式的一个重要组成部分。"过了一会儿，他喃喃自语道。他抬眼透过镜片逐个打量聚集在他身边的人们。透镜的放大作用让他的左眼看起来十分怪异。

"什么？您看到了什么，教授？"施麦陶问道。虽然他生性冷静，但是此刻也按捺不住激动的心情。

"在插发条的小孔周围可以看到无数的划痕和磕碰的痕迹。马伊斯特先生是不是视力不太好啊？"

"我不这样觉得，"施麦陶回答说，"恰恰相反，我记得有一天晚上我们在桌子旁研究设计图纸。当时我都已经视线模糊了，但是他却看得清清楚楚。"

欧拉举起怀表说："那么可以断定，是其他的原因让他经常找不准这个小小的发条孔。"

"哦，他爱喝酒，"施麦陶说，"这倒是典型的法国人做派。"

"是啊，这倒有可能，但是这又说明了什么呢？"马沙尔带着既有些不解又有些戏谑的语气加入了讨论。

"另外，在表壳上——这只表还是值些钱的——有好几处尖锐金属刮擦的痕迹，"欧拉接着说，"很明显，他是把这只价值不菲的表与硬币和钥匙放在同一个兜里的。我们之前也听内廷总管说过，他在自己的本职工作上的表现是非常尽职尽责的。但对自己的个人生活，他却并没有如此上心。这是一个典型的全身心投入公职，却极少在意自己的个人健康和钱财的男人。我们的马伊斯特性格上粗枝大叶，不修边幅，喜欢享受生活，爱喝酒，同时他又是一个为了自己的工作可以鞠躬尽瘁的人。这是否符合你们对此人的评判？"

"就好像您认识他本人一样！"施麦陶喊道。

库尔茨张着嘴巴站在那儿。"他就是这样。为人轻浮，但是可以让人信赖。"

"完全可以说，"马沙尔想到了些什么，朝欧拉点点头，"他生成了一种虚弱的、敏感的体质。在这种粗鄙的地方，这样的体质并不利于他的生存。了不起，教授。但是，关键的问题是：这对我们破解此案有什么帮助吗？"

"以后就会知道的，"欧拉回答道，"公式等号左右两边的几个参数可以彼此抵消。但是我向您保证，最终总会有东西剩下来。最后一次有人看见活着的马伊斯特是在哪儿？"

"在弗里岑。"施麦陶回答道。

还没等他接着讲下去，门就开了。没人通报，一个穿着工作装的瘦削身影走了进来。她左手拿着燃烧的煤油灯，头顶女式宽檐帽的系带在下巴下面系紧。马沙尔和施麦陶站起身来。来人是一位四十岁上下、魅力十足的女士。"请允许我介绍一下，"国务大臣说，"这是我的内人，玛丽安·卡洛琳（Marian Caroline）。这是科学院的莱昂哈德·欧拉教授。他刚刚向我们证明了他无与伦比的洞察力，令人印象深刻。"

欧拉起身鞠躬，想要亲吻女主人的手。但是对方已经急匆匆走到窗前，向外望去。随后她转过身来，用深棕色的大眼睛不无责备地望向自己的丈夫："现在他就心安理得地坐在这里，我们伟大的国务大臣大人，聊着未来自己会因为排干沼泽而名垂青史。而眼下海狸正在咬穿我们的主堤坝。你是怎么看的，塞缪尔？这些畜生怎么就老是在洪水来临之前破坏咱们的防御工事？就好像它们知道，对于咱们来说，没有比现在更糟糕的时间点了。"

"可能它们更喜欢水世界。"马沙尔朝妻子走去，抓住她的手，用满含爱意的眼神注视着她。"我们肯定不是在这儿闲聊，浪费时间，而是在讨论，如何破解马伊斯特的死因。"

马沙尔太太解开带子，将帽子取下。她那丰盈的黑色长发在脑后整齐地梳成三层拱起的发式，并用一条金色的发辫扎在了一起。"欧拉教授，我读了您关于流体力学的论文，非常有意思。您的理论在规模宏大的填埋工作，以及排水渠的铺设和围堰建设中给了我很大的帮助。还有，您知道我们用什么来清除地下水吗？是水螺。"

"就是那种角平卷螺，"她的丈夫补充道，"单单是它那滑稽的外形就让我爱上了这种小动物。再说，我也是邮政部长①呢。这种小东西吸收和代谢地下水的能力真是让人震惊。"

"很显然，在这幢房子里，科学知识得到了有效的应用，理论研究被转化成了实际收益。"欧拉朝着并排站立在炉火前的夫妇俩说。对于他流体力学基础专著的赞扬让他很受用，因为除了马沙尔太太以外，没有任何人谈及他的这一成就。而且自从马沙尔太太进门之后，几分钟以前充满国务大臣烟味的房间给他造成的压抑感就不复存在了。

"我很高兴，有像阁下这样的人写出如此伟大的著作，让其他人也能有机会分享知识，并且做出他们自己独立的决策。"玛丽安·卡洛琳·冯·马沙尔朝欧拉微笑着说。"正是因为如此，我们才得以战胜每年两次汹涌来袭的洪水，守住了这份家业。另外，我们的任务是，"她边说边用目光扫过施麦陶，深色的眼睛里闪烁着好斗的光芒，"承担起作为地主的职责，即使没有国家规定，也要采取必要的措施。"

"您能详细地说一下吗？"欧拉注意到在说这些话的时候，马沙尔夫人抓住了丈夫的手，用力地握了一下。

"当然可以，教授。要排干的土地是我们自己的，我们并不需要来自柏林的规划。工程师是死了，但是这还远远不能抵消他的错误。我们只希望，以后也能一直不受那些迷失在不必要细节中的人们的侵扰。"她说得振振有词，毫不在意她丈夫给她使的眼色。

欧拉转向施麦陶道："这与您此前所说的马伊斯特的能力和他对全局的掌控难道不是互相矛盾的吗？"

---

① 角平卷螺德语叫 Posthornschnecken，与邮政部长 Postminister 有字面上的相关性。——译者注

"这位工程师预留了一笔 5.5 万塔勒的巨款，用于清除白骨和漂砾。他认为应该把弯地的骸骨安置在一个安全的地方。"还没等施麦陶开口说话，马沙尔夫人就抢先回答道。"考虑到整个计划的总预算，这无疑是个错误。"

"您说的是骸骨，夫人？"欧拉小心翼翼地把雪茄的浅色烟灰敲进壁炉台上的陶土烟灰缸里。烟灰很厚重，掉落在烟灰缸里时还保持着它的圆圈形状，这让欧拉很是满意。"沼泽的人们把弯地视为神圣之地"，卡洛琳·冯·马沙尔边回答边摇着她美丽又高傲的头。"他们宣称，他们的祖先就埋葬在那里。工人们不断地挖到这些骨头。尽管我对此完全埋解，但是这些并不是基督教徒的坟墓。难道能让异教徒的习俗成为进步的绊脚石吗？"

欧拉审视着马沙尔夫人。他从马甲的左侧衣兜里取出夹着石墨笔的笔记本，好把这些内容记下来。

"他真是用尽了所有办法让事情变得复杂，变得对我们所有人来说都更加昂贵。"马沙尔夫人激动地接着说，她松开丈夫的手，再次走到三扇落地窗前，朝外望去。"他所谓的大计划实际上就是一个大错误。"

房间里一阵寂静。厚重的烟雾悬浮在空中，只有壁炉里的炉火噼啪作响。"你说得对，亲爱的。咱们现在得特别留意这些无耻的海狸。"马沙尔站到自己妻子的身边。"你何不赶去堤坝那边，现在就开始驱赶那些昼伏夜出的破坏分子？我带教授参观一下庄园，他马上还得继续赶路。待会儿我过去找你，咱们一起估算一下损失。"

鬼火

欧拉仰望天空。云朵快速朝东移动，继而被撕成碎块，越来越多的星星出现在夜空。突然间他看清了面前的沼泽。奥得河在夜色中泛着银光。可以看出停泊在不远处小舟的轮廓，除了蛙鸣声和间或传来的一只大麻鳽可怕的啼声之外，四周一片寂静。

在确认了四下无人之后，陪着欧拉来到户外的国务大臣开口道："除了沼泽人之外，排干计划还会让某人感受到巨大的威胁。我刚刚不想在别人面前谈论此事，因为这关系到一个位高权重的大人物。但是既然您决定接手此事，我必须让您知道这一点。"

"您指的是边疆伯爵卡尔·冯·勃兰登堡 - 施韦特？"

马沙尔吃惊地看着他。"无忧宫里谈论此事了？国王陛下对此做何反应……有没有怒不可遏？"

"陛下似乎没有预料到他的堂兄会有什么反对的立场。您能不能给我讲讲边疆伯爵的动机？赫尔勒姆说，施韦特的人害怕马伊斯特主持修建的大运河会毁掉他们珍贵的牧场。"

马沙尔点点头。"但是这还不是全部。卡尔是圣约翰骑士团的团长，这支部队如今财政吃紧。排干沼泽需要所有的地主参与投资，当然也包括我在内。大家觉得无力承担这笔费用。圣约翰骑士团债台高筑，他们跟马耳他人借了好多钱。卡尔现在一分钱得掰成两半花。他可不想落得最后被迫出卖地产，丢掉勃兰登堡行省的所有权和居斯特林郊外的太阳堡（Sonnenburg Schloss），毁了历史悠久的骑士团。这将决定他是名留青史还是遗臭万年，儿戏不得。"

"这可不只是您刚刚说到的小麻烦这么简单。"

"我不想给施麦陶制造更多的不安。您肯定已经注意到了，他很紧张。去年他捅了点儿篓子，现在就想着，如果这件事能办得干净利索，也好重塑声望。但是您说得对：对于腓特烈来说，自

71

己的堂兄起来反对自己，确实是件非常棘手的事。如果由国王陛下来干涉本来就动荡不安的圣约翰骑士团的事务，那是极其不恰当的；而且在西里西亚战争中夺取格沃古夫（Glogau）也是卡尔的功劳。这位边疆伯爵在格沃古夫战役中独立领导他的部队取得了胜利，就像在莫尔维茨（Mollwitz）和霍图西采（Chotusitz）的战役中一样。作为感谢，腓特烈当时尝试着在西里西亚向马耳他人施压。他承诺保护他们的财产，条件是马耳他人要承认在他们看来已经变节了的新教团体圣约翰骑士团，并且免除其债务。所以，一方面卡尔十分看重腓特烈的这份人情，但是另一方面，有人要在他的家门口截断水源，他也是要抗争的。有鉴于此，委员会在5月末给他写过一封信。在信中我们建议卡尔来现场考察一番，以便了解这项计划可能会带来的收益。但是这封信他连回都没回。"

"您认为这位边疆伯爵会做出谋杀的事情来吗？"

"他本人倒是不会。但是据说他和沼泽人有所勾结，那些家伙可就说不定了。我还想告诉您些别的事，亲爱的教授。请您不要跟别人讲，跟施麦陶也不行。我能信任您吗？"

"我在解题的过程中从不与人交流。唯一的例外是我的妻子，但是如今她并不在这儿，而且她和此事也没有任何关系。"

"好的。我相信您。是这样的：几天前，确切地说是上周一，我收到了一封马伊斯特寄来的信。今天又收到了一封。两封信都是从弯地寄出来的。您想想，读着一个刚刚死去的人写的文字是件多么奇怪的事情。我想给您讲的是新来的这封信。"

"另外一封也请您说说，"欧拉说，"就算是最细微的信息我们也不能忽视。"

"我明白，您行事缜密。要在柏林找到还具备您这种美德的人真是太难了。好的，其实周一那封信的字里行间并没有包含多少信息。马伊斯特只是告诉我，他在现场已经聚集了600人，用来挖穿海角，这个数字我在之前也提到过。但是按照我们的估计，如果要取得彻底的成功至少还需1000名工人。至于数字方面，您的计算肯定能给出一个准确的结果。"

"马伊斯特还写了些什么？"

"他告诉我，因为上周下大雨，挖掘工作受到了影响。水位线涨得厉害，妨碍了工人们干活。然后他还讲了和赫尔勒姆之间的摩擦。他说赫尔勒姆派的信使半夜把他叫醒，他甚至还专门提到了时间：夜里3点。在那封特快专递里，赫尔勒姆抱怨马伊斯特从阿尔特马克（Altmark）的另一处筑坝工地调用了几个赫尔勒姆的工人，给他的工作造成了很多困难。赫尔勒姆威胁说，要直接向国王报告此事。"

"您是怎样看我们的这位堤坝总建筑师的？"

"赫尔勒姆的目标是在这几个地区确立自己的牧场主地位。他把改良奥得河沼泽看作自己的终生事业。在腓特烈面前他喜欢，或者说有点太过于喜欢提起腓特烈绰号为"士兵国王"的父亲，说当时老国王就看中他，打算把这项计划交付于他。但是由于缺乏资金，老威廉觉得这项工程对于自己来说过于庞大，所以把它留给了自己的儿子。赫尔勒姆当时就被指定为领导者，这让他不免有些趾高气扬。但是他时常会忘记，那个把他从贫民堆里拉出来，为他说尽好话，并且对他委以重任的人，是我！而且他竟然胆敢在不久之前告诉我，要收我6.5万塔勒，好用来开垦我在沼泽边缘的森林，以便在排干沼泽之后在那里建移居房。真是闻所未闻。"马沙尔摇着头，低声地笑了一下。"从这件事上，赫尔勒姆的狂妄自大就可见一斑。您知道接下来会怎样吗？我会自己来开垦，我一个子儿都不会给他！"

"您后来收到的那封马伊斯特的来信里都写了些什么？"

"哦，对，我就是想跟您说这个。他先是说，事情进展顺利，又有 100 名工人——一些来自柏林，一些来自波茨坦——到达了工地。这些工人的工钱他也可以承担。他确认收到了 1000 帝国塔勒的工资款。这笔钱他此前等了有一阵子，所以迫切地请求，后面的每个礼拜都能收到足够的新的塔勒。他在信里说，要招募工人，钱的吸引力是必不可少的。但这些新收到的钱有一半是银币，另一半则是金路易（Louis d'or）。原则上，他是愿意收金路易的……"马沙尔用一种异常疲惫表情看着欧拉道，"但是这批金币里的大多数重量不足。马伊斯特立刻就看出了这些金币过轻，为了补偿差额，他无奈给每一块金路易都加了 2 克银子。"

"会不会这些过轻的钱币就是专门为了这个项目铸造的？"

"有的时候咱们的钱币面值和实际不符，这个问题咱们不必继续讨论了。至于这笔钱是不是因为它的特殊用途才被人动了手脚，这件事咱们还得调查。"

"还有一个问题：这两封信真的都是从弯地寄出来的吗？"

马沙尔想了一会儿才回答这个问题。"我记得第一封信有邮戳，那封信是我自己拆开的。第二封信是仆人拿给我的，没有信封。"

"请您再核实一下，信封是不是还在，或者信的本身有没有关于此事的提示。"

"好的，一有消息我就叫人通知您。"

"多谢。在沼泽寄信，一般多长时间能到？"

"通常情况下第二天就会送到。但是从像弯地这样的偏僻地方寄出的信，有时候可能需要两天，因为我们送信全靠驳船。"

"咱们再聊一会儿马伊斯特，"欧拉说，"工人们也许根本不会注意到钱币有问题，但是他不想利用这一点占他们的便宜。这是他正直的体现。您认识的马伊斯特是这样的人吗？"

"我觉得内廷总管大人关于这个法国人能力的说法有些过于夸张了。他的死固然是一个悲剧，尤其是对于他在巴黎的家人来说。但是在改良奥得沼泽这件事上，他的影响却是微乎其微的，这一点我想再次强调一下。因为这个项目实在太大了，它是不可阻挡的。人们肯定会找到马伊斯特的替代者。但是我必须毫不犹豫地承认：是的，马伊斯特是个尽职尽责的人，我一直都很信任他。另外，他在信的末尾还说，如果能允许他以自己的方式行事，那么他可以保证准时完成目标。但是，以后的金币必须足斤足两。而且秋天也不能下太多雨。"

"关于他的文笔，您能再说上几句吗？"

"关于他的文笔？"马沙尔耸耸肩，"嗯，从他的文笔里看得出来，他不是牧师，但他的表达总是能让人理解的。不过我必须指出，我今天收到的他的那封来信写得并不怎么样，里面有一些拼写错误，是他以前从没有犯过的。"

"非常感谢。"欧拉注意到地平线那边有什么东西，他从上衣兜里掏出消色差镜片。远处有一片跳动的、微弱的橘黄色光。"那是什么？"

马沙尔眯起了眼睛，好看得更清楚。"哦，如果您现在问的是一个沼泽人，那您得到的回答很可能是，那是一团鬼火。"

"鬼火？"

"也就是在沼泽中迷失的灵魂发出的光。是啊，甚至可能那就是马伊斯特的灵魂呢。"

"那如果我问的是您呢？"

"嗯，在沼泽里的人们有时会产生一些令人迷惑的想法。我可是纯粹的自然学家。通常情况下，那只是从地里升腾起来的气体，在空气中发生反应，从而显现了它的颜色。剩下的就是人们的想象力。但是咱们现在在这儿看到的，"马沙尔朝地平线那边抬了抬下巴，"我认为就是弯地。它就在这个方向。可能工人们在那儿点起了一大堆篝火。"

"隔着这么远都看得到？"

"其实没有那么远，而且中间没有任何屏障。让我觉得奇怪的倒是今晚的寂静。可能是因为现在时间已晚。或者是因为大家在缅怀马伊斯特。在这里我们经常能在下工的时间听到工地上响起欢快的歌声。声波在湿地里传播得出奇的远。但还是让我再说一说鬼火和迷信的问题。我感觉，施麦陶并没有给您足够的提示，告诉您前面的旅途中还隐藏着多少危险。我之前也说过：我们从没有计划过让您独自登船，只有在赫尔勒姆和施麦陶的陪同下才可以。但是内廷总管大人在死亡事件之后就脱不开身，他明天一大早就得直接从这里出发去别的地方。"

欧拉的目光还停留在闪动的橘黄色光影的方向。"您说的是什么样的危险？"

"沼泽里的人说，在大变革的时代，奥得河会索取人命。我知道，教授，您和我一样，都是无所畏惧的人，指引咱们的只有一个信念，那就是理智无论在何时都会获胜。但是，您仔细想想，您是不是非得在这一时间点冒险进入这片野蛮之地。洪水近在眼前。咱们的奥得沼泽被称为普鲁士的亚马孙盆地，可并不是徒有虚名。"马沙尔把手放到欧拉的小臂上，看着他的左眼，急切地继续说道："我们的国家需要您，亲爱的教授。但不是让您去破解谋杀案，将无耻之徒绳之以法。就像我的太太说过的一样：您的科学著作才是价值连城、不可取代的珍宝。当然，您说只要确定了等号左右两边的参数，就能算出满意的结果，这是没错的。但这些参数里面却有一些是信仰与我们完全不同、做事荒谬、受激情引领的蒙昧的人。我不能对您做任何规定，不过我的建议是：请您留在弗里岑。在那里，您离事件发生地足够近，我们也会为您提供所有的信息，您可以在那儿不受打扰地完成您的计算和研究。"

欧拉若有所思地看着国务大臣。"我会好好考虑您的这些警告。但是听说我真的即将独自上路，这个消息对我而言的意义比您想象的还大。就连魔鬼本人也不能阻止我登上那艘为我准备好的小船。能有几天时间不受任何打扰地思考，这样的机会并不会经常有。"

有那么一会儿，两个人谁都不说话了，就连青蛙也停止了鸣叫，仿佛它们的音乐会已经散场。虽然已经入夜，但是空气依然温热，没有一丝风。只有橘黄色的灯火还在昏暗的地平线上闪动。突然间，可以听到一声响亮的啪嗒声，就好像什么东西掉到了水里。"是一条食肉鱼正在猎食，"马沙尔解释说，他又摇了摇头，"您真的打算不顾我的好言相劝，在弗里岑登船？那好吧，您说了算。但因为您到沼泽首府的时间是凌晨，而我家所有的客房都已经住满了，所以我想先在'金狮子'旅馆给您安排一个房间。委员会在改良沼泽期间，在那里租用了一个落脚点，可以供您随意使用。您可以在那儿洗漱休息、静心凝神，也可以安静地想想我对您说的这些话。这家旅馆真的不错。虽然不能和首都的那些大酒店相提并论，但是对于弗里岑来说绝对是高标准了。亲爱的教授，请您帮我这个忙，接受这个发自我内心的提议。"

"听起来可行，国务大臣大人。乐意如此。"

"太好了。那现在咱们说点儿让人开心的事吧，不要再说那些奇怪的死亡事件了。咱们来聊聊科学。科学才是真正值得咱们关注的事情，"马沙尔说着和他的客人一起朝奥得河的方向走了几步，"这就是刚才您从您的上衣兜里变出来的那个神奇玩意儿，一个消色差镜片？"

"您是行家啊，国务大臣大人。"

"虽然与您相比我只是个蹩脚的新手，但我自己倒是喜欢做一些科学研究，并且一直努力了解前沿知识。在动身之前，您想看一眼我简陋的研究室吗？要把它叫作实验室有点儿夸张了，不过既然咱们已经到这儿了……"他们来到了水流漆黑的河边，河水中倒映着星星闪烁的光影。紧贴着河岸有一间低矮敦实的杂物间，它矗立在那里，几乎不会被人察觉。平屋顶上挂着一棵巨大柳树的枝条。

"要不是亲眼所见，我真的不会相信，您在那么多公务之余还能挤出时间来研究科学。"欧拉看着这间被加长的阴暗的仓库说。

"被赋予的头衔越多，我就越是抗拒文牍工作。到了这个年纪，我更多地开始追求我自己感兴趣的东西。"马沙尔边说边把客人引向那幢在黑暗中隐约可见的小房子。他把地上的螺栓从铁环中解开，将门推到一边。微弱的星光从一扇窗子透入，屋子里模糊一片。马沙尔摸索到放在地上的一盏煤油灯，用螺丝扣把灯芯旋高，在皮靴上划亮一根火柴，继而把灯点亮。欧拉看到地上摆放着一排木箱，箱子盖都用细密的铁丝网罩着。

"我的孵化箱（Brutstation），"马沙尔骄傲地解释道，"不只是孵化箱：这是我生存的意义。您知道吗，家世和遗产能给最愚蠢的笨蛋带来财富和地位。但是在科学研究和文化进步方面具备学识，从而为自己赢取上流地位，那又是另外一回事儿。如果您问我，我觉得：贵族也应该做出些贡献，才能心安理得地享有特权。总的来说，这能够加强贵族的地位。说来您可能不相信，贵族地位在咱们这个国家并不是不可撼动的。但是很多血统高贵的人却认为劳动是粗俗的。"他满怀热情地用不对称的双眼注视着欧拉。"亲爱的教授，如果我们把沼泽想象成展示我们国家未来发展的实验室，那么这儿的这些就是在这个实验范围内的一个萌芽，一个胚胎。"他像一个孩子一样激动地招呼他的客人来到第一个木箱边。"我在这儿养的是一种改良品种的蚕。它们会提高蚕丝的产量。"

"有意思。"欧拉走近了一步。"作为科学院的数学组组长，我也会照看植物园。照料那里的皇家桑树种植园是我的责任。"

"我把这种事情称作巧合。"马沙尔从一个暗箱里拉出一个沉重的抽屉。"这是我们的孵化器。虫卵就在这里发育。那儿……您看那是孵化出来的幼蚕。在我的庄园里有两棵美丽的桑树。这些小动物能吃那么多的树叶，简直令人惊叹。"

"那边是什么？"欧拉指向嵌着格栅的一面隔断墙，从那里可以看到另一个房间。那个房间和他们所在的房间一样大，墙上贴着淡蓝色的带花纹瓷砖，摆放着一张简单的木质长凳，角落里立着黑色的壁炉。

"哦，那是我的汗蒸室。等下次来，有时间您一定要试试。我每天都要在这儿发发汗，夏天也如此——然后立刻跳进奥得河里洗个澡。有返老还童的功效。咱们走吧？"马沙尔把欧拉带到室外，他们俩朝着贵族庄园的方向往回走。

外面仍是深夜。一座破旧的桁架结构教堂的塔楼斜斜地指向天空，看起来十分显眼。已经套好马的马车停在庄园出口处。箍桶匠以法连·基施鲍姆瘫在车厢里打着鼾。施麦陶和库尔茨从高大的桁架房屋里走出来。"我陪您去弗里岑，教授，希望不会打扰到您，"执法官说，"明天有鱼市，我得在场。"

"有您相伴，我自然是非常高兴。"

"还有一件事，教授。"施麦陶定定地看着欧拉道，"我为您安排了最好的保障，为您这次穿越大片水域的行程保驾护航。至于具体是什么样的保障，您到弗里岑就知道了。请您放心，这件事包在我身上。"

现在的路比之前的要好走一些，欧拉却睡不着了。他一遍又一遍地回味在蓝夫特庄园的谈话，在那儿遇到的人们也浮现在他的眼前。他觉得自己好像忽略了什么重要的信息。但究竟是什么呢？好像是马沙尔，或是他的太太，抑或施麦陶，也有可能是库尔茨对他说过的一些他务必要理解的话。他不知道自己为什么会这么想。他给自己的解释是，这漫长的夜终于给他带来了一种压抑感。谋杀——这种方式的谋杀——这种事情应该是在舞台上，在古典戏剧中才会发生的，它不应该发生在这个理性高奏凯歌的时代。

当他们在晨曦中到达一片宽阔水域的岸边时，坐在他身旁的库尔茨和对面的箍桶匠都还在沉沉地睡着。银色的月亮宁静地悬在空中，河水在它的映照下熠熠生辉。"懒海到了，"车夫朝着后面大喊，一边叫醒他的乘客，"这是弗里岑的海。咱们马上就要到了。"在被巨大的黑色树木遮蔽的对岸，城市的灯火正在闪烁。

太阳像一只巨大的昆虫，将它的触角伸到了地平线上。当他们乘着木筏，到达另一端的陆地时，一股夹带着草地上水蒸气的湿润的风钻进了车厢里。从这里到城墙那边只需要穿过森林，走一段不长的路。在一个绞刑架上，一个被绞死的人的尸体正在腐烂。他破烂的蓝白条罩衫荡在空中，说明死者是沼泽的一名渔夫。在紧闭的城门前站着两名抽长嘴烟斗的卫兵。马车夫拿出了过路钱，好在这清晨时分进城去。随后，柏林科学院数学组的组长莱昂哈德·欧拉此刻到达了沼泽的首府弗里岑，这里是市长威廉·弗里策的帝国。

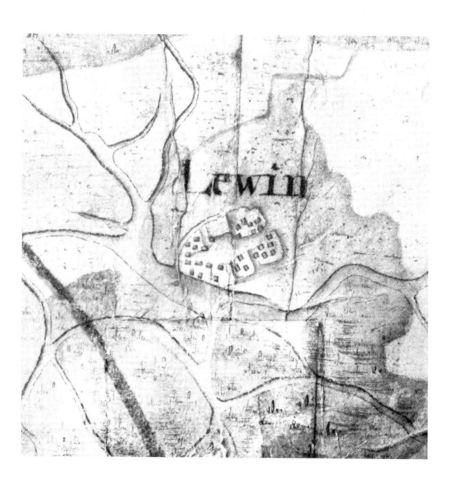

第二章

河流

当我看到这一巨大变化的阴暗面时，我感到悲伤。

——威廉·华兹华斯

第二天，也就是 7 月 9 日的清晨，法伊特正借着西南风，沿着奥得河逆流而上。一阵夹着水薄荷清香的微风吹过，河岸两边在朝阳的照耀下闪闪发光的紫柳树叶沙沙作响。法伊特的心跳越来越快，这不仅仅是因为体力消耗。在不到一个小时之后，"狼"就将与一位王储会面，那可是西里西亚和波罗的海之间最有影响力的王储。

法伊特给自己刚出生的儿子取名卡尔并不是没有原因的。无论是父亲还是妹妹追问此事，他都没有透露背后的原因。在把船桨浸入蓝绿色河水中的那一刻，他觉得自己既大胆又机智。事实上，他从来没有从兰度莫和欧达那儿得到应有的尊重，这让他感到难受。他们承认他的歌声优美动听，却从没有人在雷文村提起，法伊特有一天会接替兰度莫，成为整个村镇的首领。但除了自己之外，还有谁能担此重任呢？兰度莫虽然似乎是个永远不会死的厉害人物，然而法伊特注意到，最近一段时间父亲的身体已经大不如前。两个人曾经为了准备洗礼庆典一起去捕鱼，在收网的时候，父亲的手臂颤抖，还有好几次保持不住平衡，这在以前都是从来没有发生过的。毫无疑问，法伊特必须承担起责任，尤其是在这充满挑战的时刻。他要继承父亲的事业，并且将其继续经营下去。如今他已经登上了历史的舞台，那他就不会再甘于躲在自己妹妹的背后当配角。从现在开始，他要让大家都看看他法伊特的能耐。他要拯救沼泽，这是他必须做的，不需要任何人为他授权。他可以代表他的家族，必要的时候也可以变得心狠手辣，因为他已经下了决心。他将计划周密地行事，而且他给自己的儿子取名卡尔就是这个计划的一部分。

法伊特和他父亲的想法一样：必须对弯地那儿的工事做出快速的反应。虽然现在工程师的死在一定程度上削弱了敌人，但是他们不能静观其变。他与兰度莫的不同之处是：自从母亲死了之后，父亲多年来都是说的比做的多。法伊特要的却是有策略的行动，并且寄希望于计谋和政治影响力。他有个妻弟生活在采克里克（Zeckerick），给卡尔·冯·勃兰登堡－施韦特做侍从武官（掌马官）。几天前法伊特从妻弟那里听说，施韦特城堡那边对国王的计划破口大骂。法伊特采取了行动，通过妻弟的帮助，他给卡尔递了一封信，并在信中请求与其会面。实际上，普鲁士王储卡尔·冯·勃兰登堡已经接受了这个提议。

法伊特注意到对面的水流变得越来越湍急，他开始掉转船头。他看到奥得河转弯处古斯特比泽的几座坚固的房屋。半个小时之后，他到达了目的地。他抹了抹衣服上的褶皱，朝那刷着代表圣约翰骑士团的红白两色的桁架房屋走去。这座房子恰好位于奥得河陡然转弯、河水翻滚流入沼泽下游的地方。这里就是那个叫作"潮手威利"（Zum Feuchten Willi）的酒馆。

卡尔·冯·勃兰登堡相貌堂堂、身材健硕。他的面部线条匀称好看，鼻子窄窄的，却很挺拔，深蓝色的眼睛明亮有神，嘴唇丰满而性感。他全身的衣服都是黑色，脖子上戴着圣约翰的银色十字勋章。他头上戴着用朱砂染过的假发卷，即使在会见生人的时候也不会脱下手上的银色丝绸手套。他今年42岁，看上去却让人觉得只有35岁上下。他不耐烦地看看自己的怀表。马上就要到早上8点了。就连在这清晨时分也能听到人们在"潮手威利"楼下的酒吧里吵闹的饮酒嬉闹声。虽然这个酒馆是他的财产，但是因为地位太高，他此前从没有进去过。想到要和那里的客人共用酒馆里唯一一间厕所，他就觉得难以忍受。

他透过阁楼的大窗子望向东南方，看着奥得河河水朝他奔涌而来。这间阁楼是他当初命人布置为谈判室和休息室的。如今坐在这里，面前的河水仿佛要把他和"潮手威利"一并吞下，保护他的只有这奥得河上那陡然的弯折之处。他想：是上帝恰好在这里设置了这个转弯。作为圣约翰骑士团的团长，他把自己看作勃兰登堡边疆的卫士，他要捍卫的是神圣的宗教。但是如今他遇到了巨大的挑战。圣约翰骑士团已经存在了700多年，在这期间，它在饥荒、信仰动乱和宗教战争中幸存下来，但是它从没有面对过来自天主教会的如此大的压力，那便是财政压力。这也是为什么他会应允一条狗——他在私下里把沼泽人称作狗——同自己会面的唯一原因。

随着教堂的第一下钟声响起，一阵敲门声将卡尔从自己的思绪中拉了回来。他说了请进之后，来访者深深地弓着身子走向他，亲吻了他的手。"我的父亲向您转达最诚挚的问候，尊贵的殿下。整个沼泽都听他的号令。"法伊特虽然如是说，但事实并非如此，因为兰度莫根本不知道他和卡尔的这次会面。他充满敬畏地看着王储，而卡尔正在冷漠地打量着他。

"谢谢您给我的信。"卡尔如此说道，他一下子就喜欢上了这个沼泽人。卡尔那双浅绿色的眼睛里闪烁着一种隐藏的激情，这是很少见的。他走到一个玻璃柜前，打开柜门拿出一瓶红葡萄酒和两只酒杯。"我不喜欢兜圈子，没必要在无意义的事情上浪费时间。我的堂弟，国王殿下对这个国家的理解没有落到实处。他认为这件事只关乎静止不动的沼泽，但是咱们俩都知道，水是流动的，它时刻在变化。这是一个充满活力的地区，这里居住的是一个个性独特、可以自给自足的族群。"他看着法伊特，目光里透着仁慈，斟酒的时候也带着慷慨。他喜欢亲自动手招待客人，尤其是当他发现这样做可以增进对方给予他的尊重时。"这里的男人面容俊朗，身材健硕，"边疆伯爵接着说，"这里的女人貌美如花，她们深色的眼睛里满含生命的激情。死亡人口统计也可以证明：这儿的死亡率比别的地方都要低，就连那些别人以为很健康的地方也比不上这里。"

法伊特拿起斟满的酒杯，又一次鞠躬。他有点不知所措地看向窗外，奥得河正在初升的太阳的照耀下熠熠发光。

"您要知道，我和您一样是一个守护者，"卡尔接着说，"咱们可没心情参与没有结果的试验。"

"殿下有什么建议，怎么阻止他们的行动？咱们第一步该怎么做？"法伊特忍不住挤了一下眼睛。葡萄酒在下咽的过程中产生了一丝苦味，让他有些意外。

"首先，不能让别人知道咱们联手的事。就连您的家人也不能告诉。这件事只限于你我二人之间。咱们未来也是分头行动，做的事情会完全不同，咱们不可能互相了解彼此的行动，这样也更好。但是咱们的目标是一致的：必须提高腓特烈完成这项计划的代价，直至他放手，不再染指奥得兰（Oderland）。"卡尔的嘴角浮现出一丝淡淡的微笑。"我了解我的堂弟：一旦事情的进行和他想象的有出入，尤其是当成本失控时，他很快就会对这件事情失去兴趣。"

"咱们是不是应该主动阻止新河床工事的施工啊？"

"您的人对本地情况比较熟悉，你们怎么做，是您自己的事情。如果您等着我来下命令，那是徒劳的。在另外一个层面上，我会在天平上放上我的砝码，它有足够的分量。无论如何我不能和任何直接行动扯上关系。"

法伊特点点头。两个男人沉默了一会儿，然后将酒一饮而尽。"我还想告诉您一件事。我刚刚当了父亲，有了个儿子。我们给他取了您的名字。"

卡尔惊讶地看着他的客人，那张棱角分明的脸上悄然闪现出一抹自负的浅笑。"我很高兴。我祝福这个男孩儿一切顺利。等到他长到足够大，您就把他送到施韦特王宫，到我这儿来。"边疆伯爵放下酒杯，朝门的方向走去。"至于咱们俩，就不要再见了。不过咱们可以利用这个酒馆来传递信息。酒馆老板为我保管着一个信箱。还有一件事。关于那个人的死。那个掌管弯地挖掘工程的人，马伊斯特。"

法伊特左边的嘴角抽搐了一下。"啊？"

"以捍卫上帝之名，使用任何手段都是正当的。有些人站在了邪恶的一边而不自知，如果我们能将他们从中拯救出来，也是为了他们好。关于这个法国人的事，我听说我堂弟手下的人已经开始了调查。他们最聪明的军师已经为此来到了本地。"卡尔审视地看着对方。"我想，应该让您知道这件事。"

法伊特弯腰鞠躬，说："谢谢殿下。"

意外

西里西亚山峰上的雪正在融化，雪水沿着山麓顺流而下。奥得河的水越来越汹涌，从法兰克福和雷布斯（Lebus）一路隆隆而来。身形庞大的杓鹬用颤音啁啾，圃鹀在橡树上的鸟巢里唱着忧伤的曲调。还有零星的白鹡鸰嗓音高亢，发出银铃般的"唧唧啾啾，唧唧啾啾"。在气候宜人的日子里，沼泽里的鸟鸣声主要是云雀的欢唱，今天空气里充斥的却是风头麦鸡狂躁刺耳的尖叫。

柯普的儿子，造船师卢卡斯·柯佩克刚刚上完一个漫长的夜班。到了清晨他还没有休息。他肚子里三个龟蛋做的煎饼已经消化完了。那是他上工前准备的食物，为了给身体提供足够的能量，好有体力干活，按时把船造好交差。他让人在造船作坊的背墙上做了一个大大的窗户，因为干活的时候他总是需要良好的视野。此刻，透过窗子可以看到摇荡的水面上那轮猩红的朝阳。他的面前摆放着沾水笔（Spitzfeder），三角尺和圆规。有那么一会儿，他静静地坐在那儿，半闭着双眼，听着蚊子嗡嗡作响地与细网纱窗做斗争，听着岸边牧场上椋鸟嘈杂的歌声。

随后他来到院子里。这是他的助手们和他的徒弟斯登——巴托克的儿子日夜劳作的地方。那个十二岁的男孩儿有些不同于常人，人们说他的心智过于简单，他的灵魂过于脆弱，但卢卡斯在他身上看到的却不只是这些。斯登结实健壮，有着红色的卷发、显眼的鼻子和相距甚远的耳朵。他干起活儿来认真负责，是个值得信赖的工人。他总是会接手那些急需完成的活儿，从来不抱怨。他诚实可靠、干活儿麻利，而且不爱说话。"没问题"是他最常说的话。他最爱的就是船，虽然他年纪尚小，但是他尽量用体力上的优势弥补这一点。在一个正规的造船作坊里做学徒正是他心驰神往的事。

在卢卡斯看来，别人嘴里谈论的斯登的缺陷并不算什么。从男孩儿出生开始他就认识斯登，并一直很喜欢他。毕竟，卢卡斯喜欢所有和他一样对船充满热情的人。所以他当时立刻就答应了做斯登的师父，在弗里岑照顾他，就好像父亲照顾自己的孩子一样，为他提供免费的住处，并毫无保留地把造船的秘密传授给他。从那以后，斯登任劳任怨，干活儿比谁都卖力。卢卡斯对他很满意，尤其因为眼下的这个订单，他正急缺人手。本来他只需要造一艘双体驳船，但是期间又被要求按详细说明打造船身。这样的船身在沼泽地区还从来没人见过。市长弗里策亲自在办公室接见了他，并且把关于新船的要求告诉了他。卢卡斯今年已经30岁了，在这个行当里毕竟也干了十年了，但是这艘船的要求超出了他以往见过的任何标准。

这一切都让卢卡斯甚是喜欢。如果说他会爱上什么，那就一定是挑战。因此据说没人敢追求的欧达对他来说也同样是心头之爱。不知道这个订单是否能帮他打动欧达的芳心？抑或会把她吓跑，因为这又是一次与马尔绍家族的敌人为友的行动？卢卡斯是有雄心壮志的，他是弗里岑唯一一个尝试着创办造船厂的文德人。那些德意志人开的老字号造船厂不仅不接受他，还公开排斥他，因为他们生意从来都不够好，如今又不得不让他分一杯羹。这样看来，能拿到这样的一份订单，真是上天的恩赐。但是为什么偏偏是他这个沼泽人的异己，得到了这份订单呢？会不会是弗里策有意借国王的委托拉拢柯佩克家，借此在柯佩克家和马尔绍家之间再插上一根钉子，以加深两家本来就存在的嫌隙？在卢卡斯看来，市长完全能做出这样的事。甚至有可能在某个环节上有人用钱行了贿赂。他要问问父亲。毕竟这一切都让人觉得不可思议，而卢卡斯最痛恨这种营私舞弊的勾当。造船最重要的是看质量！无论如何他都会按期交货，并且尽全力让客户满意。虽然对方提出的报酬一般，但是他并不介意。显然，人们认为能拿到皇家订单是如此荣耀的一件事，以至于都不用考虑酬金的问题。事实也确实如此。卢卡斯太过骄傲，原本这种好事不会落到他的头上。然而，最终他能名正言顺地直接为国王效劳。人们一向蔑视沼泽人，认为他们都好吃懒做，游手好闲。现在作为沼泽人的后代，他终于可以向城里的那些草包证明他的能力。"王室造船师卢卡斯·柯佩克"——只要事情能够顺利完成，他就会获得这个头衔。

那样的一艘船仅存在于首都人们的想象中，还从没有在沼泽的水域上出现过。要把它造完还有很多事情要做。但是在这个朝阳初升的时刻，最让卢卡斯烦恼的是可怕的蠓虫！不知道它们从哪个裂缝钻进了作坊里。他拽出一条手帕，擦了擦额头上的汗，在自己的周围抽打着。虽然时间尚早，但是天气已经热得出奇。蠓虫不断地咬他。这不是普通的蚊子，绝对不是。蠓虫是不会叮人的，它们会咬开皮肤，舔舐伤口里渗出的鲜血。一般情况下，蚊子是无法打扰他的，他的专注力极好，并且进行了多年的训练。就算有蚊子，他也能坐在那里岿然不动，心无旁骛地只专注于后面的工作步骤。就算小孩子在他的头上翻腾打滚，他也不会停止工作。不过，这些蠓虫却是思考的劲敌。它们不断地打断他的宁静，折磨他，切断他的思绪，让他无法沉静下来，让他无法获得认知。而做成这件大事，他需要的就是清净。

卢卡斯焦躁地走到户外，靠在作坊的土墙上，一双手先是在脑袋周围，又在脚踝周围招呼了一番。院子里堆放着造船用的木料，卢卡斯喜欢那种漂亮的蜜黄色。这是他能找到的最好的橡木。橡木坚硬的质地对造船来说尤为重要，除此之外，人们在锯开它、钉钉和加固的时候易于操作，还能做到精准。他从外套的前胸兜里翻出了一个皮袋子，里面装着来自雷茨村的烟草。他取出一片烟叶，把它撕碎，塞进了长柄陶土烟斗里。然后他打开打火机的盖子，用火花点燃的棉芯引燃了一根浸过硫黄的松木。他点燃烟斗，用捣烟棒压了压容易在热气中拱起的烟叶。直到他确认一切都燃烧充分，才惬意地嘬上了几口。抽烟斗可以驱散蠓虫。太阳已经爬上高空，在天上发出金色的光芒，他倒希望这个过程不要这么快。

他回到作坊里，开始制作安装于船尾的写字台。这项工作持续的时间比他预计的更长，难度也比他想象的更大。各种材料之间难以契合，这让他大为光火，不久之后他就开始一边干活，一边咒骂以排解怒火。和他想象的不同，他现在操作的这块橡木木料很难加工。虽然它看上去完美无瑕，却像石头一样坚硬，要费很大的力气才能把锯子向前推进一点儿。

卢卡斯朝着四下里抽打了一阵，拧开水瓶盖子。他的大臂一阵疼痛。最让他厌烦的是，市长给出的规定是自相矛盾的。只有对造船一点儿概念都没有的人才会提出这样的要求：造一艘长度尽量短同时却可以舒适居住的船。甚至还要有马桶（Chaise percée）。难道柏林来的大人们就不能利用河水就地解决吗？这儿的所有人都是这么干的啊。他想起了兰度莫说的那些关于首都来人的事：这些人根本什么都不懂，只是讲一些空话。他们坐在书桌前，想的都是些不可能实现的事情，却要求别人来完成。去他妈的，他会做到的！只要是造船的事，对他来说一切皆有可能。造船师虽然也是手工业者，但是箍桶匠、金匠、造车匠、鞋匠、磨坊主或者织网师都不能跟他同日而语。造船师是集大成者，他综合了所有的行当，并且从中发展出一个自己特有的行当，这是一个独立的世界：在这个世界里，人们必须面对完全不同的特质，在变化中理解一切，无所谓确定的静止——这些共同造就了更深层次的体验。

卢卡斯不由得想起自己的父亲。他竟然无法理解这些！对于这项最艰难、最具荣耀的职业他完全不感兴趣，他一直想让卢卡斯成为渔夫。渔夫不就得指望好船嘛！卢卡斯摇了摇他的卷毛头，目光投向了正在锯木头的斯登，并对后者微笑示意。现在卢卡斯又想到了那个死去的法国人。前天卢卡斯在"红百合"（Rote Lilie）碰到了库尔茨。库尔茨说，这位工程师的最后一夜是在弗里岑同一位黑色皮肤的女士共同度过的。那只可能是格洛丽亚小姐，她在"腓特烈大帝堡"（Großfriedrichsburg）当妓女。关于她的来历和故事，或许除了劳勒以外没人知晓。

卢卡斯把皮水囊放到嘴边，大口地喝了起来。菊苣根的碎末破坏了口感，那是在磨咖啡的时候人们为了节约原料加进去的。他想到了奥得伯格的老仓库（das alte Niederlagshaus in Oderbergk），人们把来自波罗的海的异国豆子沿着奥得河运送到那里，在那儿称重估价——也正是因为近水楼台的原因，弗里岑的人才能吃得起这些豆子。他对这个世界的了解是如此之少。那种豆子是生长在非洲吗？这个格洛丽亚小姐难道不是也来自那里吗？就像"金狮子"的老板露露一样？他又看了看斯登，把水囊递给了他。男孩儿看了过来，眼神专注，以几乎无法令人察觉的幅度摇了摇头，他不想中断手头的工作。卢卡斯把水囊盖拧紧，放回了原处。现在时间已经不多了。他又抽了几口烟斗，就继续工作起来。他和斯登一起锯开、调整、锉平、标记木料。他让徒弟钻孔，他则刨平、打磨、抛光，他们用开槽刨和螺旋刨工作，测量着尺寸。不久，他就陷入一种恍惚状态，一种对于工作永无止境的狂热。他像往常一样，同时思考多个工作步骤，另外他还想着欧达。

不知什么时候，他闭上了眼睛。阳光舒服地拂过他的眼睑。他试着把自己想象成新船的使用者。不管那个人是谁：为什么他必须住在里面呢？他要乘船去哪里？要干什么？卢卡斯被告知，必须在船上创造出足够的空间来放置仪器。还要做一个有架子和抽屉的大写字台。要这些做什么用呢？卢卡斯摇了摇头。除了斯登，他还专门请了三个来自高卢（Gaul）的造船木匠。他们会按照他的指示，夜以继日地工作。有巴托克之子在这儿真是他的幸运。小伙子干起活儿来一个顶俩。

卢卡斯放下已经曝不出烟来的烟斗，仔细思量着已经完成的工作。有好几次他慢慢点头，眼中闪着亮光。他取得了进展，他会完成这项工作。接下来，他陷入一阵剧烈的咳嗽之中，用双手不断地在脸上摩挲。

　　时间刚过正午，眼前的木头开始变得模糊。木料的纹理弯曲变形，就好像它们正在风中轻盈地舞蹈。木头似乎在打着哈欠，伸着懒腰，它们几乎像是在变换着口型和他说话。卢卡斯躬身向前，他觉得他能听到一些东西，明白一些东西，就好像他正在直接接收老橡树的意志一样。他现在明白了，每一块木料都应该用在何处。就像在梦里一样，连想都不用想，他就知道某一块肋板可以用作大衣柜的背板——另一块则只能用作桨叶，最好的那个树干的中间剖面是做写字台的绝佳材料。他听从了这些建议，并且照之实施，精心制作。他很高兴不必自己做出这些决定，虽然现在在他看来这些木头有些阴森可怕。

　　毫无疑问，这艘船很漂亮。相比之下，不得不在船舱底部涂刷焦油可以说是一种耻辱。如果有一种无色的涂料，可以刷在橡木上用来防腐该有多好！这种丑陋的、恶臭的、糊在美妙木纹上的黏稠材料不是他想要的。他来到院子里，走到已经装好料的窑炉前。这里熬的就是焦油。他爬上靠在窑炉上的梯子，打开沉重的炉盖，检查碳化的情况。他恼火地发现，堆放在富含树脂的桦木和杉木周围的木块没有在所有的角落里均匀地燃烧。这样一来，即使在密闭的情况下也无法达到所需的温度，熬出的焦油在纯度和精细度上都不能达到防腐的目的。

　　他爬下梯子，找到一根长长的松木，然后又爬回到梯子上，把松木靠近发红的炭火点燃，再把木棍伸向各个角落，去引燃里面的木柴。一切完毕之后，他又回到了工作台边，把木料锯成披水板需要的形状。不知什么时候，他想起了外面院子里的窑火，就让斯登赶快爬到焦油炉上去看看炉渣有没有沸腾。小徒弟急忙跑到外面。天空阴云密布，太阳在雾蒙蒙的罩子后面发着白光，看起来要下雨了。空气中带着河水的味道，又有一股丁香花的甜香。梯子不能够到窑炉的最顶端。男孩儿开始不知所措，不知该怎么样探头去查看炉火。他想着跑回去找师父求助，但是最终决定不这样做，因为不到迫不得已他不想打扰师父。他试了三次才最终用尽浑身的力气把自己撑到了窑炉的最顶端。

斯登看到了泛红的柴火，又试着朝窑炉深处望去，好检查碳化的程度。然而，他看不太清楚，所以就又向前探了探身，直到他的大臂开始颤抖。他已经撑不住自己了。但是，他不愿意就这样还没有看个仔细就爬下梯子。因为他已经不可能再有这份力气，把自己再撑到窑炉上一次了。此刻，他的脑海里反复出现一个旋律，那是有几个夜里出现在他梦中的那首歌谣："这火中诞生了一片土地。"这时，他的右手滑进了窑炉。"若它不尊重火的威力，那土地终将化作灰烬……"斯登绝望地呼唤着卢卡斯，但是他的话消失在火热的狭小空间里。他头朝下跌了下去，但是大腿和左手还死死地撑在那里，他睁大眼睛盯着冒着红色泡泡的炉口，那红色和他头发的颜色一样。窑炉下方炙热无比。是的，那里在燃烧，此时的窑炉就好像一头野兽的大嘴，也好像一根烟囱，把他吸入、吞噬，抽干了整个天空中的空气。突然间，斯登感觉到了扑面而来的灼热，热浪让他的眼泪喷涌而出。他的眼睛已经产生痉挛，他却仍努力睁着眼，看着一张张焦油构成的血盆大口。现在，他又听到了耳畔反复唱响的那句："这火中诞生了一片土地。若它不尊重火的威力，那土地终将化作灰烬！"在那片噼啪作响的黑暗里，斯登看到了自己极度惊恐的深蓝色的脸。一切都干燥而灼热。他已失去知觉，几乎没做什么反抗，一切都发生得非常快。他的左手也松开了，他掉入了窑炉那如地狱般火热的、深深的炉口。

卢卡斯又干了一个多小时活儿之后才想起他的徒弟。他把目光从图纸上移开，抬起头来才觉得奇怪。当他来到作坊的门前，他看到斯登平时走路趿拉的那双破布鞋放在通向窑炉上沿的梯子旁。

葬礼

大水将至，沼泽里处处充斥着高度紧张的气氛。所有人都待在家里，不再出门。天气闷热至极，人们好像可以把空气撕开，摸到藏在里面的热核一样。在懒海和大海之间万籁俱静，但是沼泽人知道：巨大的洪流已经形成。它从远处碾压而来，有倾泻而下的泉水，有西里西亚山和诗尼坎普山（Schneekoppe）山顶融化的雪水，有奥得河支流地区的强降雨，它们汇聚在一起，眼下肯定已经到了雷布斯（Lebus）主教区。

一个使者划船来到了雷文村，小船激起了朵朵水花。他神色匆匆，因为他传达的信息刻不容缓。巴托克正和兰度莫一起在乡村小酒馆的门前闲坐。儿子在卢卡斯·柯佩克的作坊里身亡的消息对巴托克来说犹如晴天霹雳。他的叫声打破了沉寂，惊起了一大群黑色的鸬鹚。

消息很快便传开了，所有的人都惊恐不已。原本人们计划，像往年一样庆祝即将临近的洪水，如今取而代之的是一场葬礼。葬礼上没法摆放男孩的尸体，因为那具尸体已经不复存在。葬礼不得不在没有死者的情况下举行，这在沼泽漫长的历史中是有先例的——有人在大雾弥漫的沼泽里消失，又在很久之后变成浮尸出现在沼泽。然而，这次的情况有所不同。这样的事此前从没有发生过。小斯登的身体消失在了一个怪异的，在渔夫们看来恐怖至极的窑炉里：这是魔鬼的杰作，这会让沼泽中出现一簇新的鬼火，这里的夜也会因此变得危险，因为这样的一种死法怎能让男孩儿的灵魂得到安宁？未成年的孩子死去，人们都会给尸体戴上花环，以象征幼小的灵魂和另一个世界的最高神明之间的交融。不过，对斯登却不能完成这一步骤。这个男孩儿的死被人们看作巨大不幸即将到来的象征：一切将不复从前。女人们穿着黑色的压褶半裙不停地哭诉，甚至有很多男人也哭了起来。就连狗都意识到发生了可怕的事情，耷拉着耳朵在房前屋后穿梭。欧达是那么喜欢斯登，听到死讯的她不能自已。她冲到"梭子鱼捕手之家"，从皮带里抽出一把尖匕首，一把投了出去，正中挂在那儿的库尔茨画像的额头。

由于洪水即将到来，人们决定即刻举行葬礼。7月9日这个周日的晚上，空气凉爽而湿润。一向特别喜欢斯登的布博兹牧师没有采用葬礼的惯用仪式和既定内容。对他这样一个严苛的人来讲，这样的举动非同寻常，这也证明了他心中的悲痛。虽然人们认为他属于柯佩克的阵营，但是他谈论的是所有人面临的形势："主召唤了我们，他给我们发出了信号。他已经给出了足够的警示。"燃烧杜松产生的烟雾时不时遮挡住他的脸，那是一张因为悲痛而扭曲的脸。"我们中的一些人已经清楚地说过了这一点，"他接着说，并且看向兰度莫，"他们已经得出结论，主的恩典将与他们同在。敌人带来灾难，那他们就是主的敌人。谁信任他们，就会被我们遗弃。上帝保佑我们所有人。犹豫不决的时代已经过去了。"

葬礼上的餐食是烤丁鲷和煎鲇鱼。用黑布覆盖的长凳和桌子摆在马尔绍家的屋前，就好像在小卡尔的洗礼庆典时一样。餐前，女人们从桌前离开，按照习俗一起来到水边，洗净手、胳膊、腿和脚。她们要在新的事物来临之前，也就是洪水到来之前冲刷掉所有的悲伤和不幸。只有整个葬礼期间都魂不守舍的欧达没有参加这个仪式。

吃过饭之后，大家两两一对围着摆放在椅子和矮凳上的空棺材跳舞。法伊特领唱，所有人都低沉地吟唱着丧歌。然后女人们一个接着一个跳着舞来到棺材前，亲吻它。在这个仪式过程中，欧达的动作就好像梦游一样。兰度莫看着她不免担心起来：她不会是又吃了罂粟籽吧？最后，女人们在棺材四周围成一个大圈跳舞。舞蹈结束之后，欧达和马格德莱娜把椅子和矮凳放倒，因为死者曾经在此歇息过，这样做可以断了他再回来的念想。巴托克和兰度莫把棺材抬到水边，那里停着一叶黑色的轻舟。

太阳下山了，初现的几颗星星透过潮湿的雾罩朦胧地闪烁着。欧达把用鳗鱼熬出的油脂倒入灯里。空气凝滞而潮湿。人们紧紧地围坐在一起，轰着扑面而来的蚊子。一起喝了几杯啤酒大家才打开了话匣子，沉默压抑的沼泽人热烈地讨论了起来。有些人谈到了复仇。法伊特的岳父，来自吕特尼茨的维尔舍科（Wirschek）愤愤地说，那个法国工程师不会是第一个死在沼泽里的人："伙计们，这还只是开始。"

大水降至

由欧达牵头，妇女们第二天聚集在一起。她们观测河水，观察柳树的枝条如何像招手一样摆动，她们望向天空，又望向高山，按照古老的习俗确定了洪水在后天就会到达。她们把这个消息告诉了兰度莫，兰度莫又通知了男人们。在他和欧达的监督下，沼泽人开始做必要的准备。每个人都知道应该怎么做，毕竟这种事情每年都会发生两次，一次在春天四旬节即将结束的时候，一次在仲夏之后不久的夏至日，也就是所谓的约翰尼日前后，那时山里的所有冰都会融化，雷雨天气降水量也会加大。

男孩们开始行动，他们把牲畜从沼泽的草地里赶回棚圈。女人们则忙活着家里的事情。她们把一切没有钉牢的东西都收了起来，尤其是摊在岸边木架子上晾干的渔网要首先收好。在积肥坑边正成熟的南瓜和黄瓜也被采摘了下来，以免在即将到来的洪水中腐烂。

如果这些事情都干完了，女人们就会回到厨房，准备传统的鱼饼。在洪水泛滥期间是无法出去捕鱼的，人们会吃掉很多这种鱼饼。男人们聚集在"梭子鱼捕手之家"门前，他们组成小队，出发去巡查堤坝。

所有的这些工作都配合顺畅，人们无须多言，心照不宣，但是他们的眼光却因激动而闪亮。洪水的到来将意味着一次转折，一天之内生活就将发生翻天覆地的变化。有些人说，这是一次清洗。虽然小斯登的死让所有的人伤怀，但是也许恰恰因为斯登的死，沼泽人感受到一种激昂的情绪正在教区中传播：像以往每一年那样，人们期望着，所有的一切都会焕然一新，即将到来的大水会冲走不好的事情，把它带向远方。

马尔绍家无须做过多的准备，因为他们的房子位于当地的最高点。四周的围墙也状况良好，这样法伊特和兰度莫就有时间出去捕几天鱼做储备。两个人都在裸露的皮肤上涂了灰来防蚊子，他们穿上了木底的渔靴，并在腰间绑了一卷粗绳子。绳子是为金色的雌鹿准备的，人们说它的出现寓意着全新的、幸福的时代的到来。没人记得，上一次金色雌鹿的出现是在什么时候，但是一旦人们看到了它，就要在它再次消失之前把它绑住。

趁着天色还亮，法伊特和兰度莫先打鲈鱼；当太阳下山，起东风的时候，正是捕鲤鱼的好时机。到了夜里，他们则通宵达旦沿着特雷宾湖的北部山麓一路猎杀，那里的湖面上满是正在睡觉的白眉鸭和秋沙鸭，还有很多的欧鳊（Blei）。他们穿过水草密布的水域，在那里捕捉丁鲷。他们一路驶过弗莱米泽河（Fremmitze）、乌肯尼策河（Wuckenitze）和黏土沟（Lehmgraben）。

他们一路都在捕鱼。他们越是安静地坐在那里，抄网时渔网里蹦跳挣扎的鱼就越多，甚至还有七鳃鳗和银鳊鱼（Güster）。现在兰度莫用的是铁丝线圈，只要足够安静和小心，他就可以把线圈套到水面上游动的梭子鱼的头上，然后收紧。法伊特则不同，他更喜欢叉鱼。午夜时分，当他们点燃松木火把，火光把梭子鱼晃得慌不择路的时候，法伊特用他的五齿鱼叉取得了不错的战果。他的鱼叉固定在一根长长的手柄上，还配有带倒钩的榫槽。有几条大个儿的梭子鱼游了过来，刚张开长满碎牙的怪异大嘴，就被兰度莫当头一棒了结性命。过了一会儿，天色渐亮。这回该轮到斜齿鳊鱼了。这种小鱼游起来就像风中上下翻飞的桤木树树叶一样。一会儿工夫，渔网里的俘虏就越来越多。

父子俩迎着朝阳划船，回来的时候又捕到了一些长条形的、橄榄绿色的鳕鱼。他们渔船上的鱼桶里已经堆满了战利品，重压之下，船外的水几乎到了船身的最上沿。像以往一样，他们先用船尾靠岸，这样那些在夜里爬上船来，然后坐在船头的恶鬼就会留在水面上。现在他们要好好地睡上一觉。睡醒之后他们会拆网，腌制并储藏捕来的鱼，以供凶猛的洪水来临的日子里，不能打鱼的时候食用。

欧达

天已经大亮，马尔绍家桁架结构的房子后面是一大片草场。

这时的草场湿漉漉的，清晨的第一缕阳光在露珠里闪闪发光。睡眼惺忪的欧达赤着脚走了出来，草茎让她脚踝发痒，渐渐地她的睡意全无。因为斯登的死让她觉得浑身紧绷，头疼心也疼。她感觉自己像一只动物，心脏跳得飞快，皮肤上的汗水在阳光下闪亮。她抬起头来，仰望天空。她已经下定了决心，但是在出发之前，她得先照顾好家人。"鲇鱼"和她的哥哥法伊特在夜捕之后需要一顿丰盛的早餐，在给小卡尔喂奶的嫂子马格德莱娜也是一样。

欧达拿着一个细毛筛子和一个亚麻布袋来到了岸边，这里有很多叫作甜茅草的水草。她的目光朝着掺杂了无数旋涡的黑色水流看了一下，就开始了工作：她用筛子的边缘用力地敲打甜茅草的花茎，白色的小花籽就正正好好地掉进她支在下面的筛子里。受了露水的滋润，花籽会黏在那里不掉下来。欧达掺杂金色亮点的浅绿色眼睛闪闪发光。要保证不在下一次敲打时撒出已经收获的花籽是需要一定的技巧的。虽然欧达对自己娴熟的手法颇为骄傲，但是今天早上她必须格外小心，因为她的心思并不在这里。然而不管怎么样，作为一个经验丰富的采集能手，她还是游刃有余地在日上三竿、一天真正开始的时候准备好了一舍非尔①的甜茅草籽。

她满意地回到家，来到装饰着有点儿倾斜花纹的铁饰大门旁，从箍着三条铁条的木桶里取了一壶雨水。门后就是打谷场，她急忙把花籽倒出来铺好；在这样的温度下，花籽很快就会晒好的。接着她又像小猫一样，蹑手蹑脚地走进谷场左边的羊圈里喂羊。然后她穿过门厅，这里有两只沉重的橡木箱子，里面放的都是他们家族自己纺织的亚麻珍品。最后她来到了后屋，屋子里有一口嵌进墙里的大锅，用来洗菜和做菜，中间是一个开放的炉灶，炉

---

① Scheffel，旧时粮食计量单位。据说约合 5~22 升。——译者注

子下面堆放着要烘干的劈柴，屋子后面就是客厅和卧室。

现在其他人都还睡着，这样她就可以不受打扰地准备自己的事。她的包裹已经打包好，剩下的就只差九齿鳗鱼叉。她悄悄地溜过马格德莱娜、法伊特和新生儿睡觉的房间，来到了黑漆漆的厨房。厨房的地面是用简陋的石板铺成的，房间的后半部分拱起一个由四个烟灰色的斜面构成的巨大的厨房烟囱。烟囱的正中间是烟道的方形开口。早晨的阳光轻柔地落在大钩子挂着的锅上。她用昨天还没有燃尽的炭火在方石搭成的炉膛里点燃了橡木，把吊在链子上的锅向下放了放，又倒上了水。

走过一个接一个晾鱼的架子，她来到了厨房后面的被称作"地狱"的地方，那是父亲的房间，他正在打着呼噜。房间只有一个小小的窥视孔，地面铺的是掺了碎干草的夯实的黏土。她要找的东西就在那儿，在那个大箱子后面，在挂着闪亮锌盘的墙垛下面：那件黄铜武器，据说是沼泽人的祖先波克亲自用过的。村里人从来没有见过这件为战争时期打造的九齿武器被拿出来。欧达又看了一眼正在酣睡的父亲。但是当她伸手要去拿那件武器的时候，她吓了一跳。鱼叉并不在它原本该在的位置。

她很疑惑，沿着梯子爬到了地面，在那里寻找起来。也许有人给它挪了地方？她又来到作为储藏室的地窖，那里挂着风干的火腿和香肠，还是找不到鱼叉。难道说法伊特把鱼叉拿走了？或者是兰度莫？这是不是意味着，两个人中有一个要对法国人的死负责？

她带着不安在地窖裸露的地面上放了一块白布，又在上面放了五条上好的大肚鱼。这些是给在地下筑巢的游蛇准备的。如果蛇吃了这些鱼肉，就将带来好运。如果它们对美食置之不理，就会有坏事出现。欧达给自己拿了两条大个儿的熏鳗鱼和装着罂粟汁的密封陶罐，然后又回到了打谷场，把晒干的花籽倒进木夯。

木夯的下半部分是一个空心的桤木树干。这时，她听到了小卡尔的哭声，整间屋子的人都醒了。她不用再蹑手蹑脚，便开始用一个底部加宽的石梆子捣去花籽的外壳。然后她又来到昏暗的厨房，水已经烧开了。在从头上倾泻而下的阳光里，她做好了加牛奶和黄油的甜茅草粥。所有人都非常爱吃这种滋补早餐，尤其是兰度莫，他总是用大木碗直接喝。

大家在轻松的氛围中吃完了早餐，只是父亲好几次奇怪地看着她。饭后，她耐心地等待着，直到艳阳高照，风也完全停了。她觉得这会儿应该没人会注意到她，因为所有人都去睡午觉了。她来到水边，把东西装好船。云朵在天空中互相追逐。她喘着粗气，把原打算用来包九齿鱼叉的两床被子放到船头。然后又将游蛇的蛇水撒满了她的小船。此举能带来庇护和智慧，因为蛇是最狡猾的动物，它能教人们找到即使最隐蔽的小路。

就在她打算把船推离岸边的时候，她迎着太阳看见一个人的轮廓从房子那边走了过来。"还不是用九齿鳗鱼叉的时候。"兰度莫的眼神咄咄逼人，现在他离她只有一只胳膊的距离。他的手里握着那根长长的九齿鳗鱼叉。"而且咱们不会用它来捕鱼。"

"为什么鱼叉不在原来的地方？"

"自从出了法国人那件事，我就亲自保管了。省得有人有愚蠢的想法。一切都是有原因的。"

"卢卡斯跟我说，他得为国王的船做一个柜子。用来装工具。肯定是武器。鱼叉用于战时，这是习俗。现在就是战时。"

兰度莫的眼中噙满泪水，他摇了摇头。"你知道的，我曾经领导过一次抵抗外族人的战斗，"他说道。"那时候他们不许咱们把鱼直接卖给法兰克福来的德勒贝尔人（Dröbeler），还让库尔茨开始巡视检查。那时候咱们很强大，所有沼泽人同心协力。女人们都起了很大的作用：你母亲就参与了所有的行动。后来她的下场怎样，我也不必再说了。我不希望同样的事发生在你身上。是的，咱们必须反击。但是暴力会摧毁一切，尤其是我们自己。"

"他们抓住沃尔娜的时候，你曾经试图闯进'绿礼帽'。"欧达回应道，"她为她的行为付出了生命的代价。她死得光荣。我宁愿和她一样也不愿意再袖手旁观。斯登的死改变了我。不管他是怎么死的，不管是不是卢卡斯的错，如果不造那条船，他现在还活着。我要为斯登报仇。我要为沃尔娜，我的母亲，你的妻子报仇。"她深绿色的眼睛里闪烁着忧郁的光。"你害怕我能理解。我知道你不想再用极端的手段。你老了，失去了很多，不想再用你现在拥有的一切去冒险。法伊特也坐视不管。但是在动荡的时代，也就是现在，奥得河要索取它的祭品。我们碰到了这样的时候。"她拿起了船桨，把船推离岸边。

欧达的那艘离岸的船就好像一把刀，在完美无瑕的水面上割出一道弧线。当它走远一些，看起来又像是一只舒展着羽冠的流苏鹬。再后来，它的影像就消失在平静河面上耀眼的太阳的倒影中，兰度莫再也寻不到它的踪迹。

WRIETZEN

Daß zum
Schuttzen
dorf gehö-
rige Bruch
Stück

Die
Faule
See

Das Mörnichen

Die Bardaune

Medewitz
stieg

Das Bruch so
der Stadt

第三章

沼泽

为什么不会有远超人类理解力的智慧生命形式存在呢？既然上帝创造了所有形形色色的生灵，就没有理由去怀疑无论在知识，还是在其他方面都远远超过我们的生命的存在。

——莱昂哈德·欧拉

现在是早上 8 点。莱昂哈德·欧拉睡得很少,大概只有一小时,而且睡得不好。木头床架上没有床垫,只有一个干草袋子。他房间的下面就是酒店的牲口圈,那些动物一整夜都在他的房间下面不安分地折腾,再加上蚊子的叮咬,真是让他受尽了苦头。小臂上的那些大包就可以作证。现在,鱼内脏散发的那种烂泥气味从开着的窗户涌了进来,让他一阵阵地犯恶心。外面就是鱼市。女商贩们头戴灰色的帽子,赤着脚,扎在腰间的蓝色白点亚麻围裙上血渍斑斑,她们大声地吆喝,推销着自己的商品:"鲷鱼! 新鲜的鲷鱼! 熟鲑鱼! 熟鲑鱼! 一条只要五块钱喽!"

鱼仓来的人把鱼桶装满了货车。鳗鱼的内脏在桶形大锅里沸腾,卖鳗鱼的婆娘撇出浮在上层的油脂,把它当作马车车轴的润滑油售卖。制绳工在兜售绳索,醉汉们踉踉跄跄,铁桶里的螃蟹和乌龟张着嘴,拼命地呼吸着空气。青鱼被浸泡在碱水和盐汤里,鲟鱼怪异的大嘴扯开后被挂起来熏制,泡在梭子鱼鱼白里的新鲜鱼子被装在木碗里售卖。成群的苍蝇仿佛在狂欢,马儿打着响鼻,车夫们在擦拭自己的短上衣,市民们戴着礼帽,纤夫们系着叮当作响的皮带,穿着制服和黑色的皮靴,举起水烟袋抽着烟。"一堆大螃蟹只要一格罗森哟! 大减价:胳膊粗的鳗鱼,只要一塔勒!快来啊!"

欧拉疲惫地来到洗漱台前,没有找到肥皂,就朝水盆下面的黑色木槽看去,结果那儿除了废水之外一无所有。一只蓝色蚊子以奇大的声音嗡嗡叫着从他的鼻尖掠过,让他心烦意乱。这蚊子着实讨厌,兜来转去地想落到他的脸上。他不耐烦地轰赶着它。然后他又观察了这蚊子一会儿。在它椭圆形的飞行轨迹背后会不会包含着某种体系,隐藏着某种效用? 蚊子又一次向他飞来,直接落到了他的左手手背上,径直咬了下去。欧拉疼得不由得喊了出来。鲜血从伤口中流出，但是这只可怕的动物并没有飞走，而是又在那儿停了一会儿，从伤口里溢出的鲜血中汲取淋巴液和氨基酸，一直到被拍死为止。欧拉恼火地回到洗漱台，但是他又犹豫了，因为他不确定水盆里那散发着泥沼味道的黄汤能不能用来清洗伤口。最后他还是决定不洗了，直接用卡特琳娜给他带的干燥的膏药。

"鲷鱼！新鲜的鲷鱼，还有鲟鱼！有巴鱼、青鱼、鳊鱼、鲑鱼。鲷鱼！新鲜的鲷鱼，还有鲟鱼！有鳟鱼、梭子鱼、鳎鱼！"

欧拉又来到窗户旁。一名牧师正走在楼下旅馆侧面的一条满是猪屎的小巷里。不知哪儿传来一声公鸡的啼叫。他看了看自己的手背，又看了看小臂上的蚊子包，轻声地咒骂了起来。这些吸血鬼会和其他的东西一起，在排干的沼泽里消失不见。

"上好的江鳕灯油！点起来特别亮！最好的江鳕条（Quappenstreifen）啊，上好的灯油！"

他走向堆放行李的杂物架。空气中飘浮着淡淡的醋味。国务大臣马沙尔曾在他要乘船穿越沼泽之前郑重地警告他：无论做什么都比待在"金狮子"这个地狱里要强。欧拉心不在焉地看着挂在餐具柜上方的一个奇怪的木制面具。那是三角形、圆形、方形这些基本的图形元素组成的一个男人的脸，面部表情无比悲伤。这个面具让他想起了一些东西，但是他不知道到底是什么。

他开始整理行李。是啊，所有的这些都必须装到船上去。他打开洗漱包，拿出用蟾蜍粉做的牙膏。人真的有必要每天刷两次牙吗？即使在旅途中也不能少？卡特琳娜给他准备了这些，说是有利于保持牙龈健康。他拧开盖子闻了闻，一股芦苇的气息扑面而来。他在专门为此目的切好的小树叶上挤上豌豆粒大小的牙膏，然后涂抹在牙齿上。这时他的面部肌肉反感地抽动了一下。药剂师有必要再优化一下牙膏的口味。他举起碗，喝了一口里面金黄色的、满是金属味的水，想要冲洗掉牙膏的味道。但水里的金属味太浓，他放弃了尝试。接下来他又往腋窝里扑上防汗的滑石粉。在这样的一个压抑的闷热天气里，他不想穿紧身的英式西装，而是决定穿一条宽松透气的灯笼裤，搭配一件薄马甲。重要的是，这么穿坐着会比较舒服。他在挂于洗漱台上面，镶着波浪形镜框的、污渍斑斑的金色镜子前端详了自己一会儿。这时他注意到桌子下面本该空着的草筐里有一个红酒瓶的软木塞。他俯身将其拾起，是品丽珠（Cabernet Franc）葡萄酒。木塞湿气尚存，还能闻到一股红酒的香气——而且是不错的红酒。一只细长腿的蚊子在此时落到了欧拉的右小腿肚上，叮了下去。

老板和老板娘

12点左右的鱼市已经过了最热闹的时候。大多数的货车都已经离开，很多摊位也都已经撤去。空气中悬浮着鳗鱼散发出来的油腻腻的雾气。欧拉是在"金狮子"吃的午餐，喝了一杯用菊苣根、芜菁甘蓝片和橡子酿成的，被称作德意志咖啡的令人作呕的汤汁，吃的是加了太多盐的奥得河蔬菜炖河蟹，配的是有些发苦而且长出蓝色霉菌的黑面包。餐间还喝了热牛奶和一小木碗藜麦粥。他多希望这顿饭是和卡特琳娜一起在宪兵广场（Gendarmenmarkt）旁的卢特尔餐厅（Lutter）吃的啊！在那里，花上8格罗森就可以吃一份地道的烤鸡配黄瓜沙拉。很显然，让柏林人大为赞赏的法国菜并没有成功地将其影响力扩大到沼泽的边缘。欧拉环顾四周。邻桌坐着三位内陆船长。他们帽檐上的题字已经泄露各自的来历：什切青（Stettin）、布雷斯劳（Breslau）、居斯特林（Cüstrin）。三个人故意把帽子放在了没用过的餐盘上，以显示自己的身份。他们没有吃东西，只是饶有兴致地享用老板娘用画着金狮子的巨大石头酒杯盛着端上来的大麦啤酒。老板娘的皮肤黝黑，长相也相当不寻常，与这个地方完全不相配。她穿着艳红的连衣裙，裙身有丝带系的蝴蝶结装饰，肩部是优雅的落肩设计，剪裁突出了她的腰身，是洛可可全盛时期的法式风格。餐后，她给欧拉端来一杯红酒。这时候莱昂哈德·欧拉注意到她已经相当疲惫。

"抱歉，品丽珠卖完了，"她用友善又悦耳的声音说道，"我能给您的只有这个，一杯浊红酒，弗里岑出品。我们请客。这酒真是没法儿要钱。"

"非常感谢。"欧拉用法语说道。他鞠了一躬，品了一口酒。老板娘的警告不无道理。这酒喝起来不仅酸涩，而且特别苦，杯子里还漂浮着杂质。在记忆中，他从没喝过比这更难喝的酒。

"相信我，"老板娘说着几乎忍不住笑了出来，"这至少是稀罕玩意儿。大多数的葡萄藤都被冻死了，这几年的冬天太冷了。听说，沼泽的山丘上曾经有上好的葡萄园。您喝的可能就是那些葡萄园里最后剩下的可怜的残余。我叫露露。"

"在下莱昂哈德·欧拉，很高兴认识您。不管怎么样，非常与众不同。哦，我说的是酒。"欧拉将两手的指尖交叉在一起，观察着酒杯里漂浮的纤维杂质。它们看似杂乱无章的运动背后是否隐藏着某种系统性？如果有系统可循，如何把它计算出来？"我想问您点儿事情，"他说着，眼睛却并没有离开那杯红色的液体，"是关于我有幸在里面过夜的那个房间。"

"有什么问题吗？"露露边问边收拾着剩下的炖河蟹和藜麦粥，"天太热扰到您了？"

他抬起眼问："什么？"

"柏林人不这么说吗？哦，我是问是不是太热了。我还特意打开了通风口的盖子。是不是因为这个，所以房间里味道不好啊？因为楼下就是牲口圈，我们经常会收到投诉。不过，那些马啊牲口啊，还能放哪儿呢……水已经涨得这么高了，我们也没法再把牲口赶到草地上去了。"她耸了耸纤细的肩膀。这时候她注意到欧拉小臂上的蚊子包。"哦，我明白啦。您尽量不要去挠。要不要我用小甘菊给您做个药包？"

"真是太周到了，非常感谢，但不用了。我想知道，有一位马伊斯特先生，他也在这儿住过，他是不是也遇到了炎热的问题？"

露露立刻向后退了一步。"马伊斯特先生？"在欧拉看来，似乎有一丝恐惧迅速地掠过了她那别致的、极具异国风情的脸庞。"这我可什么都不知道。"

欧拉从上衣兜里掏出了软木塞，把它举起来微笑着说："就是他本人买光了品丽珠红酒，我说的没错吧？"

老板娘的表情又变了。"抱歉，我不能为您提供任何信息。"她做了一个不愿再说话的表情，拿着用过的餐具消失在屋子的内间。

几分钟过后，出来了一位50岁上下的、脸色苍白的男人，头上是稀疏的红色卷发。他看起来心情很糟，用布满红血丝的浅灰色小眼睛不屑地看着欧拉。他的脸看起来就好像因为一直暴露在阳光下，而被永久性晒伤了。在他肮脏的蓝色工作服上绣着一只金色的狮子，但是因为太脏了已经几乎无法辨认。

"我听露露说，您在这儿打探消息。可是我们不会透露关于客人的任何信息。"他闷闷不乐地说。

还没等欧拉开口回答，就传来了第三个人的声音。来人从另一边走到了欧拉的桌前。"您知不知道，您在跟谁说话？"他问店家。原来是国王年轻的书记官，欧拉在无忧宫的晚宴上见过他。他穿着一条黑色的卡其布纽扣长裤，配一件黑色的丝绸衬衫，脚上是带铁包角的军用皮靴。书记官头上戴着国王近卫军的军帽，上面装饰着银色的光环和站立的普鲁士雄鹰的图案。"很高兴再次见到您，欧拉教授。"他深深地鞠了一躬。"内廷总管施麦陶大人命我在旅途中陪伴您，在遇到麻烦的时候保护您。"他转过身，朝着金红色头发的店老板说："似乎我们现在就遇到了一个麻烦。还是您已经回答了欧拉大人关于房间和马伊斯特先生的问题？"

"回答什么问题……在我自己的店里？劳勒绝不会做这样的事。"店主人愤怒地转身消失在了自己的餐厅里，差点儿撞到了一个戴着柠檬黄色头巾的胖女人，还有一个和她一起的穿着纤夫制服的醉酒的男人。女人正在追赶着男人，用土话跟在男人身后骂着什么。

"原来是劳勒……"欧拉抽了一口烟，朝肮脏的小巷方向吐着烟雾。"施麦陶大人提到过他。很显然这个人对咱们的计划并不满意。但是他还是把一个房间租给了委员会。"欧拉摇了摇头。"哦，您坐啊！"

"谢谢。"小伙子坐了下来，摘下圆锥形的帽子，把它折成了一艘小船的模样。"市长的死对头，对，没错。我知道这个事儿。我们会留意他的。"

"我们？"欧拉挑了挑左眼眉。

"如我刚才所说：教授，我的任务，是不能让您在这片不可预知的蛮荒中离开我的视线一秒钟。如果有什么风吹草动，我会用我的生命保护您。还有，我的名字叫鲁米。这是我的名，我的姓并不重要，是一个亚美尼亚姓，根本记不住。您要知道，是施麦陶把我培养成了国王的禁卫军步兵。霍恩弗里德伯格

（Hohenfriedberg）之役是我的首战。"鲁米从裙兜里掏出了一把沉甸甸的燧发枪，放到了桌上。"在那场战役中，我证明了自己的实力，从那以后就被委以秘密任务。您知道，什么样的秘密才能算一个好秘密吗？"

"就没有秘密这回事儿，亲爱的鲁米，"欧拉审视地看着对方，"只有还没被破解的谜题。还有，把您的手枪收起来吧，不然这儿就全然没有秘密可言了。"

"如果一件事只有两个人知道，而其中的一个人已经躺在坟墓里，那这就是一个好秘密。"鲁米冷笑着说："另外，您不用为手枪担心。我对子弹是很省着用的。我是金牛座，这也是我的星座特点。永远看重和谐。只要阳光普照、饭菜好吃、身边有朋友陪伴，还有一本好书，我真的就是全世界最和善、最快乐的人。"

"那要是哪一次饭菜不好吃又会怎样？"欧拉笑着问。

"您是说，如果我生气了会怎么样？嗯，当公牛开始怒吼，所有人都会心惊胆战。说到这儿，我得喝点儿什么了。我早餐在'红百合'吃了一只不新鲜的椋鸟，肉质太硬还特别咸。这会儿回味起来有点儿恶心。"鲁米向老板娘做了个手势。她正在收拾船长们的那张桌子，那几位客人刚刚吵闹地朝港口的方向走了。她迟疑地靠了过来，鲁米对她说："您能不能回答教授的问题？给我们讲讲关于死了的马伊斯特先生的事儿吧。"

露露的目光掠过餐厅那边拉着的窗帘。"您还想喝点儿什么吗？"

"来杯大麦啤酒，谢谢。"鲁米说。

"好的。"她答道。然后用几乎听不见的声音说："他的最后一晚在我们这儿喝得烂醉。"

"您知道为什么吗？"欧拉追问。

"他很绝望。"老板娘回答。能看得出来，她又有些害怕，悄悄地又看了看餐厅那边。"他说，他必死无疑。"

"为什么他会这样想？"

"他说是他头脑里的一些东西。一些他没法摆脱的东西。一些异物。"

"异物？他指的是什么呢？"欧拉紧张地看着她。这时，旅馆右边的帷幕被拉到了一边。可以看到劳勒站在窗边。露露一句话都没说，转身快步走了进去。

市长办公室

弗里岑在洪水临近之前比其他的任何时候都要忙碌。每个人都抓紧时间，急急忙忙，或是和友人会面，或是采购。在去见弗里茨市长的路上，欧拉和鲁米深刻领教了城里的市井喧嚣。这里的噪声实在让人受不了。商店门口挂的珐琅招牌在从高空直贯而下的风中啪嗒作响，猪因为饥饿发出的尖叫声响彻街巷，老鼠吱吱作响，车夫大喊大叫地勒着马匹，古老的劳伦图斯教堂（Laurentiuskirche）的钟声震耳欲聋。

"咱们要了解全局，这是至关重要的。"欧拉一边朝鲁米喊，一边看向低矮房子的山墙上方吱嘎作响的磨坊风车。"咱们得识别出所有对于咱们的方程式来说重要的东西，其中的关联性非常重要。同时咱们还得注意，不要把事情搞复杂。人的大脑总是喜欢寻求复杂的解决方案，这是它自我磨炼，也是自我成长的过程。但是有时候理智会过于狂热，并且因此而走上歧路。"他们穿过码头，朝懒海的方向走去。一路上都是手艺人在干活儿，有人在敲敲打打地做木拖鞋，有人在组装手推车，还有人在磨刀。一个做扫帚的人站在自己开放的作坊门口，正在大声地推销自己的产品。他一边吆喝还一边来回踱着步子。

"正因如此，为了让理智不至于过于狂热，"鲁米喊道，"咱们在破解这个被您称作方程式的谋杀案的时候，也不能忘了诗意（die Poesie）。"

"诗意？"欧拉停了下来，疑惑地看着鲁米，"它和这事儿有什么关系？"

"诗也能破解谜题。有它的帮助，也许咱们能以最快的速度找到真相。"

"在亚美尼亚人们是这么想的？"

"这是放之四海而皆准的真理。"

现在，他们穿行在码头破烂不堪的渔舍中间。与集市广场周围的房子相比，这些渔舍明显矮得多，更别提和弗里岑丘陵周围的那些石头房子相比了。越到城中心，热气越是凝重，让人难以承受，却又无处排解。刺鼻的鱼腥味，人们的汗水、呕吐物，尤其是在黏土墙上染出深色抛物线的尿液挥发出的气体混合在一起。麻雀吵闹地在遍布的马粪里找吃的。像"鱼嘴"（Fischmaul）和"驴蹄草"（Dotterblume）这一类的下等酒吧都大敞着窗子和门。同样敞着的还有卖衣服的犹太人那间简陋小屋的隔板，店主此刻正坐在门槛上打盹，嘴里还嘟囔着什么。一座扭曲的桁架结构房屋是一家旅馆，门前倚着一位衣着暴露的、30岁上下的女人，正在读一本书。和"金狮子"的老板娘一样，她的皮肤也是黑色的。在"腓特烈大帝堡"的大门上方挂着一个木牌子，上面的字迹歪歪扭扭，难以辨认。

几分钟之后，当鲁米和欧拉来到一个碎石广场前时，天阴了下来。广场与公鸡沟（Hahnengraben）的灰色、泛着光的河水相邻。这片区域周围有好几个锁着粗铁链、挂着大锁头的木棚屋。之后他们又路过了两个废弃的大烤炉，周围一片荒凉，最终来到了市长办公室。这间被刷成蟹红色的单层黏土桁架房也是法院所在地。房子上面加盖了砖砌的塔形结构，用来做禁闭室。入口旁边是行刑处，那里固定着一条带有颈环的铁链。

"烂了。"欧拉用靴子尖踢了一下腐烂的门槛说。他拿出笔记本，在上面写了些什么。

"难道这也跟咱们的方程式有关：一条烂掉的门槛？"鲁米饶有兴趣地问道。

"有可能啊。要不然就是这个城市没钱维护作为脸面的房屋，要不就是某个人疏于职守。"说着欧拉走进了前厅。一进来他就皱起了鼻子。屋内的墙皮已经脱落，在被清空的壁炉前躺着一头死鹿。鹿的肚皮被横向切开。尸体那玻璃状的眼睛上落满了无数只苍蝇。他们快步朝位于屋子另一边的那扇门走去。对面墙上画着的那个瘦削的普鲁士贵族长得颇像汤煲里的老母鸡。

市长办公室的角落里有一个木头基座，上面摆着一张厚重的深棕色桌子，桌腿呈梯形外倾。市长弗里茨就坐在桌后，脸蛋像吹了气一样鼓胀。他穿着老式的墨绿色紧身上衣，头戴发包，腰间配着军刀，他并没有因为有人进来而分心。在他的面前跪着一位猎人，脚上穿着卷边皮靴，身穿在胯间装饰了马鬃毛的皮裙，双手托着前厅那头死鹿肚子里缺失的内脏举过头顶。弗里茨鄙夷地朝那坨东西看了一眼。他身后墙上有点儿歪的红色画框里是国王拿着黑色权杖的画像。

"可以。"市长点点头，并把自己的领巾扶正。猎人鞠了一躬，拿着内脏离开了房间。市长费了一番力气才站了起来，走向他的客人，先是握了握欧拉的手，又握了握鲁米的手。起初市长不确定应该怎么办，因为职权关系看起来有些模糊。虽然他是这里的地主，但教授是从王宫来的，还身负国王的任务。他决定，小声嘟囔几句无关痛痒的欢迎词，并用他的肥下巴指了指比他自己的椅子稍矮的访客座椅。

"咱们又见面了。不过我这儿可没有精致的土豆可以招待你们。至少现在还没有。"弗里茨用双手抱住自己的肚子，这样做会让他觉得安全。"但是我们会让外面的这些沼泽人看到这一天。我们会让沼泽变得像屁一样干燥，再在上面种上大块根植物。"他拉开写字台最大的抽屉，在里面胡乱翻了一通。"这些狗对马伊斯特做的事真够操蛋的。看出来了吧，咱们要对付的都是一些什么人。这就是给咱们的一个警告。雷文，那儿尽是一些坏蛋。"他摇摇头。"那儿就是个蛇窝。不如咱们抓一个嫌疑最大的。头一蒙，一顿打，直到他招认为止。然后吊死了事。"弗里茨从抽屉里拿出一个陶土做的大肚壶和三只矮脚酒杯，他斟上酒，递给每人一只满到快要溢出来的酒杯。

"我对你们本地的行事方式表示尊重，但是我们要用理智的工具来解决这个案件，而不是中世纪的那一套。"欧拉举起酒杯闻了一下，里面的烧酒闻起来既辛辣，又带着令人厌恶的甜。"据施麦陶了解，马伊斯特最后一次露面是在弗里岑。您知道具体在哪儿吗？"

"不是这样的，"弗里茨皱着他肥腻的额头说，"那家伙在死前不久去了古斯特比泽。他本打算在那儿和赫尔勒姆碰头的。您去问问他。"

"那您怎么解释，他的尸体是在这附近被发现的——而不是在古思特比泽呢？"

"说实话，我也觉得奇怪呢。"

"您能不能在地图上给我指一下发现尸体的确切位置？"

弗里茨又一次拉开了写字台的抽屉，在里面四下翻找了一会儿，又一次拿出了烧酒壶，但是同时也拿出了一个快要碎掉的羊皮纸卷。他又把三只酒杯斟满，在写字台上展开地图，把在上面筑巢的几只丑陋的甲虫抹到一边，眯着眼睛辨认地图上标注的日期。"是1687年的。更新的版本我们可能没有了。你要是需要可以带走。这儿！我们能干的库尔茨就是在这儿发现死者的。"他指着奥得河两条汇入懒海的支流间的一个小岛说，"坐船不到一个小时就到。"

欧拉认真地看着手工着色的地图，摇了摇头。"这里标注的是雾堤（有浓雾）。"

鲁米也弯下腰来看。"您看见这儿有张巨大的梭子鱼嘴了吗。像在童话故事里一样。要是以前的话，估计要在上面画龙了。"

"那儿是雅克舍洞（das Jäckelsche Loch），"弗里茨说。"我可不会用童话故事来形容这个地方。你们最好拐个大弯绕开那里，洪水时期那儿会有一个大旋涡。"

欧拉卷起地图。"我们现在能看一下死者吗？"

"那我们现在就去吧。"弗里茨来到窗前，推开窗户，打开裤门，恬不知耻地尿了出去。

绿礼帽

市长带着他的客人穿过一条散发着霉味的走廊。地上很湿，走上去的时候会啪嗒作响。走廊左右两侧是厚重的铁栅栏，栅栏后是狭小的囚室，一共四个。"绿礼帽"的名字来自江鳕身上那像沼泽一样泛着绿色的微光。弗里茨每次来到这里都心情舒畅，感觉来到了属于他自己的地盘，今天也一样。"好了，咱们到了。"

他们来到了走廊的尽头，弗里茨打开装饰着铁包脚的门，从墙上取下火炬，照亮了八角形房间的内部。房间里立着一个做工粗糙的木头雕像，没有头，取而代之的是一个巨大的鱼尾巴。"这是我们的奥得河女神。被判了死刑的人必须去拥抱她。这时候她下面的盖板就会翻开。谁要是抱不住了，就会掉进下面的洞里。直接掉到我们在洞里装的钎子和转轮上。"弗里茨俯下身，拉动了装在女神像下方地面上的铁环。"这个坑也被用作停尸间。因为这里是最凉的。"他将翻板拉起，几个人沿着摇摇晃晃的步梯进入一个充斥着腐烂气味的沉闷空间。在这里想要直起腰来是不可能的。角落里堆放着各式各样的木质的和铁质的装置：弗里茨刚刚提到的那些钎子和转轮，还有不同样式的鱼叉和剑。他们面前的地上放着一具棺材。棺材盖上刻着普鲁士雄鹰，右下角则是两个大写字母 E 和 K。

"以法连·基施鲍姆"（Ephraim Kirschbaum）。欧拉小声嘟囔，想起了从弗莱恩瓦尔德到弗里岑的旅途。

"过来，小伙子，帮我一下。"弗里茨对鲁米说。他们俩一起推开了棺材盖。马伊斯特的尸体已经做过了解剖，肚子和胸部的皮肤都被划开并翻向两侧。无数只甲虫在他的内脏和鳗鱼吃剩下的身体组织上来回搜寻。到处挤满了细小的苍蝇。弗里茨摇了摇头，移开了目光。鲁米盯着马伊斯特破碎的头骨，曾几何时，那里还是一张活生生的脸。那两只空空的眼洞也在盯着他。"就好像他还在观察着什么，"鲁米轻声说，"但是不管他看到了什么，或者正在看什么——他都说不出来了。"

"您确定吗？"莱昂哈德·欧拉从马甲的胸兜里拉出一条手帕，遮在自己的口鼻前。然后他又从马甲兜里掏出了消色差透镜，弯下身去。他仔细观察了马伊斯特的肺，然后又看了肝和其他器官。

"脾脏增大，"过了一会儿他说，"肝部可以发现深色的色素沉积，是钢珠。"

"钢珠？"鲁米警觉起来，问道，"会不会就是马伊斯特对'金狮子'老板娘提起过的那些异物？"

"异物？什么异物？"弗里茨迷惑地眯起了眼睛。然后，他指了指马伊斯特的左胸说："你们看这儿，心脏上方的九个洞。这就是他的死因。是鱼叉。"

船

一辆舒适的黑色四轮马车正在沿着懒海的岸边行驶。水岸旁长满了白橡树，树叶闪着光。鸫鸟的鸣叫有如轻柔舒缓的笛声。"有件事，我想请您以后注意一下，鲁米。如果对于咱们，也就是说对于破解这个案子没有什么好处的话，咱们是不能向弗里茨，或者是其他任何人透露任何信息的。"

鲁米沉默了半刻。"您是说关于异物？"

"对。不过别在意。哦，咱们到了。"

卢卡斯·柯佩克的造船厂门大开着，马车直接驶到了院子里。

一块淡紫色的苫布罩在船身上。卢卡斯把颤巍巍的双臂交叠在背后，正在注视着懒海的激流汹涌。他的双手相扣，十指交织在一起，仿佛正在一场孤独的战斗中互相对垒。卢卡斯感到浑身上下犹如针刺一般，坐立难安。他既没办法把眼睛好好地睁开，又不能允许自己就这样闭上眼睛睡着——这让他的举止显得有些轻飘飘。为了给船体底部涂焦油，他已经喝了18杯咖啡，整整工作了一天一夜。这真是份可怕的工作，就连斯登的葬礼他都没能去参加。

听到了马车的响动，他走了过来，先是平静地盯着两位来访者看了一会儿，然后连招呼都没打，就把淡紫色的罩子一把掀开。一个泛着金光的东西漂浮在那儿，它被崭新的麻绳拴在岸边。那东西显得不太听话，看起来像条凶猛的食肉鱼。它有点儿像一条巨大的金色鲟鱼，流畅的线条又像是一条梭子鱼。阳光轻抚着几百年的老橡木，经过行家的打磨和塑造它现在已经摇身一变成了"弗林斯"（Flins）号。那是这艘船的名字，和文德人的死神同名。

把右手搭在船舷边缘的那一刻，欧拉马上就感受到了它做工的完美无瑕。木料平滑光亮，所有的一切都井然有序：帆具工整地卷放着，船锚就在它该在的位置上，船身底部伸出的稳定鳍崭新夺目。他一刻也没有迟疑，立刻上了船。是啊，该有的这里都有了，除此之外还有在他意料之外的：壁龛里装着一个小巧的熏炉，旁边还有一个简易的压切机，是削雪茄头用的。他拉开写字台上嵌花装饰的侧门：里面放着一个八分仪、卷尺和一个经纬仪。写字台中间的抽屉里摆放着最名贵的纸张，用来祛除墨渍的酢浆草盐，有大理石镶边的精巧的笔记本，每个笔记本上都插着来自杜塞尔多夫的墨水笔，甚至连羽毛笔的笔尖都是削好的。

卢卡斯把他带入船舱。里面三张窄床上面铺的是来自埃伯斯瓦尔德（Eberswalde）的最精美的寝具。只要拿掉两块床板，就可以把床变成一张宽大的长沙发，这样舱房也就变成了客厅。天花板是由橡木条组成的窄肋结构，上面安装的榫头可以在船身的晃动中保持平衡，榫头上挂着一盏闪亮的黄铜灯，灯里烧的是风干的江鳕条。一个巨大的木箱子是用来装行李的。厨房里的储存柜装得满满当当。

卢卡斯问，需不需要他讲解一下船的驾驶方法。欧拉看了看他，说自己早年就写过一部关于帆船桅杆最佳布置方式的著作，并且还获得了巴黎科学院的嘉奖。而且他现在还在忙着创建一套与造船相关的理论。他从浮体的一般平衡理论入手，计算了稳定性问题以及平衡状态的上下波动。他决定为船只的稳定性下一个普遍适用的定义。这门学问的难点在于，船只航行中的一些优点，比如说速度更快，与它的其他目标相悖，比如保持航向。另外，船只本身的移动会改变其所在介质的状态。水会开始翻滚，产生波浪，并且让船只摇摆不定。这些都让计算变得复杂，但是也因此让其变得更加值得期待。他说，完美的船只不是巫术，而是一门艺术，但是到目前为止还没有一本著作能让人们达成一致的见解。他将改变这一现状。他说，到时他会把那本他将命名为《航海学》（*Scientia Navalis*）的书寄给卢卡斯·柯佩克。

"非常感谢，"造船师回答说，"但我想问的是，您会不会划桨，即使在激流或者强风中也能控制住船？"

欧拉坚定地说："只要行李一装船，我们就起锚。"

卢卡斯用绝望的目光望向天空。"洪水可能今晚就会来。到时候就再也看不出什么水路了，到处都深不可测。可能会搁浅，也可能会触礁。到时候，水会变得浑浊难辨，黏稠得像腌肉汤一样。脚泡在脏水里都会烂出洞来。您最好等这一切过去了再出发。十天以后情况就完全不同了。"

"您赶紧回城里一趟，"欧拉对鲁米说着，就好像完全没有听到卢卡斯的劝告一样，"安排几个搬运工把行李搬过来。趁着这个空当，我也好好熟悉一下这条美妙绝伦的船。另外，您再去找一下居斯阿普福医生（Dr. Süßapfel）。问问他，是否可以确认鱼叉伤就是真正的死因。还要请他估计一下，尸体在水里大概泡了多长时间。"

鲁米的母亲和沼泽

鲁米乘着敞篷马车朝着弗里岑的集市广场疾驰。现在他就要去为他长久以来梦想中的那件事做最后的准备。从他五岁起，更确切地说，自从妈妈死后，他就在等待这一刻。当四轮马车沿着巴尔多纳河河岸行驶时，那悲剧性的一天又像往常一样浮现在他的眼前，各种细节历历在目。是的，就在这一天，他的人生发生了关键性转折。他曾经发誓，要记住这一天的每一个细节，因为这样才能尽量多地把母亲留在记忆里：她告别时的微笑、她在那一天的愉快心情、她深邃的黑色眼睛、她高高盘起的乌黑头发，在周遭其他的妇女们都还戴着白色假发时别具一格，她的高跟皮凉鞋和她那条只到脚踝的钟式裙：那在宫廷里算是一个小小的丑闻。

他仿佛看见，她在不幸的那天下午 2 点左右离开了位于夏洛滕堡（Charlottenburg）的家，去附近霍普芬布鲁赫的一片沼泽地带散步。鲁米那时刚刚和她下完了第一盘棋，母亲故意让他赢了，他和她吻别，然后就迫不及待地等着她回来。不过她并没有按照说好的时间再次出现，他也变得越来越焦躁。他想要出去找妈妈，但保姆不让他去，因为他才五岁。他束手无策，等待的时间越长，心里就越恐惧，他感到既无力又无助。不知在什么时候，反正是在他感知到肯定是出什么事了之后很久，有人敲门。是内廷总管施麦陶，他母亲的一个密友。来人哭了起来，把鲁米搂入怀中对他说，他妈妈走错了一步，陷入了沼泽之中，她被拖了进去，窒息而死，也就葬身在那里，在沼泽里。从那以后，鲁米就发誓要为妈妈复仇，这在当时纯粹是一个毫无实现可能的妄想。而如今，他真的有了履行诺言的机会。他要为消灭沼泽、排水、填地贡献一份力量。没有了沼泽也就不会再有人沉没于其中。他找了两个在谷仓干活儿的搬运工，把教授的行李（包括一封刚刚收到的马沙尔的来信）从"金狮子"送到卢卡斯·柯佩克的造船厂，然后又去酒店隔壁的"红百合"取上了自己的行李包。他前一天在这里的阁楼上过夜只花了 3 芬尼，只不过要和老鼠、蟑螂，以及一些臭烘烘的、长着毛的、咬人的虫子共享房间。

接着他来到了居斯阿普福医生的诊所，但是护士小姐说，医生有严格的午睡习惯，要等到下午 2 点左右才能回来。为了打发这段等待的时间，鲁米又回到了"红百合"，这个时候的餐厅人满为患。午餐又是海星，所以他决定，在出发之前就只喝一杯啤酒填填肚子。让他高兴的是，他在人群中看到了执法官库尔茨。昨天在施麦陶的引荐下，就是库尔茨在市里接待了他。虽然这个男人总给人一种阴森恐怖的感觉，因为你永远也搞不清他到底是在狞笑还是龇牙示威（而且他几乎从不会闭上嘴），但是鲁米对他倒是颇有好感。虽然他长得并不好看，而且鱼市上的人们都怕他，但他对鲁米表现得周到而且得体。执法官不喜欢烦冗礼节，也不想惹人注目，他是个刚正不阿的人。因此，鲁米并没有迟疑，直接坐到了这位黑衣人身边。

虽然时候尚早，但库尔茨显然已经微醺，他并不掩饰这一点。毕竟现在是涨水的时候。而且他也很高兴碰到鲁米。这位小伙子是城里的新鲜面孔，除了他，库尔茨认识这里的每一个人。他有时候想，他太过于了解这里的每一个人，甚至了解到了没办法再去喜爱他们的程度。他把身体朝旁边挪了挪，好在满是鱼刀划痕的吧台上腾出足够给两个人坐的地方。他招呼老板施密特（Schmitt），给小伙子点了杯啤酒。两个人就聊起了即将启程的旅途和那艘崭新的船，库尔茨对船的规格表示了惊叹。当鲁米谈及标有雾堤的那张地图和上面画的那张梭子鱼嘴的时候，库尔茨脸上的狞笑变成了真正的大笑，他的眼睛完全消失在那对深深的眼窝里。库尔茨说，弗里策这伙计这是要把他们引入歧途。至于有没有更新版本的地图，他也并不知道。

128

"还有一件事。马伊斯特心口上的伤：您是在发现他的尸体时就亲眼见到了吧？"

库尔茨的脸上浮现出难以捉摸的表情，他看着鲁米，皱了皱眉头，把嘴巴撇向右侧的嘴角。"你这么问很奇怪。"他把酒杯里的酒一饮而尽，随后又点了一杯。然后他摇了摇方形的脑袋，咳嗽了几声。"但也可能一点儿都不奇怪。因为最开始在沼泽里，我没有注意到那处伤口。"

"但那伤口肯定是看得到的啊。"

库尔茨耸了耸肩。"不知道。我也很奇怪。我把尸体送到市长办公室之后就去找了居斯阿普福医生。直到医生来了之后，在尸检的时候发现了心脏上的九个洞，我才看见那伤口。"

当鲁米第二次来到位于弗里岑内城（Unterstadt）的小诊所时，居斯阿普福医生正在一个接一个地打着哈欠，身上的白大褂在肚子那儿绷得紧紧的。他一边用手帕抹着自己的光头，一边认真地听着来访者的陈述。他用狡黠的灰色眼睛打量着来者，并且认定，这个小伙子是可以信赖的。接着他就直言不讳地聊起了法国工程师的那具被他称为"非常有意思"的尸体。他说，他马上就注意到了马伊斯特心口上的那九个洞，因此在死因方面没有提出任何质疑。但是，如果现在再仔细想来，他觉得整个躯干上出现的组织肿胀和斑块甚是奇怪，因为这不可能是锐物戳伤所致，而只能用长期浸泡在水中来解释。

"那您觉得，他可能在水里待了多长时间呢，医生？"

居斯阿普福耸耸肩，用他肥厚的下唇抿住上嘴唇说："我估计有一天一夜。"

"那些斑块和肿胀：可能是什么原因引起的呢？"

居斯阿普福看了看天花板，接着又抬了抬肩膀说："出血。非常严重的内出血。说实话：像这具尸体的这种情况，我这辈子还是头一回见到。"

岛

此时风平浪静，但是仅在水流的影响下，就已经很难精准地控制船的方向了。两边的岸上长满了郁郁葱葱的荨麻，后面是一人高的芦苇，间或点缀着白色的牵牛花，他们在其中急速行驶。摇桨的疲劳分散了欧拉的注意力，让他能暂时忘却他要时不时全面审视一遍的关于马伊斯特的事。他们在广阔的天空下，从清澈碧绿的河水中驶过，几分钟后欧拉就进入了一种飘忽的状态。一切都如他设想的一样：滑行、安静、延展的时间、疲劳的肌肉。他感受着船上的一切：船在波浪中的持续颠簸，吹拂在皮肤上的微风，辽阔的视野和空气流动。就像水面下无数鱼儿的剪影在灵巧地穿梭游弋一样，他的思维也欢欣活跃，活蹦乱跳地离开了他的身体，使他完全放空，也获得了完全的自由。鲁米也享受着他的第一次航行。他的敌人——沼泽，从船上看起来相当壮美。在这样祥和的氛围中，他放在船舵旁的燧发枪就显得有些格格不入。

一个多小时之后，他们到达了要找的那座岛，并在巴尔多纳河汇入懒海的地方靠了岸。他们仔细地研究了岸边的这块一面是芦苇，另外三面被水包围的土地。执法官留下的痕迹仍然清晰可见：被他的船压倒的芦苇沟，他留在泥沼里的脚印以及地面上的痕迹。由此可以看出尸体当时所在的位置，还有库尔茨把它拖拽到船上时经过的路径。"鲁米，马伊斯特这家伙在死之前是怎么来到这里的？"欧拉仔细地看了看周围。

"他要么是划船过来的，要么就是从芦苇中蹚过来的。"

"那就请您试试，看看能不能穿过这片植被？"

鲁米走向那道绿色的芦苇墙，芦苇秆有一人多高。他试着用双手拨出一条通道来，但是用尽全身的力气也没有成功。胳膊粗的芦苇秆长得密密丛丛，根本一点儿也没动。

"那他一定是从水路过来的。"欧拉的目光看向懒海和巴尔多纳河。"但是和谁一起来的呢？到底发生了什么？咱们在这儿找不到任何打斗的痕迹。"欧拉指着泥泞的岸边说。

"也许是有人抛尸在这儿的。"

"其他人的脚印我连一个都没看到。又是谁用鱼叉刺伤了他？"欧拉摇摇头。"要是让我来回答，那么就只剩下一个可能性：马伊斯特是自己来到这里的。而且他到这儿的时候已经死了。"

历史必然的洪流 [1]

经过懒海后不久，船就拐入了公鸡沟，从这里开始，那些在顶端钉了树枝、被当作路标用的木桩就见不到了。他们陷入了一个枝丫密布、浅流与深沟纵横的神秘莫测的三角洲地带。欧拉会给每一条支流做好标记，再与地图详细对比。这些支流通常都很短，并且最终还是会绕回它们最初分流出去的那块水域。一旦发现这种情况，欧拉就会在地图上做一个记号，并且建议截断这样的支流，以便拉直路线，加快河流主干上的通行速度，并且顺带排干附近区域的土地。

他做这些标记的时候用的是质地坚硬、笔划清晰的杜塞尔多

---

① 原文为 Der natürliche Fluss der Geschichte。——译者注

夫羽毛笔，在相应的边界上用直尺画一道一指宽的双线。但是这条线要画在哪里并不总是很明确，因为没有任何一片水域是欧拉设想中沼泽的样子。这里的一切都是流动的，河流的主干分成各不相同的枝枝杈杈，河水还在不断地涨涨落落。工作越是纷繁复杂，欧拉就越是认真负责，他描画了可以简化航路的新方案，并且标上了马伊斯特计划中准备修建的那些土坝（就是所谓的"夏季堤坝"，每座有 5 英尺高），以便保护左右两边的土地未来不受洪水的侵害。就这样，他们一路上虽然前进缓慢，但是成果丰硕。

接下来，他们第一次穿越了人工河道，来到了奥得河的主支流，欧拉开始着手测量水流的速度。"不要再划了。"他请求鲁米道。他从工具柜最上面的抽屉里取出了航速仪，那是固定在一条亚麻绳上的一块直角扇形木片，下面附了铅块作为配重。他将航速仪沉入水中，翻转了用来计时的沙漏，等到水流让线绳绷紧，他记录下数值，并且计算了所用时间和线绳长度之间的比例关系。

他们经过了德雷策辫子（Dreetzer Zopf）地区，又穿过了灌木丛中蜿蜒曲折的奇斯珀河（Zispe），在临近傍晚时分到达了船磨坊附近的渡船酒馆（Fährkrug）。酒馆早已关了门，四下里空无一人，只有一群个头儿极大、似乎一点儿也不怕人的兔子在修剪过的草坪上嬉戏，它们竖起来的大耳朵就像汤匙，耳朵内侧在晚霞的照映下泛着粉红色的光。天已经凉了下来，这时的空气接触到身体就像是在给人一个得体的拥抱。低斜的太阳悬在波光粼粼的水面，照得芦苇和根须部分生长在水中的白蜡树树叶都金光闪闪。远处河岸边的灌木丛里，好像五颜六色的小郁金香一样的鸟儿们正在欢快地吟唱。一只红腹铃蟾正在低沉地鸣叫，引得其他的伙伴也发出忧郁的声音。天空变暗成一片银色，只有西边的一条云带透着橘红色的光。地上事物的轮廓则又变得清晰而突出。

欧拉装了一支烟斗，并迅速地狠抽了两口，里面的烟草随之现出了灼热的红色。接着他用压棒把烟灰往下压了压。来势汹汹的蚊子在他的耳畔嗡嗡作响，却因为烟雾近不了他的身。他又抽了一口，这次的节奏平缓了一些。"在我看来，有一个不争的事实，"他对着正坐在船尾的长条凳上休息的鲁米说。"咱们正在努力破解的马伊斯特先生的死亡案件，与这片沼泽的真实价值有着密不可分的关系，虽然是何种关系现在尚不明朗。咱们现在所做的测量工作会让沼泽消失。有些事情，咱们以前并不觉得它们之间有关联，现在咱们要做的就是在这些事情之间建立关联，只有这样才能最终到达一个足以让咱们认清真相的深层。"

"我这么说您别怪我，教授，"鲁米望向西边火红的夕阳，"但是这一切听起来真是错综复杂。"

"咱们不如管这叫千头万绪，"欧拉回答说，"有很长一段时间，似乎咱们看到的都是一团乱麻，新出现的问题比咱们能给出的答案还多。但就像解任何一道数学题的过程一样，总会有事态翻转的那个时刻出现，到时候答案就会昭然若揭。"

他把烟斗放到托架上，拉开了抽屉，取出马沙尔的来信和施麦陶给他的那个厚重的文件夹。他先读了鲁米从弗里岑带回来的马沙尔的信。这位国务大臣提起了他们在蓝夫特的谈话，并且说马伊斯特的最后一封信果真不是从弯地寄来的，发信地点是弗里岑。

看完了信，欧拉又打开了施麦陶的账本。用线绳钉在最上面的是赫尔勒姆写的鉴定书，由于最终决定采用马伊斯特的计划，这份鉴定已经被驳回，不予采纳。鉴定书里预计土地改良计划最终将赢得的耕地面积仅为 7664 摩根 [①]。欧拉先是粗略地浏览了鉴定的内容，但是他停在了一个地方——为了收回土地改良的成本，堤坝总建筑师建议，对排干的土地以摩根为单位收取年息。但同时他也明确地将蓝夫特庄园排除在此项收费政策之外，虽然蓝夫特会因为 1460 摩根的新土地而获得可观的额外收入。这和马沙尔口中，赫尔勒姆强迫他缴纳 65000 塔勒尔的巨额费用用于开垦森林的说法并不相符啊？

难道国务大臣是在掩饰他和这位弗里斯兰人 [②] 合作的事实？欧拉继续仔细地翻阅这份单列格式的鉴定书。过了一会儿他便觉得奇怪，事实上赫尔勒姆既没有为他自己建议的运河挖掘工程做预算，也没有计算沼泽目前为它的居民创造了多少价值，以及沼泽的土地所有者的税收收入。至于人人称道的巨大的渔业财富——这是只消望一眼水面便有目共睹的事实——赫尔勒姆更是简单地以一头牛的价值要高于几条斜齿鳊这样拙劣的备注一带而过。是不是作为未来的牧场主，堤坝总建筑师在这件事上有自己的相关利益，所以有意避免谈及这些关于实际价值问题呢？

他们在渡船酒馆旁停留的这一晚，天开始下大雨，这通常是洪水欲来的先兆。浪涛涌起，以不间断的节奏拍打着"弗林斯"号的船舷。雨越下越紧，雨点越落越密，就好像有千万只手在不停地敲击。河岸上红色的淤泥在漆黑的夜幕中滑入翻滚的河水，树木发疯似的摇摆着它们的枝条，黑色的飞云阻断了星光，只剩下江鳕鱼油灯的微光在不安地跳动。

闪电划过苍穹，闪烁着下坠，最后落入树丛或是水域。这些

---

① 土地面积单位，1 摩根约等于 120 平方巴黎尺，也即约 12 平方米。——译者注
② 弗里斯兰人（Friese），生活在北海海岸的民族。——译者注

电流从最深沉的黑暗中迸发，在天空中迅速分化成树枝一样的枝杈，小船在摇摆的水面上颠簸。暴风雨从东方而来，它砸乱冰碛丘陵上的森林，将沼泽里的水掀起浑浊的浪。拴在缆绳上的"弗林斯"号左右摇摆。温度降了下来，外面的雨时大时小，一会儿像滴漏，一会儿像叩门，一会儿像鞭挞，一会儿又像擂鼓。

突然之间，一片寂静。雨停了，一丝风也没有。耳边响起的是另外一种声音——一种来自远方的隆隆声——就好像突然爆发的抵抗。然后周围又静了下来。接着又是一阵轰鸣。有东西以非常快的速度移动，船身下面的水流急速下滑，汹涌的浪潮将缆绳撕碎。一只柔软、坚定、巨大无比的手从下面把"弗林斯"号托起，将它推向高处，这艘皇家舰船开始不受控制地随波逐流。

思想的本质

就在这几个小时里，洪水来了。就算人们睡得再沉，也不会注意不到，因为他们太熟悉无数个水泡升腾的那种声音，那种河水溢出、落下、翻腾和呼啸的声音。他们熟悉四处漂浮的树木在粪肥做成的防护墙上撞击的声音，以及当一切松动的东西被托起、被卷入旋涡时那种油然而生的奇特感觉。

众所周知，在这样的夜晚经常会有新的沼泽后代降生，因为这是充满魔力和变化的时刻，桀骜不驯的潮水所承载的某种能量会转移到人的身上。终于，河水在日复一日地奔流于被两岸规定好的、严格限制的河道之后，有了自由、无序，可以无拘无束地施展自己的机会。终于可以随心所欲、振奋精神、不受胁迫、没有目标，终于可以放纵地澎湃咆哮！就这样，波涛汹涌的奥得河撞向昨天还在拦截它、阻挡它的那些巨大石块，它愤怒地涌向它们，溅起层层浪花，又从它们的身边绕过，生成无数个混乱而又喧嚣的旋涡，激流直下，泛着泡沫，喷溅着水花，冲刷着小石块，也冲刷着因河水而肿胀，最终又沉入河水的土地。到了夜里，草场上的水就已经很高了，只剩下树梢露出水面。

沼泽人能够感受得到，洪水是如何触碰到了他们灵魂的最深处：就好像长久以来被隐藏的东西随着这轰隆之声浮出了水面。他们熟悉这种感觉，也享受这种感觉，因为水流前进过程中的暴力散发出一种安静之美，能够抚慰所有困惑的情感。

当欧达第二天早上在她的小船里，在为她挡风遮雨的乌篷下醒来时，昨天吸引她视线的一切都消失不见了。四下是望不到边的白茫茫的一片，只有远处的冰碛丘陵仿佛围成了一个画框，将沼泽像一幅巨大的油画一般装裱了起来。在泛着红光的水面上有几块突出的土地，就像漂浮花园一样，上面满是宽叶红门兰和缬草的兰草花。黑桤木的枝丫从水中耸立而出，在清新的晨风中挥舞，仿佛在求救。一群灰雁大声鸣叫着穿过天际。

欧达觉得自己整个人被一种神圣感所激励：对于她来说，这洪水就犹如上帝把自己倾倒在了人间，如今在各处张开了它的法眼。她的手臂上起了一层鸡皮疙瘩。她知道，在沼泽的所有村庄里，人们都已经醒来，并正在享受着这一幕奇观。她自己和他们感同身受，泪水让她的双眼模糊，顺着她的脸颊落下。在过去几天发生的那些令人不安的事件和年轻的斯登去世之后，外面那些生活在沼泽里的人们都会将这场洪水与重新诞生的希望联系在一起。是啊，她必须竭尽所能，拯救这个世界，使其免于被毁灭。她遥望远方。就在那里的某个地方，那条叫"弗林斯"的船正带着它的工具，加快所有不幸到来的速度。她用双臂抱紧自己，均匀地呼吸，直到恢复平静为止。

幻觉

天还没亮，他就醒了。房舱里太挤，他出了好多汗，外面的树枝抽打着船舱。莱昂哈德·欧拉将身体缩在蓝色粗布睡袍里，颤抖着来到甲板上。他觉得头晕恶心，呼吸困难。他拼尽最后一点力气来到船舷栏杆旁，开始呕吐，然后他看见无数条鱼为了争抢他的呕吐物缠斗起来，于是他又开始呕吐。

他试着平静下来。这是怎么了？他们在哪儿？对，他们在漂流。陆地在黑暗中杳无踪影。他快速地从左舷经过房舱来到船头，抛下船锚。水不深，但是由于水流的原因，船锚吃进了相当于几倍水深的缆绳。欧拉小心翼翼地回到船尾，抹去额头上的汗，费了番力气才把泡茶的水放到炉子上，接着坐到写字台前。他拉开抽屉，翻出烟草袋，从里面挑出几片好烟叶，仓促地把它们揉碎，塞进烟斗里。等到划着了火柴，抽上了第一口，他才感觉好点儿。

第一道霞光出现了。开始只能看见一个亮点，但是朝阳的光圈迅速地突破了云层的遮蔽，一跃跳到了地平线之上。浓雾笼罩在水汽升腾的河面上，让人联想到一艘巨大的驳船。鲁米来到了甲板上，惊恐地四下张望。

到处都是水，视野所及范围内没有一块陆地。"教授，咱们还在勃兰登堡吗？"突然，他停了下来，"您听到了吗？"一阵满含悲伤的呻吟声从摇摆不定的银灰色水面上划过。这种声音似乎同时来自四面八方。"这是什么？"鲁米徒手爬上了船舱顶，环顾四周道。

"是泥浆发出的奇怪声音。淤泥在下沉，河水在上涨。"欧拉边说边抹去额头上的汗。

那种悲恸的声音又一次掠过了被水覆盖的沼泽。"不，教授，不可能是淤泥。这是别的什么东西……是一个灵魂，对，是一个在地下游荡的灵魂，它化成成千上万个分身……"

"亲爱的鲁米，您现在想起的是那种诗意。请您不要忘记：理智的刀锋是我们此行唯一的工具，它是足够担此重任的利器。无论如何，对于这些声音都会有科学的解释。不过我也赞同您的说法，它们听起来确实很奇怪。"

鲁米摇了摇头。"自从昨天夜里开始下雨以后，我就一直有一种压抑感。我担心，咱们正在进入一些非常可怕的事情当中。一些超出咱们想象的事情。这片沼泽是个布满陷阱的地方。"他表情阴沉地瞥向东边的地平线，那儿有两根明亮的白色烟柱，在黑暗的天空中发出强光。"而且就算一些陷阱消失，也会出现其他的陷阱取代它们。刚才还可以通过的道路一下子就会被堵死。刚才看起来还很简单的事情，一下子就会扑朔迷离。我跟您说：在腐烂的过程中沼泽会孕育出一些疯狂的东西。"突然间，鲁米睁大了双眼："您看！那到底是什么鬼东西？"

欧拉转过头去，追随着鲁米的目光。离他们不过一箭之遥的地方有一条雾带飘散开来，一个被黑色斑块撕裂的平面随之显现。一群乌鸦腾空而起，发出嘶哑的叫声，然后被低矮的云层吞噬。"教授，您看到了吗？！"在他们眼前，由雾霭和黑色的水面组成的拼贴画正在发生变化，那图形逐渐演变成几何形状，看上去好像一个巨大的棋盘。棋盘上有好几个人物，个头儿比真人要大。那是云吗？"您看出那座白塔了吗？！它正朝着那匹黑马移动，黑马正往雾里猛逃！"

欧拉没有回答，但他确实也看到了。那个奇怪的形状真的会让人联想到一座塔，正在追赶着鲁米说的那匹由浓雾画成的骏马。马背上的骑手在努力逃脱，而那匹骏马——就好像它害怕那座塔一样——高高抬起了前蹄。"他坠马了，教授，他坠马了！"

那座白色的、竖直耸立的云塔正在一步步逼近跌落的骑手，骑手已经动弹不得，当那座朦胧的塔来到他身边的时候，他被无情地拉向了低处。"那座塔压住了他，教授！"此时，只有骑手的头还露出地平面，他的整个身体都已经沉没。沼泽吞噬着他，纠缠不放，将他拖入无底的深渊。

"我的老天啊……"鲁米校准了他的燧发枪，准备瞄准射击。"您快看啊，那个东西长出了一张脸。"欧拉的目光穿过雾气缭绕的沼泽地。那片构成白塔的浓雾在他的眼前幻化成一颗被厚实的假发卷包围的人头，那人他再熟悉不过。"上帝啊，"鲁米喊叫起来，放下了枪，"那座塔……是堤坝总建筑师。它是西蒙·冯·赫尔勒姆。您知道吗，教授，这是一种神的指示。赫尔勒姆就是咱们要找的凶手！"

理性

欧拉一巴掌拍在自己的小臂上，留下了一道红印子。他抹去那只被打死的蚊子，眯起左眼，好迎着突破云层的太阳看得更清楚一些。"亲爱的鲁米，要解开这样的一个方程式，咱们有一条铁律：永远也不要让非理性的面孔，以及因此而得出的猜测妨碍了咱们的认识。咱们要利用的唯有理性的利刃，就像我之前说过的一样。"

"即便如此，赫尔勒姆也完全有理由……"鲁米切下了两块奶酪，摇了摇头道，"这不是明摆着吗？马伊斯特的计划就像冰川上滑落的巨石，带来了很大的震荡，他要移走文德人祖先埋在弯地的遗骨，这会大大地提高成本。马沙尔太太不也是这么告诉您的吗。本来这里就财政吃紧，现在还是在西里西亚战争之后。赫尔勒姆肯定担心国王会取消整个计划。他人生中最重要的项目还没有正式开始就岌岌可危。野心勃勃的堤坝总建筑师就搞了点事情出来。另外，马伊斯特的计划明显比他的更胜一筹，得以实施的不是赫尔勒姆自己的计划，这也肯定会让他受不了。这些可不能说只是无端的猜测了吧，教授。"

"过度的虚荣是一个很大的作案动机，这一点我同意您的看法。但是，不，鲁米，咱们要看的是一幅更大的图。咱们必须向后退一步才能看清楚。我担心的是，这事到马伊斯特这儿还没完。还会有人死的。而且不是死于赫尔勒姆之手。"

鲁米的目光掠过水面。"您真是这样觉得的？"

"确实如此。我甚至觉得，凶手很可能也盯上了咱们。因为咱们——尤其是我本人——就代表着这项计划的成功完成。所以，咱们得赶紧识破他的诡计，速度得比他快。另外，我不得不承认，我此前对形势的估计是错误的。"

"您指的是什么？"

"我之前以为，咱们越是深入沼泽，就越容易看清围绕在咱们身边的那个黑暗的东西。但是事实恰恰相反。"

"恰恰相反？"

"现在我闭上左眼，用意念之眼看到的是混乱的数字旋涡，而不是能得出一个结果的秩序井然的序列。一切都像这蜿蜒的河水一样杂乱无章。而那边，在河底，在深处，还躺着一位工程师的尸体，他曾经想用理性挖掘出一道全世界都见所未见的运河。"

欧拉停顿了一会儿说："咱们要挖掘到这个深度，鲁米。咱们要描述这个旋涡，并且掌握它，虽然这一切并不容易。"

弯地

一只凤头麦鸡（Kiebitz）奋力地扇动着浑圆的翅膀，引得气流发生了古怪的变化。无数的蜻蜓贴近水面飞行。甲虫嗡嗡作响，绿豆蝇闪烁着点点荧光。长在岸边的婆婆纳、白头翁和秋牡丹一半浸在水中。天空中，高耸的云层懒散地从沼泽上方飘过。

今天大概有 250 名壮丁在这里辛苦地劳作。在他们挖掘的沟渠里，铁锈色的水深及膝盖。工人们不知疲倦地把铁锹插进泥里，又把掘出的泥巴倒进木桶，他们的工友排成一串，把这些木桶运到坑边，又在这里把淤泥倾倒在被称作柴火垛的柳条捆中间，那些倒出来的泥土就堆积在这里。这样一来，未来的河床就会和拦截它的堤坝一起升高。

弯地到处都是水。水来自地下，在劳工们的脚下盈溢，泥土因而变得厚重，劳作也因此无比艰难。水还浸透了帐篷里地面上的麻织帆布。那些帐篷一列列规整地排在会被水没过的高度。日出时，工人开始换班。有的人这时候可以休息一下，吃点东西，从沟里出来，返回小山坡上。不过即使从那里，他们也能听得到工地上传来的永不停歇的噪声：铁锹插入泥土的声音，湿土被掘出的声音，有人铲到大一点的石块儿时发出的叮当声。一旦有人铲到了大石头，他就会喊工友来帮忙——需要多少个帮手视石块的大小而定，有时候甚至需要几十个人——然后大家一起将障碍清除。

就算是下工之后，营地里也永远不会安静下来。人们开始赌博，豪饮啤酒和烧酒。这时，一个个帐篷就好像小酒馆一般热闹喧嚣。他们用临时做的牌子给各种各样的商品标价，大多数是高度的烧酒，但是也有肥皂、麻绳和工具。

莱昂哈德·欧拉和鲁米到达弯地的时候，天已经黑了。停船的地方火把通明，很多驳船停在那儿，有几个人泡在水里，把白天的污秽从身上洗去；还有一些人在洗自己的盘子或碗，或是擦拭着他们简朴的亚麻制服。工头曲莫勒的两个帐篷就搭在这个临时居住区的上方，从那里望出去，可以把一切尽收眼底。他们沿着一条狭长的小路，踏着铺在一个个泥坑上面的木板朝那边走去。劳工居住区到处闪烁着火光，男人们坐在篝火旁边，谈笑声响彻夜空。可以听到不知从哪里间或传来的歌声，还有不停歇的狗吠声。

像其他所有的帐篷一样，工头的帐篷也是用未经染色的亚麻和柳树桩简单搭建成的。柳树桩之间拉了绳子，用来晾晒洗过的湿衣服。曲莫勒穿着看起来相当粗糙的深绿色亚麻制服，戴着一顶黑色的宽檐帽坐在篝火前，把手里串着蘸过盐的带鳞白鲑鱼的木棍伸进火里。他身材修长，很瘦，一张窄脸上留着精心修剪过的山羊胡，头上顶着黑色短发。他一看见客人走了过来，便殷勤地站起来，把烟斗叼在嘴里，用力地和两个人握手以示欢迎。随后他又进到左边的帐篷，取回两个大枕头和木桩，他给客人摆好了座位，请他们就座。他又去把放在右边帐篷门口的那瓶酒拿了过来，取下挂在绳子上的三个锡制酒杯，把酒倒了进去。

"你们找到了这里，真是太好了。"曲莫勒真挚地和客人们碰了杯，并把里面几乎满杯的烧酒一饮而尽。"天哪，可真够难喝的。"他摇了摇头。"唉，我们在这里独饮上等红酒的日子一去不复返啦。马伊斯特确实从巴黎带来了某种作风。"

"既然您这么快就提起这件事……"欧拉说，他也像曲莫勒一样喝了一大口酒。虽然天气微热，但是他在发抖，他希望酒精能让自己暖和起来。"您最后一次见他，或者收到他的消息是在什么时候？"

曲莫勒思考了片刻。"那是上个礼拜三。应该是 5 号。那天我收到了他从弗里岑寄来的信。内容是关于招募新的劳工，他和雷茨村的一个叫柯普的人聊过了。那人答应给他找 30 个人。他让我做好准备，把帐篷搭好。那个马伊斯特组织起事情来真是一把好手。那家伙和谁都处得来，是个讲效率的法国佬，不是普鲁士那种官僚的作风。他做起事来特立独行，不会拘泥于那些条条框框。"曲莫勒摸了摸嘴，把已经空了的酒杯又放到嘴边。"劳工紧缺是我们这里最大的问题，马伊斯特意识到了这一点。没人愿意在这儿挖臭泥巴，而且旁边的加博耶海（Gabower See）还在步步逼近。所以我们从明天开始，就要紧贴着堤坝底部挖一条平行沟，得把该死的渗水排出去。这里要是决堤了，我们可真得吃不了兜着走。"他伸出胳膊指了指帐篷区对面的一处高地道："在冬天来临之前，挖穿那片高地这件事得做完。要是干不完，我们明年春天还得从头开始。"他的目光投向深沟那边，抬了两次下巴。"可惜人们并不认为在这儿卖苦力，天天在水里蹚着是个延年益寿的好活儿。只要自家田里收了庄稼或者是有了别的什么事儿，工人立刻就都不见了。而且国王本人还要求劳工服兵役，这是从我的眼皮子底下抢人啊。除此以外，工钱也是我们的一个瓶颈。这让事情更加难办了。"

穿过营地里闪烁的火光，欧拉望向远方，他想起昨天夜里在蓝夫特庄园看到那簇橘黄色的光亮。那真的是弯地吗？"你们在这儿发现了很多遗骨吗？"

"我们已经习惯了那些遗骸。最开始人们还会编一些恐怖故事，但是马伊斯特不让大伙儿拿这件事逗乐子。他让伙计们尊重这些我们不认识的死人。他还说，这可能是我们中某个人的祖先。"

"马沙尔夫人说，这种谨慎对待遗骸的方式大大延误了工期。"

"确实，我们每天清除的泥土会变少。不过最近速度又上来了。现在我们都用铁锹把骨头剁成小块，然后随着泥土一块儿铲走。头骨就直接装进桶里，再倒在堤坝要加高的地方。"

"这种对待遗骨的新方式是您的命令吗？"

曲莫勒摇摇头。"赫尔勒姆是头儿。我只是听命行事。他非常喜欢这种处理方式。他说，把死人扔进坝里会让堤坝更坚固。"

"这是堤坝总建筑师说的？"

"是啊，他说这会让大坝屹立于风雨而不倒。"

欧拉皱皱眉。"我们在哪儿能找到赫尔勒姆？"

"恐怕在这儿是找不到了。今天中午，他匆匆忙忙地出发去了古斯特比泽。为啥去他没说。看起来挺急的。"

鲁米转过头来迫切地看着欧拉。"马伊斯特的最后一封信上还写了些什么？"欧拉问。

"嗯，他打算在弗里岑寻找一位医师（Heiler），在下沼泽（der Niedere Bruch）附近。"

"一位医师？他病了吗？"

"这他倒是没有写。但是要找到一位医师，尤其是一位好医师，可不是一件容易事。在弗里岑的医师，我只能想起居斯阿普福。"

"为什么马伊斯特不去找他呢？"

"这我哪儿知道？"曲莫勒耸耸肩，"他很喜欢和沼泽人混在一起。也许这就是他的恶因。"

"关于这名医师，您知道些什么？"

"我已经听说过他好几回了。"曲莫勒回答道，"这人叫巴托克。据说认识沼泽里所有的植物。"

"您知道他住在哪儿吗？"

"在吕克利茨河河边。和他手下的那帮无赖混迹在风车磨坊。"

"您派人去找过他吗？"

曲莫勒点点头，又给自己倒了一杯酒。"巴托克说，马伊斯特从没有去过他那儿。但是据我派去的人说，他说这些话的时候显得有点儿紧张。"

"咱们得去拜访一下这位医师。"欧拉对鲁米说。然后他又转向曲莫勒："您觉得马伊斯特的死因是什么？"

在回答之前，曲莫勒把他的白鲑鱼从火里抽了出来。那条鱼的一面已经烤得焦黄，有些地方已经黑了，另一面却还蓝汪汪的。

"这个男人的身上到底发生了什么，对我来说是个谜。昨天有消息传来，说是一个渔夫看到了马伊斯特的那匹黑马，在雅克舍洞（Jäckelschen Loch）附近。那人本来是想拦住那匹马的，但是水流把他的船冲远了。那是一匹非常漂亮、非常忠诚的马，我认得它。是马伊斯特从法国带过来的。"

"在雅克舍洞那儿？"欧拉仔细地打量着对方，"那牲畜在那儿干吗呢？"

"也许是一次落马事故。马伊斯特虽然是一名技艺高超的骑手，但是人有失手，马有失蹄，尤其是在沼泽里。那牲畜踩到了一块软的地方，脚下一滑，骑手就跌落下来，掉进水里，头刚好摔在一块石头上，折断了脊柱，这种事儿我以前见过。"

"那为什么人们是在弗里岑找到了他，他的马却在一个完全不同的地方？难道这不奇怪吗？"

"倒也对。说不定他是坐船去的弗里岑呢？"

"然后让他心爱的马自己回去？"欧拉迷茫地盯着炉火。由于不习惯划桨的辛劳，此刻他的胳膊就好像得了严重的流感时一样传来剧痛。

曲莫勒给白鲑鱼翻了个面，现在是蓝色的那面对着火焰。他的另一只手里拿着一根拨火棍，在炉灰里面来回地翻着。"几天前法伊特·马尔绍来过弯地。雷文村的法伊特，他是沼泽原来的领头人兰度莫的儿子。雷文村的人不喜欢我们在这儿干的事情。法伊特想教唆劳工离开这里。他很聪明，是晚上来的，从一个帐篷窜到另一个帐篷，我发现他的时候，他已经发表完他的那套反动言论。一些人听了他的话，第二天早上就撂挑子不干了。像法伊特这样的人是干不出什么好事来的。要让我说：这家伙简直就是个混蛋。"

"法伊特·马尔绍……"欧拉的这句话没有说完。他一下子感觉自己醉得不轻，理解力也变得迟钝。通常情况下烧酒并不会让他如此上头。他看着曲莫勒，对方把那条白鲑鱼放到了一个锡盘上。他身后的火苗猛地燃烧了起来，把背景照得通亮。有那么一刻，就好像火焰穿透了工头的身体照了过来，曲莫勒因此显得像鬼魅一般。

第二天清晨，莱昂哈德·欧拉用标杆测量了运河最深处到山坡顶端之间的坡度，知道了从弯地到霍恩萨藤（Hohensaaten）的仰角，并且确定了要挖穿的地方的高度。他用的是鲁米准备好的一根长杆，并从要截断的山坡的底边规划出了运河的基线。

接下来，他从工具柜里拿出了八分仪，把它插进烂泥里，直到触到沟底的最深处。他小心翼翼地摇动着照准仪，用瞄准凹槽和准星测定出自己的所在位置和最高点之间的夹角。因为到最高点的距离是已知的，他就能计算出高度。测量的结果是：距离长度453鲁特[①]，落差5.5英尺。曲莫勒告诉了他一名工人每天用铁锹和桶可以清除多少泥土。考虑到天气影响，再把冬歇算在内，欧拉凭借这些数据，计算出他们所在的这一段10鲁特宽的河道可以在约15个月之后挖完——但是前提是，要有1000名劳力充分利用

[①] Rute，德国长度计量单位，1鲁特=3.75米。——译者注

白天时间不停歇地劳动。

另外莱昂哈德·欧拉建议，在弯地修一座桥，以保证柏林和波美拉尼亚（Pommern）之间的道路畅通，因为新的运河河水流速要快得多，要在上面通过渡船摆渡是行不通的。至于修桥工作，他估算还需要额外的 100 名工人用时 2 年完成。接下来就要测量从弯地到古斯特比泽附近的运河源头的距离，还要计算两者之间的落差。完成了这些工作之后，他让鲁米把所有的数据都工整地记录下来。虽然欧拉觉得自己有点发烧，但他还是坚持把小船整理好。之后他们就又启航了。

巴托克

左右两边的河岸上长满了毒芹和根茎植物，高大的白榆树的枝叶交叠在他们的头顶，遮光蔽日，让人觉得就像正穿行在一条无尽的浅绿色隧道之中一样。他们沿河而下，进入沼泽的深处，去拜访住在下沼泽的巴托克。过了一会儿他们便进入一片浮萍和水草生长过度的水域，间或还有冰草的尖叶子结成一团，像一把把利剑一样，割断了流畅的河面。此刻，要让小船前进变得格外费力。莱昂哈德·欧拉越是用力地划桨，好穿过那片让他联想起豌豆泥汤（那是他小时候就开始憎恨的一道菜，在他出生的那个叫里恩的村子，一到初夏豌豆收获的季节，就要连着好几周几乎每天吃这个，那种体验是一种折磨）的绿色浑浆，午间令人压抑的炎热就越是让他大汗淋漓。越深入沼泽，拇指大的牛虻就越无情地攻击他。灌木丛向四面八方延伸，肥大的蜘蛛坐在它们在藤蔓之间织的网上。巨大的牵牛花、长着翅形叶子的滨藜、随风波动的溪木贼（Schlammschachtelhalme）遮挡了他的视线。蜂斗菜散发出浓郁的芳香。一只苍鹭尖叫着盘旋下落，叼起一条鱼，然后以 45 度角笔直地上冲离开。

欧拉必须不停地把飞进他的外衣往他身上爬的苍蝇按死。他觉得筋疲力尽，每一次划桨的动作都会无限度地消耗他的体力，而且他觉得，自己的体温似乎又升高了。他是病了吗？他开始觉得越发地头疼，扭过头去看着一只嘎嘎叫的鸭子，那家伙朝他们游过来，一点儿也没有避让一旁的意思，显然它完全没有料到会有一艘船进入这片水域。

继续航行了一个小时之后，他们到达了一片落满灰雁的开阔区域，从这里开始，之前艰难险阻下的难以前行变成了顺水行舟。这里有一个用风化了木板钉拼凑的风车磨坊，搭建在细细的支柱上。它那刷了深绿色油漆的风车在下面水流的冲击下，一边旋转，一边吱嘎作响。鲁米把马裤的裤腿卷到膝盖处，把甲板上的缆绳系到了磨坊和河岸相连接的木头栈道上。一只正靠在一丛亮蓝色的婆婆纳旁边晒太阳的沼泽龟缩回了它长着黄黑色花纹的头，无声地滑进水里游走了。

沿着水流的方向走了一小段，他们就看见灌木丛掩映下的茅草顶小木屋和屋子旁的羊圈。巴托克和他的妻子安娜（Anna），以及女儿阿莱娜（Alena）和哈娜（Hana）就生活在这个唯一的居室里。现在四个人并排站在窗口，他们都长着火红色的头发。巴托克非常激动，他盯着那艘停泊在自己磨坊旁的船。看到那面黑色的鹰旗和船身前侧书写船名"弗林斯"的字体，他就认了出来，这就是要为他的一切不幸负责的那艘船。

"我不知道为什么，但是他们真的找到这儿来了。"他对安娜耳语，不想让姑娘们听到。他走出门去，眉头紧皱，张着嘴，脸上一块块皮肤热得发红。他几乎是踉跄着走向那艘船。他不知道该如何是好，只是带着惊诧和敌意盯着那两个陌生人，其中年轻的那个已经上了岸。他该怎么办？他的身体切实地感受到，他的妻子正在观察着他的一举一动。

就好像陷入一场永不会醒来的梦境一般，他走了过去，用右手抚摸着船帮上的焦油，然后停下脚步。有那么一阵，他就是那样垂着头、闭着眼睛站在那儿，把两只手都放在船帮上，试着平静地呼吸。他抖得越来越厉害，开始是手和胳膊，最后全身都开始发抖。渐渐地，痛苦中掺杂了一种奇特的平静。因为儿子回到了他的身边。当他把渐渐停止颤抖的手放在涂过焦油的木头上时，他切切实实地感受到了儿子的归来。斯登永远消失带来那种折磨发生了变化。是的，此刻儿子走进了他的心里，巴托克感受到一种温暖流遍了他的全身。这是一种他从未体验过的全新感受，让他平静下来，也让他以某种方式与命运和解，他曾经以为这是永远也不可能的。"宽恕，"他喃喃自语道，"宽恕。"

他睁开眼睛，慢慢地把手指从船帮上拿开。他的磨坊周围满是河滩林，四下里都是树叶折射出的绿光。正午的阳光透过白榆树形状不规则的树叶照过来，温热的光线落在岸边绽放的蜀葵和野芦笋花上。这画面真是美极了，巴托克觉得有一种不期而至的爱流遍全身，整个人好像被托举了起来。

莱昂哈德·欧拉仔细地打量着这个长着火红色胡子的矮个子男人。到目前为止，两个人谁也没有说话。然后，欧拉小心翼翼地，用略带颤抖的嗓音（因为他觉得比刚才更虚弱了）说："我们前来叨扰，还请您见谅。听说一位名叫马伊斯特的法国工程师曾经在此处活动，并且来拜访过您。从那以后，他就遇上了点儿事。我们是想查清真相。您能讲一讲他来这里时的情况吗？"

巴托克转头面对欧拉。"那个法国人确实来过，"他用嘶哑的嗓音说，"是上周三的事。对，整整一周之前。"

"为什么他要来找您呢？他病了吗？"

巴托克迟疑了一会儿，没有急着回答。他说："起初我以为他得了卢赫热（Luchfieber）。但不是这个病。他真的是……烧得厉害。喘出来的气都可以蒸螃蟹了。他向我要用来治卢赫热的草药。但是我告诉他，那个对于他来说药效太弱。我建议他骑马去雷文村，去躺到那块木头下面。那是一种雷文村的人才会用的特殊的治疗方法。但是他不想去。他说，他得赶紧回去，回到弯地去。"

"但是他再也没能回到那儿。"欧拉边说边擦去额头上和满脸的汗。

"我建议他从雅克舍洞那边回去。那里长着一种深红色的强效罂粟。听说可以治很多种病。但是要采到它是很危险的。不过，对于有些人来说值得冒险。"巴托克直盯盯地看着欧拉。"关于这个男人还有一些事。我想，也是应该告诉您的。"

"啊？"欧拉靠在船舷栏杆上。

"和您一样，他的脸上也有红色和青色的斑块。"

白鲇鱼

欧达穿着一条长及脚踝的粗绒布抹胸长裙，腰间扎一条浅色的皮带。她取道乌赫利泽河（Wucheritze），经过了布什劳福农庄（Buschlauffer Gehöft），到达了奥得河的主河道。迎着清凉的风顺流而下，她到了浮木聚集的地方。由于是逆风而行，她比预计的时间晚到了一点儿。在树干交错的那些地方，蝇子草和毒芹丛生。她转了弯，拐进夸尔切（Quartsche）河。这儿的浪比主河道要小，船也没那么颠簸。这种平静的地方也是大鲇鱼栖息的首选。它们会钻到淤泥里，任凭星移斗转。据说，夸尔切河里有些鲶鱼比最老的老人年纪还要大。这一带可不是驾着一叶扁舟就可以轻易通过的水域：这是鲶鱼的老窝，这些高傲的动物受不了别人打扰，有人入侵它们就会反击。

要想捕鲶鱼，必须眼观六路耳听八方。欧达时不时看向船头，那里放着捕鱼的套索。她是捕大梭子鱼的能手，爱咬人的鲈鱼和鲟鱼也不在话下，所有的食肉鱼和大型鱼都是她的猎物。但是，要拿下大鲶鱼这样的一个怪物则另当别论。沼泽人寻常的说法是，杀死一条成年的大鲶鱼比杀死一个人还难。一条壮年鲶鱼的生命力是非常顽强的。据说，捕鱼者必须抱住它，在殊死博斗的过程中盯着它的眼睛。如果挺不住对视的这一刻，不能在精神上战胜对方，那么动物的原始生命力就会占了上风，那时候再要伤害它就会变得无比困难，它不会甘心送死。它能一次又一次地从套索里逃脱，执拗地延续自己的生命：再次钻进某一片烂泥地里，继续用长着丑陋胡子的嘴巴觅食。猎杀一条大鲶鱼是下沼泽的每一个男青年都必须完成的一场仪式。能对付得了鲶鱼，能了结它的性命的人同样也能受得住战场的考验。女孩儿们则不必经历这种测试。但是，现在发生的就是战争——欧达就是其中的一员。所以她要先用这条大鲶鱼来证明自己的能力。

她经常听鲶鱼捕猎大师兰度莫说：这种生物听觉灵敏，所以捕鱼人必须保持安静。得让船顺水而行，不能把船桨插进水里太深，不然会打草惊蛇，鲶鱼是狡猾的，它们熟悉奥得河河水的一切变化。另外，还不能暴露任何弱点，视线时刻都不能离开船尾。鲶鱼擅长从后面突袭。有时候被激怒的大鱼会袭击船只，试图将其掀翻。鲶鱼的嘴巴宽大，突出的下颌上长着五排整齐的牙齿，兰度莫自己就曾经被鲶鱼牙咬伤。听说，鲶鱼还会攻击或是吃掉失足滑落进水里的狗和山羊。

欧达的小船无声地沿着夸尔切河滑行。空气黏稠湿润，这意味着，粗壮的大鱼们在夜幕降临之前都会潜藏在河底不动，或是藏身在蓼属植物和黑麦草之间，或是躲在由伸入水中的白蜡树和橡树树根盘结而成的、悬着的河岸之下。好长一段时间都平静无事。但是到了中午，当太阳爬到最高点的时候，欧达感受到了什么。起初她以为，是另外一条离她有一段距离的、较大一点儿的船甩出了一条长长的、平整的波浪。但是四下里哪儿都见不到人，而且一条大一点的船是无法在这片水域里航行的。在她的小舟下面，水流发生了变化。她看见一道影子，比她见过的任何一条鱼都要长，相当于一个成年男人身高两倍的长度。她拿起装着罂粟汁的罐子，喝了一大口下肚。当这条鱼从侧面靠过来的时候，水面开始颤动、升高。然后出现的是一个扁平、黏滑、没有鳞片的白色脑袋，一双来自远古时代的猩红色眼睛毫无表情地、冷漠地看着她。大大的鱼鳃一张一合，鼻孔喷着气，上颚上的鱼须灵动活泼，好像在跳着一种奇异的舞蹈。接着，它的舌头从肉乎乎的嘴唇中间露出。"别杀我，"那鱼用压低的嗓音说，"我会帮你。"

欧达盯着这条巨大的鱼，手里紧握着绳套，慢慢地朝它的方向移动。大鲇鱼只是静静地看着她的动作，又把部分脑袋潜到了水下。但是欧达还是清楚地看到了它打量自己的目光。她决意不受它的话迷惑，并且思量着什么时候开始攻击。她平静得出奇，鼓足勇气，聚集力量。当她慢慢举起胳膊的时候，她以决绝的目光注视着那条鱼。她要吸引住它的视线，让它停在现在的位置不动。她拿着绳套的右手已经举高。不过只要她的小舟不动，那条老鱼就静止在那里，就好像托盘上的一条死鱼。她有没有足够的力气，套住它之后一收紧绳索就把它制住？她把胳膊又移近了些。

但是这时她发现，这条鱼是在愚弄她。因为当她抛出套索的那一刻，它就潜入水中，以她无法置信的速度迅速地游开了，随后钻到她的小船底下，将它拱起，要把她掀入水中。但是她找到了平衡，拿起船桨，狠狠地打在那个怪物的背上。她用的力气如此之大，以致那条鲇鱼转头离开，顺流游走了。欧达了解这种水流，一会儿就会平静下来，那个大家伙是逃不远的。它已经落入陷阱，而她并不着急追捕。

她划了一会儿船，心里很确定那条鲇鱼就在自己前面。她的身上沁出了一层细汗，她的心思都在捕猎上；原始的直觉为她做了所有的决定。不，它逃不掉的。那个乘着国王钦令制造的小船、从普鲁士人的首都带着他的"工具"前来的男人也一样。河水变得越来越绿，越来越浑浊，到处长满了水草和蕨类。她认得这个地方：再往前不远就到吕克利茨河了。巴托克的风车磨坊就在那儿。毫无疑问：那条白色的大鲇鱼的目的地明确，它正往那边游。

住在这样一个偏僻的地方，巴托克很少像这几天一样，有这么多来客。看见欧达让他很开心。她的消失曾经让他很是担心，兰度莫也说不出这个姑娘有什么计划。医师帮欧达系好了她的小船，用浅绿色的眼睛看着她笑，邀请她进屋。那条鲇鱼从欧达的视野中消失了，不过她能感觉到，它就潜伏在某个地方——而且它也知道，她现在在哪儿——所以虽然不太情愿，但是她还是接受了邀请。

她不愿意耽搁时间。但是既然经过了父亲最好朋友的家门，如果不进去坐一下，会显得非常不礼貌。

看到巴托克的情绪安详而愉快，让她很是吃惊。"我的悲伤常在。"巴托克看出了她的不解。他边说边从里屋矮木桌上晾干的水茴香里挑出最好的几团泡茶。"但是又能怎么样呢？我跟你说，你不是我今天的第一位客人。"巴托克把茶水斟满。"他们来过。划着卢卡斯造的那艘小船。欧达，有些神奇的事情发生了。"

她疑惑地盯着他。也就是说，那条白鲇鱼给她带的路是对的。她被搞糊涂了，一边失神地朝杯子里吹着气，一边呷起了还有些烫的茶水。"你该把他们拦下的。他们要去哪儿？"

"这我可不知道。但是你听我说：那两个陌生人来到这儿的时候，我的身上发生了一些变化。我能释怀了。我的内心平静了下来。"他往她的茶里加了些蜂蜜。"我，作为医师，现在感觉自己被医治了。安娜也有同样的感受。"

"没错，"他的妻子安静地坐在脚凳上，眼睛看着屋外，"从今天中午开始，变得有些不一样了。"

欧达此刻很难隐藏自己的愤怒。她比以往任何时候都更能理解自己的父亲，理解他为什么能在别人粉饰危险，并且因此错过采取必要的预防措施机会的时候不为所动。

"你们两个都忘了，就是这些魔鬼害死了你们的斯登啊。"

"在卢卡斯·柯佩克的船厂里发生的事是不幸的意外。"巴托克开始往烟斗里塞烟叶，又吹了吹他的茶。"相信我，欧达。那个今天来找我的男人，他的灵魂有一种抚慰的力量。而且自从他来了以后，斯登的灵魂就留在了我这儿。"

她用闪亮的眼睛看着巴托克。她禁不住去想那条鲇鱼，她知道，它是她的盟友。她不会再想去杀死它。是它给她指引了来这里的路，它还会继续这样做。她匆忙地喝完了自己的茶，起身告辞。

权力

哈韦尔（Havel）河湛蓝的河水波光粼粼，翠绿的云杉树在风中沙沙作响，它的根系固定着勃兰登堡的沙土。太阳就好像一块金子，光芒穿过宫殿的窗户投射进室内。为了遮挡刺眼的阳光，他头上戴着缀满了花边和白色羽毛的帽子：他正用横笛演奏着约翰·塞巴斯蒂安·巴赫（Johann Sebastian Bach）的歌剧开头的几个音节，那是他的专属歌剧。此时，他的王室管家弗雷德斯多夫拿着毛巾和肥皂，姿势僵硬地在旁边的浴室里等他。

国王想，可笑，怎么会有人认为自己需要一名更衣侍从，而且这名侍从给他换衣服的时候还会总是带着不情愿。他把横笛放到一边，从烟袋里捏出一撮用赭石粉染黄的哈瓦那烟草，然后抽出插在白色鱼皮刀鞘里的金把军刀。这笔钱是可以省下的，他一边想着，一边再次气愤于弗雷德斯多夫的建议：让他雇用一名弗雷德斯多夫的表亲做这个更衣侍从。虽然报酬不高，每年只需500塔勒（弗雷德斯多夫的薪水是这个的两倍）。但是，不，不，西里西亚战争花的钱已经够多了。

腓特烈目标明确地从衣柜里挑出了那件深蓝色的丝绸衬衫。洗完这个弗雷德斯多夫坚持要他每周都洗的该死的澡之后，他要配上浅蓝色的裤子和那双过膝的黑色马靴。傍晚时会有雷雨，不过他既然计划无论怎样都要去自己的花园里逛逛，就又拿出了那件黑色的连帽锦缎外套，他特别喜欢那件衣服绒毛般柔软的里衬——或者选那件防雨的蓝色油布大衣是不是更好？

他犹豫不决，把大衣和外套又都挂了回去。将裤子也挂了回去。他的指尖先是轻轻地掠过了猞猁、紫貂、狼毫皮草，最后来到了一件紫色的缎子披风上。他摇了摇略显得大的脑袋：他要选一条紧身剪裁的绣花军官裙，不要如今最昂贵的花边襞饰和腕饰。总之，他想为大家树立一个榜样，在穿着上少一些浮夸，多一些军人的威严。难道战争结束了吗？奥地利女王是不会如此轻易地将西里西亚拱手相让的。而且就算没有手拿武器的外敌需要征服，国内也有足够多的事情要做，要去赢取。

马甲短到腰部以上：既方便又英气，要的就是这样。让那些人像涂脂抹粉的猴子一样，穿着宽大的燕尾服，戴着可笑的装饰满世界招摇吧。看看那个赫尔勒姆！紧身的马裤也很好看啊，再配上一双高跟的系带鞋——虽然……跟他今天戴的侧卷假发配不配呢？是不是还应该套上一件紫貂裘皮大衣？

他又听到了弗雷德斯多夫的叫喊声：水要凉了。腓特烈决定选一条白色的领巾，配的是一件纽扣装饰的休闲的乡村短外套，又在外套衣兜里塞了几块手帕，用来擦擤出来的鼻烟。他把这些在旁边放好，留着洗完澡之后穿。

他把头斜向左肩，让右耳朝天，以接受上天可能会传达给他的福音。然而，那一刻并没有福音。然后他就思索，要在新获得的奥得兰设置殖民村，那些村庄应该采取什么样的布局。这时，他在八点半左右吃的那枚淡蓝绿色的蛋（只用了 7 分钟，他不允许自己在吃早饭这件事情上花更多的时间）让他打了个嗝。十字（Kreuze），对了，就这么办：修一条公路，住宅的街道从公路开始以 90 度角延伸，然后继续分成小径，这些小径也呈直角从住宅街道分出。棋盘式的街道布局：一目了然，最大化利用空间，便宜。就是不要弯路。要用组装的而不是建造而成的成品房。

有人敲门，弗雷德斯多夫不请自入，他迈着装腔作势的步子，脸上的表情严肃。他鞠了一躬，一再地请求原谅，却都是下表面功夫。他问，是不是可以帮忙挑选衣服——浴室里一切已经准备就绪，水过一会儿就要凉了，紧急公函和一封马沙尔的来信也已经摆放好了。

信件没有被拿到起居室里交给他，这让腓特烈感到不快，他走到隔壁的房间："要知道，80 岁的老太太，你给她穿红衣也是白搭。况且我真是受够了这种残酷的疗法。"他在弗雷德斯多夫跟上来之前迅速地脱掉了衣服，迈进双耳大木桶里。盆里的水多得溢了出来，他一躺下就没过了脖子。水实际上有些太热，水的热度一度让他昏昏欲睡，而他最痛恨的莫过于过早的困倦。马沙尔的信就在手边。国王把手伸出桶边，费力地在衣物架上的毛巾上擦干。他展开了信，像往常一样飞速浏览着。突然间，他愣住了，他皱起眉头，又把信从头看了一遍，这一次看得相当仔细。他的国务大臣怎么会突然开始质疑，在即将排干的沼泽上成功建立流亡者和殖民者的聚居区的可行性？马沙尔本人可是亲自负责这个项目，并且有责任将这件事圆满完成的！

腓特烈把信放回到木桶旁边的文件架上，撅起嘴沉思起来。由于他的激动，信纸上溅上了几个水滴。马沙尔在信里还提到了记账的马虎和草率。赫尔勒姆用的单位是杜卡特（13~19 世纪欧洲通用的金币），在实际支出的记录上面语焉不详。国务大臣甚至还提到了明显的计算错误，并且毫不掩饰他的怀疑。他认为这有可能是有人有目的地在花费上面制造假象，以引导国王做出实行大型的排干沼泽项目的决定。这让腓特烈十分气愤。"弗雷德斯多夫。"他大声喊道。片刻之后仆人应声走了进来。"把沼泽的地图给我拿来。"

"已经拿来了。"王室管家骄傲地——他可是宫廷里唯一一个可以对国王以"你"称呼的人——展开了那张握在手里的羊皮纸。他的确有一些骄傲的资本，因为他总是能明白国王的想法，而且

157

有时候甚至在腓特烈还没有想法的时候，他就能预先想到它。

腓特烈看着地图。他很满意地看着那些已经画在地图上的难民村。这些村庄已经落到纸面上了啊！这项计划会让全国的人口数量翻番，国家也会因此变得强大。马沙尔到底有什么理由怀疑这件事的成功呢？

"重要的是，我们要创造一个什么样的国家，"他恍若自言自语道，"我要为所有那些渴望全新开始的人们创造空间。那些在目前的居所感到不幸福，或是因为他们的信仰或者其他什么原因被迫害的人们。是时候在我们的邻国设立一些招募站点，在流行的刊物上张发广告了。应该把消息传开。"

弗雷德斯多夫从毛巾堆里拿出了一条新的，因为他知道，国王现在要从浴缸里出来了。

"我们把这些人吸引到我们的国家，"腓特烈接过毛巾，"展现我们的热情好客。如果他们不能来，我们甚至可以承担他们的差旅费用，免除他们的兵役，对他们的财产不收任何进口税。"为了不显得心肠软弱，甚至看起来像一位施行仁政的国王，在弗雷德斯多夫为他擦干身体的时候，腓特烈狡黠地朝他一笑。然后他把毛巾围在细长的身体上，走到窗边，若有所思地看向外面，用带有一些自恋的语气接着说："我们免费为他们提供木材和一块土地，以及盖房子用的工具——还有牲畜。你知道我们为什么要这么做吗？因为他们会用自己辛勤的劳动给我们数千倍的回报。没错，我希望普鲁士成为一个希望之国。换句话说，没有这些愿意投奔我们的外国人，我们就不能在未来领先。因此我要让门户大开，接纳每一个年轻的、雄心勃勃的、充满干劲的人。就像伏尔泰说的，我们普鲁士和法国不一样，我们没有一种民族思想做基础，我们是一个'抽象的国家'：我们必须先自己创造自己的民族。我们的结构就是一个空心的容器：我们需要人做材料，来把它装满。在各个地方我都要建立新的村镇，给它们起名叫佛罗里达（Florida）或者费城（Philadelphia），我要为它们注入生机——就是那些二话不说，撸起袖子就干的人们。"

"这听起来太美好了，国王陛下。"王室管家来到仆人用的盥洗盆旁，解开裤子的搭门，熟练地朝里面尿尿，因为整座皇宫里除了给皇帝本人用的，再没有其他便桶。

"潮手威利"

内廷总管海因里希·威廉·冯·施麦陶涂了水银粉的脸白得吓人，他把自己塞进一件剪裁合体的蓝色普鲁士燕尾服式军装里，堤坝总建筑师西蒙·冯·赫尔勒姆则穿着宽大的燕尾服和一件装饰精美的胭红色马甲，下身配马裤、真丝长筒袜和系带高跟鞋。另外，赫尔勒姆还戴了一个新的发包，用来装他那浓密的淡紫色假发卷。

两个人并排坐在"潮手威利"最靠里的桌子旁，那是他们在古斯特比泽的据点。酒馆的门上写着"一满杯1格罗森——开怀畅饮2格罗森"。室内烟雾缭绕，廉价的江鳕鱼油灯冒着黑烟，光线朦胧昏暗。施麦陶和赫尔勒姆点的是煎龟肉、大麦煎饼、鲟鱼卵、鳗鱼泥、浅红色的江鳕鱼肝和沙棘果酱，还有古斯特比泽的特产甘露草大饼。给他们端来这些饭菜的是一个斯拉夫男孩儿，他龟裂的脚上缠绕着废旧的渔网，他递过来的还有两大杯泽林啤酒（Zelliner Bier），只要6芬尼："喝点儿酒往下顺顺。"从酒馆二层传来的喧哗声直贯而下。从柜台旁边的楼梯就可以上到二楼去，那里是一排相互连通的、逼仄的房间。那儿传来的叫喊声和咒骂声有些是兴致使然，也有些是斗殴的附属品。同时，从隔壁房间敞着的门里还传来了摇骰子的咔嗒声和文德人玩儿纸牌时摔牌的啪啪声。

"知道吗，这简直是灾难。"赫尔勒姆用目光点了点他们面前放着的那封国王的来信，又起一块江鳕鱼肝。"只要欧拉的测量数据、成本核算和利润计算结果没有放到他的桌上，他就不会再拨钱过来。但弯地里可是每天都有人拿着木桶和铁锹，为了咱们站在泥地里干活儿啊！工钱得咱们来付。咱们可等不到那个数学怪人解完他的公式。"赫尔勒姆咳嗽了几声，把一口痰吐在了撒了沙子的木地板上。"反正把那个榆木脑袋牵扯进来完全是胡来。"

"您怎么能这么说呢？"施麦陶不解地摇摇头，"莱昂哈德·欧拉可不仅仅是流体力学领域的权威。国王虽然不待见他，但是对他的运算能力极为信任。如果教授先生不对这件事情表态，这事儿就算是吹了。到时候咱们就可以歇了。"

"又是一个添乱的。跟马伊斯特一样。"赫尔勒姆耐心地把果酱抹到一片炸得酥脆的龟肉上。随着他陶醉地一口咬下去，龟肉发出清脆的响声。"有些人只会坏事儿，虽然他们自己宣称的完全是另一个样子。马伊斯特就是这样的人。"

"您这样说一个死人我是不能赞同的。至于欧拉教授：他的数字工作不会让事情变得更加复杂，而是更透明。到时候这事儿的好处就会让人眼馋，所有的反对者都会站到咱们这边。"施麦陶悠然地捻着浸了油的、染成黑色的小胡子。"他马上就会来找咱们。到时候您可以对他有个客观的认识。咱们也可以问问他，预计什么时候能得出最终结果。而且，亲爱的战争及国土顾问（Kriegs-und Domänenrat），有一点咱们不能忘：一旦国王拧紧了水龙头，那么很大程度上是因为，"他指了指腓特烈的信，摇了摇头道，"您的数据不对。您不信，柏林和波茨坦那边会计算每一分每一厘吗？国王那双机警的眼睛紧紧地盯着他的每一分钱。他最痛恨的就是在钱的方面不清不楚。"

"国王不该这样计较，"赫尔勒姆说，"他承担的只是启动阶段的财政压力。这一点他必须明白。而且因为其他的土地所有者必须参与这个项目，绝大部分费用他马上就能转嫁出去。"

"地主的义务参与八字还没一撇呢。"施麦陶激动地反驳道。"为这事儿还要专门在柏林的王宫里开个会。在无忧宫您自己不是也听说了吗，主要是，"他放低了声量，环顾四周，想确认没人在偷听他们说话，"卡尔·冯·勃兰登堡相当反对这件事。幸好这家馆子的老板从咱们这里领薪水。他跟我讲了边疆伯爵在这里密会了谁。是法伊特·马尔绍。"

赫尔勒姆把烟从牙缝里吐出来，然后又把它和施麦陶的话一起吹到了一边。"亲爱的内廷总管大人，我们在这儿创造的是 13 万摩根的新增土地。就算咱们假定国王的投入是 50 万，那么每摩根土地的成本也不过 3 塔勒多一点。这个价钱可不是划不划得来的问题，这简直是便宜透顶了。单单是土地租赁带来的纯利润就会远超这个成本。国王从这件事上收获的只有好处：更多的臣民、更多的声望、更多的税收。所以咱们不能这时候临阵退缩啊。咱们必须继续做好实事，不能因为一点儿芝麻绿豆的小事儿就停下来。大局观，内廷总管大人，要有大局观。"

施麦陶试着压住怒火，现在却已经不能自已，变得越来越气愤。他又去捋自己的小胡子，但是这招并不能让他平静下来。"别跟我提您那笔农村妇女的糊涂账……或者可能是您没找酒馆老板就自己做出来的账。"他焦急地在外衣兜里找着雪茄。找到之后，他从容地把雪茄头剪掉，细心地从里面挑出几根烟丝——这个过程最能让他的神经舒缓下来，同时也是为了防止在吸烟的过程中，烟丝被吸入口中。

"您必须向我保证，以后在钱的方面要多加谨慎。"施麦陶说这话的时候情绪已经稍显平和。他打开公文包，把国王的信塞了进去，又从里面拿出了另一封信。

"这个是我昨天收到的。也不是什么好事儿，是加博（Gabow）、梅德维茨、格列岑（Glietzen）和居斯特里尼辛几个村的请愿书。他们在信里说，土地改良会让他们变得赤贫，现在情况已经水深火热了，他们要求补偿。因为挖的都是他们的地。这几个村已经有好几个礼拜都拒绝给我们提供筑堤用的柴捆了。"施麦陶把一支雪茄塞进嘴里，在公文包里翻找他的打火机。

赫尔勒姆抢先一步，拿出了一根火柴（施麦陶不喜欢硫黄，因为它会破坏雪茄的香气），伸到油灯里的江鳕鱼条边，等到火柴猛烈地燃烧起来，他又把它头朝下拿着，好让火苗再大一些。然后他才把火递到了施麦陶的雪茄尾部。"库尔茨正在组建一支柴捆督察队。这些问题以后都有警察来解决。我们还会让人专门给他们缝制让人一看就肃然起敬的黑色制服。这些人会埋伏起来暗中行动，对那些叛民和未来可能会挑事的逆民立刻实施抓捕。我正在和弗里策密切联系，商量此事。"

"这样是不能解决问题的。"施麦陶努着嘴唇让雪茄轻轻地在火柴的火焰里转动。"我听曲莫勒说，他的工人队伍里是一定不能没有这些本地人的，因为本地人比那些外乡人更不容易生病。沼泽人是最能适应这儿的气候的。但是如果沼泽人恨咱们，他们就不会为咱们卖命了。"

"除非逼他们。"赫尔勒姆把火柴扔到地上，用皮靴碾灭了一丝尚存的微光。

施麦陶嗫着腮帮子，在雪茄上用力地吸了两口。"这种事也许俄国人做得出来。但我们肯定是做不出来。"他平静地说，用舌头玩弄着口腔里的烟气，然后把它吐了出来。他把雪茄从嘴里拿出来，神情恍惚地看着泛着红光的烟尾，在手指之间来回翻转着雪茄，检查是不是每一面都燃烧均匀，然后抬起了头。就在此刻，一位垂死的病人进了门，走进了"潮手威利"。

厕所

来人浮肿的脸上青一块紫一块，他小心翼翼地走过来，因为在他看来，地面是晃动的，而实际上那是他身体里的血正和外面的河水一样荡漾。他的亚麻西装都湿透了。他用浑浊的目光看着坐在桌边的这两个人。施麦陶赶紧给他拉过一把椅子。

"在对河流的……所有情况做了全面……细致的了解之后……"欧拉费力地说，眼睛盯着桌上的菜。桌子晃动得厉害。他用右手撑住椅子的扶手，但是扶手也在摇晃。"……我现在可以宣布，"他接着说，青紫色的嘴唇颤抖着，"计划中的改变，肯定、一定会带来一个结果……因为奥得河按照目前的航道……"

"尊敬的教授，您这是怎么了？"施麦陶问道，"我派去的鲁米在哪儿？他没有照顾您吗？"

欧拉恍若半睡半醒地说："您别怪他，您别怪鲁米……我给了他一个任务。他已经出发了，我们不得不精打细算，一个人没法分身，不能同时出现在两个地方，所有的资源都得物尽其用：包括我们的体力。我，我没事儿……我会长寿的，还要……写很多没人看的数学书。请您原谅……"他微张着嘴，靠着桌子走了几步，两次把身子撑在吧台边，才走到了厕所，打开了门。

汗珠一样的水滴沿着泛黄的、肮脏的斑驳墙壁流了下来，就像一只巨大的爬行动物正在发汗。洗手盆里满是棕色的油污，旁边立着一根牛油蜡烛。灯芯没有经过修剪，燃烧起来冒着黑烟，随之还散发出一股鲜血和人体组织的味道。烛火照映着一只盛水的盘子，盘底有用暗淡的红色画上的圣约翰骑士团的十字架。欧拉看着镜中的自己，那个十字架就在眼前晃动。他用那只好的左眼盯着镜中的自己，那只眼睛已经发炎，上眼睑又红又肿。他眨了眨眼睛，睫毛蓬乱地向下突出，动起来显出一种病态。这时，他的镜中影像里出现了别的东西：另一个银色的十字架叠在了盘底的红色十字架上。有人在他的身后，离他近得有点儿过头。"请允许我自我介绍一下：在下是边疆伯爵卡尔·冯·勃兰登堡。"

欧拉转过身来，他面前是一位仪表堂堂的男人，身着戎装，佩戴着军刀。那人戴着浅灰色的真丝手套，向他伸出了手。"我想给您一个提议，"卡尔微笑着说，"我提名您为圣约翰骑士团的荣誉骑士。这样您就可以摆脱作为平民在宫廷里不受重视而带来的所有烦恼——这是一蹴而就的事。亲爱的教授，到时候皇家科学院院长的头衔就是您的囊中之物了，封号也是您的：莱昂哈德·冯·欧拉男爵。不知道您的意下如何？"卡尔·冯·勃兰登堡鞠着躬，用奉承的语调接着说："您知道，作为回报我想要什么？只需您做出的沼泽盈亏核算能最终让我的堂弟收手，放弃这件事即可。"

逃离

灰黑色的高涨的水面上漂浮着一条浅色的光带。在微光闪闪的丛林中，河水犹如一把耀眼的、弯曲的利刃，在叶片上划出了一道弧线。汹涌的河水好像被锻造过一般熠熠发光。但是只要有什么东西（比如一根折断的树枝）漂在水中让河水集中发力，就可以看出奥得河在这里的流速有何等之快。这背后是一种什么样的力量，分秒间推动了河水，让它从这里奔腾直下沼泽的洼地。

莱昂哈德·欧拉的目光沿着眼前崎岖的乡间小路拾级而上。小山上是一座教堂。一位少年正赶着一群好斗的鹅朝那边走去。不知哪里响起了一声狗叫，顷刻间，其他的狗都开始叫了起来，就好像它们都在等待着这一刻。此时已是日落时分。蚊子在空中嗡嗡地飞，表达着嗜血的欲望。两个路过的渔民嘴里叼着粗陋的烟斗，背上背着柳条编成的鱼篓，里面的鱼还在上下扑腾。一位老妇人身穿棉布裙，头戴黑色软帽，推着一车的樱桃在烂泥地里走过。

欧拉想起了他在"潮手威利"的厕所里得到的那个建议。他又一次摇了摇头。科学是不可贿赂的。所以他立刻就拒绝了边疆伯爵。卡尔能够理解这一点吗？自从意外地与他见面之后，欧拉就觉得，一副沉重的担子压在自己的肩上。那不是想象中的担子，而是真实存在的、身体可感的负担，压得他直不起腰来。他看着自己棕色的皮靴，感觉它们好像在淤泥里陷得越来越深，这条居斯特比泽的主路在洪水的冲刷下已经泥泞不堪。他看到一条蚯蚓正在试图从水里出来，蜷曲着身体想要爬到干燥的地方好活命。这蚯蚓想必就是我了，他这样想着，感受到自己的体力正在一点点消失殆尽。他跪下来，去抓一片芦苇叶，想要以此支撑自己的身体，却被叶片锋利的边缘划破了手。这时，赫尔勒姆和施麦陶已经擎住了他。他们费了一番力气才把他扶了起来。"教授，您这是怎么了？就当帮我个忙，您去看医生吧。"施麦陶用乌黑的眼睛严肃地看着他说。

雅克舍洞

薄雾笼罩着水面。一根根瘟疫草的草茎像手指一样，零星地从奶白色中伸了出来。鲁米骑在白马上，他闭着眼睛，在培养人马之间的互信。这是一匹强悍的坐骑，它不畏险阻，不惧崎岖，最重要的是它不怕水。一方面，马蹄稳健地踏在湿地上发出的啪嗒声让他觉得安心，但另一方面，他也感受到一种恐惧，离居斯特比泽越远，那种恐惧感就变得越大。他只身一人在沼泽里，就像15年前他的妈妈一样。而且，他是骑马前行，这比步行还要危险。但是没办法，莱昂哈德·欧拉让他去的地方太远，走路是到不了的。

"好马。"鲁米用腿敲了敲白马的腹胁，又睁开了眼睛。透黄的太阳悬在西边。天空蓝得发亮。脚下的路窄到几乎看不出方向，路边是一道高高的红门槛围成的围栏。在他前面不到两米远的地方有一头野猪跑过，白马就要受惊，鲁米在它的左耳边轻语，让它平静了下来。

几分钟后，当听到一声奇怪的咆哮时，他害怕了。他在马鞍上直起身来。这时他明白了，那是河水的声音：他来到了满溢的奥得河河水淹没的一条支流旁。他必须穿过这条支流。他下了马，将一根树枝扔进水里，以便估计水流的速度。河水泛着泡沫，从他的眼前冲刷而过，那根树枝被飞快地卷走，速度快到他的目光都几乎跟不上。但是他不能害怕，他翻身上马，坚定地驾驭着白马朝河边走去。水在马蹄边形成了旋涡，虽然水深不见底，但是白马毫无畏惧，迈着稳健的步子向前走着。当他们到了支流的中心，水已经没过了马肚子。马儿的耳朵疯狂地乱动，但它依然翘起尾巴接着往前走。终于，水变浅了。他们到达了对岸，爬了上来，马儿小跑着穿过了一片四面都被水包围的芦苇田。

鲁米完全没有想到，他会看到马伊斯特的那匹黑马。当鲁米靠近时，它正站在没膝深的泥潭里，仰着那消瘦却高傲的头。它的肋骨明显突出，被拴在树干上，那是一棵欧洲鹅耳枥，旁边满是深红色的罂粟花。在最粗壮的那根树枝上挂着一个巨大的梭子鱼头骨，上面两个空洞的眼眶朝下凝视着，和地图上画的那个一模一样。成百上千的黑蝇在马头的周围形成了一团黑云。

鲁米下了马。空气中飘浮着一种苦涩的气味。黑马配着马鞍，还戴着漂亮的笼头。它的脖子上挂着一根细金链，上面挂着一个金色的M形吊坠。黑马以一种特有的方式，用充满渴求、充血的深黑色眼睛先是看了看白马，然后又看了看鲁米。"你的主人发生了什么？"鲁米小心翼翼地靠近，他每迈一步，心里的恐惧就多一分。"你又是怎么了？"他尽量轰走那数不清的黑蝇，抚摸着马儿渗着汗珠的脖子。他又看到黑马那奇特的目光。它是病了吗？此时他看到泥地里带着血的马粪蛋，吓了一跳。马儿依旧目不转睛地盯着他。他感觉，这匹马想要的无外乎自由，于是他为它松了缰绳。

"现在我要去找我的主人了"，黑马用低沉的声音说。至少在吓坏了的鲁米看来，那马确确实实是这样说的，然后它就以一股无所畏忌的气势朝着河岸的方向奔去。鲁米赶忙跟了上去。黑色的土地里升腾起一处处散发着淡淡硫黄臭气的浅色薄雾。这里的水面更宽，水流旋转，形成了一个天然的旋涡。黑马跑进水中，很快水就没过了它的踝关节。接着汹涌的河水已经到了它的肚子。当它的前胸也没入洪流之中的时候，它的鼻孔开始大口地喷气。鲁米最后一次看见了那个花体的M，接着留在水面上的就只剩下了马头，再接着，它的嘴也沉了下去，还有它的鼻孔、鼻梁，还有鼻梁上那条细长的白斑。那白斑又在雅克舍洞的旋涡里转了两圈、三圈、四圈。最后，涡流把那匹马完全吸了进去。

不期而遇

他用尽最后一点力气尽快地离开了岸边。他只想摆脱施麦陶、摆脱赫尔勒姆，他想一个人待在船上，那里的一切都秩序井然——他要想办法去弗里岑，去找医生。

水流推着他穿过了居斯特比泽的转弯处。这里停着些小船：一个红脸的胖男人在售卖蓝绿色的烟草，另一个很瘦的家伙卖的是新鲜的翘嘴鱼（Flumfisch），还有一个人叫卖还在笼子里面扑腾的鹌鹑和鸡。"弗林斯"号撞到了烟草商的船，欧拉花5芬尼买下了吕特尼茨人的货，然后他的船就随着奔流的河水朝着下沼泽方向漂走了。

白色的茅草在岸边向他招手，他差一点儿就挥手回礼。他在出汗，但同时又觉得冷极了。不过他相信，自己能应付得来。是啊，他会挺过去的，因为无论怎样，他在船上就这样一个人待着都感到安逸。因为沼泽正在温柔地拥抱着他。他的脚下游弋着乌龟、雅罗鱼、马哈鱼、蝶鱼和鳜鱼——也许还有些品种还不为人知的鱼。他深深地吸了一口芳香浓郁的空气。沼泽里的驴蹄草散发出一种迷人的香气，天鹅花的紫色伞形花冠突出在水面之上。

暮色降临的时候，奥得河的水势平缓了下来。两岸的千屈菜的花穗上堆满了深红色的花朵。无数的水鸟在这里盘旋飞舞，消化着它们的晚餐，趁着夜晚的寂静来临之前，引吭高歌。但是他该行船何方呢？哪里才是弗里岑的方向呢？四下里形成了好多的小水塘，那里水很深，有很多鱼。到处都是烂泥，滋生了无数的苍蝇。到处都是嗡嗡声，到处弥漫着臭气。欧拉的船沿着一片已经一半浸入水中的酸模草场滑过。及膝深的水里正在产卵的梭子鱼挤得密密麻麻的。数百万条幼鱼不断地在水中的某个地方跳出来，那是无数双凝视的眼睛。

夕阳西下，晚霞升起。天空中只有零星可见的几颗昏暗的星星。风停了，鹊鸭的叫声和鸢的啼鸣都平息了下来。这时他听到了些什么。那声音好似歌声，好似女人的笑声，又好似一个巨大的气泡从水底升腾起时发出的汩汩声。天色已经非常暗，他几乎已经辨认不出甲板上的物件。胭脂色的新月呈现出奇异的轮廓。一株灌木探出水面，下一秒它看起来就好像一个人正在那儿打手势。欧拉将身体探出船舷。是什么在那儿游？那个白色的怪物难道是⋯⋯一条鲇鱼？

接下来他就看见了她的小船。最初他以为那是梦境，但是景象却越来越清晰。一个身影站在船上：那是一个女人，穿着一条有皮带束腰的短裙。她手里拿着一条套索，两只大大的黑色眼睛里射出咄咄逼人的目光，照得他生疼。

母梭子鱼

蝙蝠从附近河岸的树丛中飞出。他伸手去够那条小船的船头，把它拉向"弗林斯"号，让两条船停在一起。月光洒在水面上，在那片光亮中他们看着彼此，两人都很惊讶。在她看来，这个穿着浅色亚麻衣服、站在金色船上的男人非常陌生，他好像来自一个遥不可及的世界。他们之间还没有对话。她的皮肤透亮，他能清楚地看到她肩部血管的纹路，从连衣裙上方一直延伸到脖子。能够以这种方式看到她身体的内部让他觉得深受触动。这个女人就那样出现在茫茫旷野之中，他数个小时以来所处的这个狂热的世界一下子就化身成她那独特的，既美丽又恐怖的幻影。

"见到您很荣幸。"他轻声说并鞠躬示意。她的左边脸颊上挂着一绺头发。她的身上散发出一种清新的味道，就好像来自一潭清亮的湖水。她盯着他那两只截然不同的眼睛。右边空的那只径直穿透了她的身体，她以前从没有见过这样的眼睛，它看着无穷远处的一个点。从那只盯着自己看的左眼里流露出的是比寻常人两只眼睛里更多的同情。但无论怎样，他必须死。

"您不想上来吗？"他的声音微微颤抖。他有些恍惚，他的体内是如此灼热沸腾。

"当然。"她用略显沙哑的嗓音回答。她还没有发现他有多难受，而是觉得他只是因为紧张才会大汗不止。她用手撑着爬上了"弗林斯"号，随后他邀请她去客厅一坐，以免受蚊虫的侵扰。当她走进这间主厅的时候，不免感到震惊，她以前从没有见过这等的奢华，更别提是在一艘船上。而且这儿还有书！那装饰精美的书架是最让她印象深刻的。原来这是一个读书人！她惊诧地看着他。他的脸热得像气球一样发着光。灵光——她听说过，但是在和弗里岑人打交道的时候她从没有亲眼见过，她想，这个男人完美地展现了这个词的含义。

欧拉把油灯从挂钩上拿下来，点燃了一根江鳕鱼条，一切就都沐浴在一片温暖的、黄绿色的灯光下。在船舱圆形的窗户外面，不时有梭子鱼跃起，它们大口大口地吸着气，又跌落回浅浅的、缺氧的水中。他觉得自己就是这样的一条梭子鱼，而她既是水又是空气。他看着她，看她在圆窗前安静的侧影，以及窗外布满星辰的苍穹。他的血在沸腾。他们向彼此介绍了自己，他想知道的不仅限于她的名字，他还问了她居住的地方，并且打听了她家人的情况——一切就好像在梦里一样。其实，他只是想听她那略带沼泽口音的沙哑嗓音，在她用这种美妙的方式讲话的时候，看着她的脸……几绺头发又落到了她的额头上，她也出了很多汗。仿佛她已把无尽沼泽里的所有香味都纳入怀中，吸取其精华之后又将它们散发出来：她的身上似乎蒸腾出油滑的麝香味道，也可能是透骨草沁人心脾的香气。她想的是，应该在什么时候把套索套到他的脖子上。他跟跄着走向写字台，想要去拿他的烟斗。还没等走到他就晕倒了。

　　欧达把他扶到舱房里的长沙发上躺了下来，自己划了一整夜船。虽然船身装修复杂，颇有些重量，但是"弗林斯"号行进起来却是格外地轻盈。不愧是卢卡斯的杰作，她不止一次这样想。但是她现在带着这样不寻常的一船货应该往哪儿去呢？她不会攻击一个毫无防备之人，这是关乎荣誉的事。而且，这个从首都来的，带着一整个图书馆乘船穿越下沼泽的陌生人现在需要她的帮助，这一点也是毫无疑问的。他正发着高烧，她给他煮了柳树皮茶，因为无论如何都唤不醒他，她又不得不费力地给他灌进嘴里。是啊，沼泽有自己的规矩，尤其是在洪水时期，这些规矩欧达必须遵守。需要帮助的人应该得到帮助。在同战神特里格拉夫的对话中，她已经阐明了自己的立场，并且得到了神的指示，首先她要遵循自己的内心，然后是自己的理智。当她向战神请教的时候，神不是也说，让如此接近国王的这位全知教授活着甚至会有帮助吗？

　　她划着船沿着木头沟（Holzgraben）而下，随后又经过了乌斯特洛沟和山岭沟（Bergesgraben），最后穿过沃尔齐泽（Wolzitze）进入了沼泽的心脏地带。她时不时地停下来休息一下，喝一口陶罐里的罂粟汁，也给他灌上一口。天光从开着的舱门照了进来。欧拉短暂地睁了一下眼。他隐约地看见些人影，那些人穿着翻毛皮靴、红色裤子、黑色燕尾服、戴着礼帽，手上还拿着长棍。他们在水面上漫游，转过头来看向"弗林斯"号，然后又转过身去彼此相对，用长棍互相击打着对方。"这儿是浴血沟（der Blutige

Graben）。"他听到欧达的声音在远处说，一边听着一边又睡着了。

日出时分的雷文村沐浴在清晨的雾霭中。朝阳用火一样的色调映红了地平线。不知从什么地方传来了猪叫声。欧达把船一直划了马尔绍家的门前。泊船处的麦瓶草低垂的花朵此时仍然绽放着，以吸引夜蛾。欧拉醒了，他试着用胳膊肘支撑起身体，却没能成功。两人的目光相遇了。这次欧达吐露了心声，告诉了他全部的真相。她用眼睛做到了这一点——告诉他，她寄希望于他，那是她自己、她的家人，以及沼泽这些村庄里的所有其他人的希望。她对他说，也许他就是关键所在。他一定是关键所在，因为沼泽人没有其他的办法去对抗拥有巨大优势的对手。仅凭目光交流，他就明白了她的意思，他同样也用眼神告诉她，他所希望的只是他们这次意外的相遇能够阻止历史的进程。

他抓住她的手，她的手摸上去很冰凉——其实那是他自己的手太热了。是啊，他的身体出了问题，她告诉他，那是一个严重的问题，她帮他从汗湿的额头上把头发抹去。现在重要的是恢复健康。是时候说出真相了。现在她要把一切都讲出来。"你的病比我们所了解的其他病都要严重，只有一种方法或许能治好它，"她说，"我们必须把病逼出来。所有人都得帮忙。等天一亮，大家都醒了，咱们就马上开始。"

治疗

她在打谷场为他准备了一张床。法伊特提出抗议，欧达提醒哥哥想想待客之道，更何况他是没有任何反抗能力的客人。兰度莫认为她说得对。在欧达向哥哥保证，教授的影响力会对他们有帮助之后，法伊特让步了。

欧拉俯卧着，头侧向一边，这样他能看到一片窄窄的水面。水和天一样，没有颜色，透着光。空气是静止的，一丝风也没有。有时候能听到一声鸡鸣，有时候能听到脚步声，还有时是鸟叫声。一切都进行得很慢，与城市相比，这里显得更加从容不迫、谨慎周到。各种声音在空气中传播，他的所有经历在此时似乎变成了一根规整的绷带，带子的两头由别人拉着。有人在他的后背和腿上放上了一块很重很宽的柳木板。每次会有两个人躺在板子上，过一段时间再换人。每当有新人来换班，欧拉的每一块骨头都能深切地感受到，那是名副其实的彻骨之痛。每一次板子上的人换个姿势，重量分布发生了变化的时候，这种感受都会重复一遍。那种疼痛是摧心剖肝的，他不明白这个程序的意义何在。他们是在折磨他吗？

到了中午，太阳像一颗苍白的纽扣挂在空中，它恰如其分地固定住了在炎热中即将撕裂的苍穹。欧拉还是捉摸不透，这到底是怎么回事儿，这些人要对他做什么。他几乎要窒息。有好几次他都失去了意识，昏死过去。

有一次，躺在他身上的两个男人情绪激动了起来，声音也大了起来，他醒了。一个声音说："……这击中了那些无信仰的混蛋的要害。别忘了，他们正在摧毁造物主给我们的一切。咱们不能伤害人。但是咱们可以破坏水堤和大坝。所以，咱们就是海狸。"

在床架和柳木板之间的狭窄视野中，欧拉看到两条女人的腿出现了。刚才的说话声突然沉寂了下来。木板上的人在动，然后滑了下来。是巴托克。

"就像我说过的：他是国王的亲信，"欧拉听到了欧达的声音，"我仔细查看了他的船，发现了国王的亲笔信。他是一个重要人物。咱们帮助他，他也会帮咱们。他不是什么坏人。"

"是吗，你怎么知道？"他听到一个男人的声音说。

"蛇今早把我放的所有鱼都吃了。说明我的方向是对的。这个理由可以了吧？"

法伊特没有回答，但是欧拉的身体，甚至每一根汗毛都能清楚地感觉到上面的人是怎么移动的，一会儿往这儿，一会儿往那儿。

随着上面重量的不断移动，他的汗出得越来越凶，他觉得自己仿佛在逐渐消融。但同时这种来自上方的漫不经心的强力按压也给他带来了某种舒缓，在压力带来的痛苦中蕴含着一种轻松。从某种程度上来说，那压力甚至是令人愉悦的，它卸去了肩头和胸口的负担。自从他开始发烧以来，那负担就变得越来越难以承受。而如今，那种内在的负担被一种明确的、外在的挤压所取代。是啊，也许这些陌生人真的在试着以某种方式帮助他。然而，这样一种原始的、让人不得不联想到迷信的方法真的能把他治好吗？他无法想象，但是他开始相信，而且不知道在什么时候——欧达和法伊特早已被换下去了——这种信念变成了事实：所有曾经在他脑海中出现的坏想法、所有负面的情绪和恐惧都在这种压力下消失了。所有让他感觉不适的沼泽里的恶气都被沉重的分量挤压出了他的体外。那颗纽扣仍然在天空中移动，下沉，膨胀。太阳下山了，略显丰满的新月升上天空，它划过橡树和柳树的树梢，给水面镀上了一层银色，水中有大鱼的影子倏忽掠过。

夜里，欧达坐在他的床边。她点燃了一根特别粗的江鳕鱼灯芯，希望闪烁的烛光能给他带来信心。接着，她给他按摩起后背。"必须这样做。"她说道。她的手指强劲有力，紧紧地捏住他的皮肤。他把最后的汗也发了出来，烧终于退了。现在，一切都变得不一样了，她的每一次触碰都会带来一些变化，当他闭上眼睛，黑暗中就会浮现出一串串数字，美妙又和谐。所有的方程式都解开了，这时她把他翻了过来，坐在他的身上，脱下了她那件白色的亚麻上衣。

他从没有看过比这更具吸引力的场景，那是最妩媚的曲线。然而，这就像是你能理解坐标系里的一条曲线，却不能去触碰它……他意识到，自己的脑子开始飞转，他想到了家人，想到了卡特琳娜。他睁开眼睛，眨了又眨，他的眉毛弯成了一条哥特式的弧线。他把头扭向左边，因为他无法承受她的目光。他看着正在吃草的奶牛，它们的皮毛在月光中泛着光。他睡得很沉。第二天早上醒来时，她给他端来了刚做好的甜茅草粥，加了乳清，配了黄油还有一点儿甜菜做的糖。饮料是一杯树皮茶，那股气味让他觉得很熟悉，他突然间想起了那桩谋杀案。

"你们对我做了什么？"他终于提出了这个问题。"这是什么药？"他指了指茶，还没等听到答案就又睡着了。当他再次醒来后，她告诉他，他的体温已经降了下来，几个小时后他就会完全恢复了。

"那可怕的高烧是怎么回事儿？"他微弱地摇了摇头。

"我们的医师说，它来自最小的、我们看不见的生物。它们产生于腐烂的东西，飘浮在空中，游荡在我们周围，通过嘴和鼻子进入我们的身体里。"

正午时分，他站了起来。他迈着缓慢的步子，小心翼翼地穿过打谷场开放的一边来到了岸边。他难以置信地环顾四周。河水已经泛滥成湖，水面平静安详；时刻警惕危险的慈乌正在搜寻着青蛙。

他转过身来，看着马尔绍家刷成红色的房子。在房前的长椅上，欧达挨着哥哥法伊特坐着。昨天夜里到底发生了什么？那是一场梦吗？这对截然不同的双胞胎并没有看他，而是一边一起补渔网，一边自顾自地热烈地交谈着。欧达额前系着黑色棉布头巾，身穿没有经过漂白的朴素的麻布连衣裙，她看上去是那样的妩媚。欧拉再次看着那新形成的湖泊。欧达此前曾经提醒他注意这片水域，并且肯定了它的价值。

他思考着这个问题。应该怎么办呢？那都包括了什么：也包括岸边的那些蕨类植物、花草和慈姑吗？这到底意味着什么：价值？这是否也意味着那些在淤泥里伸展的红色幼虫——那些空中盘旋的蜻蜓，一有人靠近就头朝下跳进水中的青蛙？成千上万的蜗牛和水蛉，锈褐色的甲壳虫、飞舞的蝴蝶——把枝条像长发一样垂入水中的柳树？如果到处都建满了牛棚，那要怎样才能给鹳鹤腾出休憩之地呢？难道一只蜘蛛就是没有价值的吗？那蚊子呢？就连叮咬过他的蚊子不也是青蛙的食物吗？而青蛙又是鹳的美食——就好比一座房子，只要拿走了其中的一块砖，那整座房子不就岌岌可危了吗？人们现在想要创造的那幅图景，几百年来一直由此处生灵创造着。人们会不会在某个时候怀念鹳、乌龟，甚至是蜘蛛呢？难道他们在遥远的将来，还要将一个王国割让给蜂群吗？

他盯着一只巨大的乌龟看了好一会儿。那家伙正贴着水面从容地滑行。它的龟壳在绿的、蓝的、棕色的水影中发亮。它布满皱纹的大脑袋和泳姿悠闲的鳍都让他深受触动。那是一种由内而外的平和、珍贵和美好……拥有这些伟大生物的健康种群：难道这不是一种财富吗？如果这里的物种不久之后就将灭绝，难道不是一种耻辱吗？

他转过身。法伊特和欧达已经不见了。取而代之的是兰度莫坐在屋前，他正用一把长长的圆头刀涂抹清晨从蜂箱里取出的蜂房蜜。欧拉深深地吸了一口芳香浓郁的空气。要找到一个测量参数来描述他对欧达，以及对雷文村其他救了他性命的那些人的感情，他很可能也很容易会失去理智。

这样的一种感悟让他觉得错愕，但同时也有一种莫名的兴奋。他想起他的朋友门德尔松写给他的一封信。其中的措辞让他难忘："最深刻的数学家是谋求揭露最隐秘的真理的人。独自一人，他的感官往往无法参与世俗意义上的欢愉。长久以来他一直在真理与真理之间艰难前行：唯有工作！唯有辛苦的工作！"

感官——人们还没有开发出针对它的可量化参数。但是只有当人们认清了自己的印象具有何等价值的时候，他们的结论链才是完整的——此时，事实才处于最佳的序列。在数学和科学领域的运算过程中，在认识身体所有部分的过程中，人们要倾注多大的兴致啊！这就是他心驰神往，却至今无法企及的水平。一旦这种感官上的兴致成了他思维的一部分，那他的数学就会获得一种多样性，它表达为最美好的，也是一种更高级的序列，并且其成果将推动生活中的方方面面。到那时，我就将畅游在想象可及的最大化的兴致之中，莱昂哈德·欧拉想着。到时候，国王派我深入沼泽来完成的这次运算也就将如探囊取物。

他的目光掠过被鲜花的丰富色彩和绿色的阴影映满的宽阔水面。这样的美景不是每天都看得到的。而且如果事情按照目前的状态发展，它很快就将不复存在。想要在这世间看见风景的人必须抓紧时间。只要还有可能，他想一直欣赏这幅美景：他无法移开自己的视线，他目不转睛地、一动不动地凝视着那个池塘、那片水面，直到他的左眼也变成池塘，眼前的一切在泪水中消散：先是模糊，随后消失。

马尔绍家门前的长椅空了，他坐了下来，用双手托着头，环顾四周。梦幻般的魔法遍布这个宁静的圆形村庄。一种绿色的孤寂和安逸的宁静环绕在周围。

他站在厨房里，欣赏着砖砌的大烟囱。炉灶上挂着鱼桶，里面煨着鳗鱼汤。桌子旁站着一个女佣，正从木头盒子里拿出面包片来分给挤在她周围的孩子们，然后又从锅里舀出冒着热气的、黏稠的牛奶稀饭，给每个孩子的面包片上都放上一勺。有几个孩子马上就舔去了稀饭，并要求再添上，被女佣坚决地拒绝了。

窗户开着，阳光洒落下来。欧拉注意到，那个沼泽其他地方的大问题在这里并没有人在意。"这儿没蚊子吗？"他问。

"它们怕烟。"女佣朝被油烟熏黑的烟囱的斜面抬了抬头。"在外面我们会定期熏硫黄。可以驱蚊。我们还会在门框上抹醋，这样那些烦人的家伙就飞不进来了。"

"用醋？"欧拉若有所思地看着她。在"金狮子"，他房间的门框不是也有一股醋味吗？

"在我们这儿总归是很少有人被蚊子咬的。那些畜生不喜欢我们的血。可能是太酸了，因为我们经常吃腌酸黄瓜。"女佣咧开大嘴，露出两排参差不齐的牙齿，讪讪地笑了起来。"但是最重要的是干净。我们总是很认真地洗澡，对不对啊？"她看向孩子们。"肥皂，那是健康的关键。"

梭子鱼盛宴

此刻，懒海的水已经逼近弗里岑的市政厅。公鸡沟的水也破岸而出。这倒正合了胖弗里策的意，因为这样他就可以舒舒服服地划着船去赴宴，不必再劳烦自己的双腿了。这种宴会在盛夏的洪水时期并不少。这会儿正是他忙碌的时候，而且今天下午，他要去的是大名鼎鼎的弗里岑梭子鱼捕手公会每年一度的梭子鱼盛宴。这次活动在富丽堂皇的梭子鱼捕手大厅举行，这里跟下沼泽的梭子鱼捕手之家相比真是天壤之别。作为整场仪式的高潮，行会的所有正式成员都要检查行会的文件匣，并且把它移交给下一个营业年度的荣誉捕手，委托他来掌管文件匣的钥匙。荣誉捕手需要保持文件的顺序规整，让所有的42名捕手都满意。行会章程中有明确规定，荣誉捕手应该是"最好地掌握规矩"的那个人，实际上该职务经常由市长兼任，如今也是这种情况。到目前为止，弗里策的履职情况是非常令人满意的，在他的关照下，没有人在任何聚会上"酗酒或胡吃海喝"，每个人都表现得"安静且高雅"，就像行会章程里规定的那样，而且凡是无故拔刀的人都被处以了"8格罗森的罚款"。但是他的捕手同仁们会不会在此次梭子鱼盛宴上将这一荣誉嘉奖于他呢？无论如何这都将是一次特别的盛会，如今整个沼泽都处于动荡之中，国务大臣塞缪尔·冯·马沙尔也曾预言参会人数会很多。另外，三位来自首都的特使也会出席：内廷总管施麦陶、堤坝总建筑师赫尔勒姆，以及莱昂哈德·欧拉。他们在视察完沼泽之后将向国王汇报。

弗里策觉得，能如此沐浴在王室的恩泽中，对于他本人来说也是一件举足轻重的大事。因为梭子鱼捕手中有人在议论：土地改良会让他们失去现有的地位，收入也将受到损失。有些人甚至说，不久之后弗里岑就将无鱼可卖了。到时候和沼泽一块儿干涸的还有他们的财富。行会的二把手劳勒——也就是"金狮子"旅馆那个好斗成瘾的粗鲁老板——甚至公开威胁要发动宫廷政变来阻止改革措施。而且作为对手，劳勒是绝不可低估的，他可是个老练的幕后操纵者。现在有一点是肯定的：如果弗里岑不能全力支持土地改良措施，那么弗莱恩瓦尔德和奥得伯格也早晚会叛变。除了大地主之外，沼泽的大部分土地都属于上述三个城市，如果得不到它们的支持——再加上来自边疆伯爵卡尔·冯·勃兰登堡的反对——那么排干沼泽的计划几乎是无法实施的。

弗里策穿着淡黄色的裤子，裤腿扎在深棕色的皮靴里，外面套一件棕色的长袄，手里拿着他从没戴过的礼帽，倒是让他看上去有了一种饱经沧桑的味道。他在两层石头房子的背面下了船，懒海懒洋洋的波涛正在拍打着房子的外墙。他已经下定决心，要在今天晚上一次性扑灭盛行的颠覆活动的势头。对于邪恶势力就要连根拔起。毕竟除了可以在新开辟出的农田里分得面积可观的一块之外，他还可以获得另外一份巨大的红利。到时候他就可以在自己的耕地里种上土豆，一直吃饱吃爽，直到生命的尽头。

弗里策沿着装饰着花环的台阶拾级而上，自身的体重和夜晚的闷热让他喘息不已。他和几个人握了手，把露露用托盘给他端过来的第一杯烧酒一饮而尽（负责今晚餐食的是"金狮子"旅馆，这让他很是恼火）。他来到大厅，这里平常是从网中卸梭子鱼的地方。今天这里装饰得很有节日气氛；大多数客人已经就座，梭子鱼捕手们和他们的家眷都坐在了预先指定好的座位上，还有弗里岑的市议会成员也是如此。在长形讲台前的最显著位置上则是给奥得沼泽委员会（Oderbruch-Commission）预留的桌子。

不一会儿就到了欢迎宾客、宣布晚宴开始的时间。弗里策仔细地四下搜寻了一遍，随后登上了讲台，摇了摇手里的黄铜铃铛。但台下依旧人声鼎沸，他不得不第二次，甚至第三次摇铃。这样的事以前从没有发生过，他对此非常气愤。"亲爱的梭子鱼捕手们、尊敬的各位来宾。"他开始了他的致辞，不过不得不又立刻停了下来，因为他开始猛烈地咳嗽起来。就好像有危险正从四面八方涌来一样，他紧张地环顾四周，房间里慢慢地安静了下来。"我不想绕弯子。"市长继续说，"了解我的人都知道，那不是我的风格。我是说绕弯子。在咱们亲爱的弗里岑，基本上没人会做这种事儿。"

"那就赶紧开始吧！"在委员会旁边的劳勒那桌有人喊道，随后大家都笑了。

"咱们现在关心的重点，"弗里策一边用略带颤抖的声音说着，一边用手抹去额头上的汗，"就，就是咱们伟大圣明的国王的计划。因为这个土地改良计划——意思就是改善，咱们这儿吵得热火朝天。咱们每一个人都会和朋友和家人谈论这件事。所以……今天奥得沼泽委员会的各位大人都在，我，我就更高兴了。"他面带仁慈地朝着赫尔勒姆和施麦陶的方向点了点头。让他疑惑不解的是，欧拉此刻并没有坐在为他预先安排好的座位上，而是和他年轻的助手鲁米一起站在大厅的另一头聊着什么。

"就连国务大臣马沙尔都已发出通告将出席今晚的盛宴，他的大驾光临将令我们在座的所有人都倍感荣幸。我亲自邀请了他。"弗里策说着挠了挠刚刚被蚊子叮过的右侧小臂。他又剧烈地咳嗽起来，随后清了清嗓子，绝望地朝四处找有没有什么地方可以吐痰，但最后决定还是接着说："现在来说说工作报告。去年对于咱们来说又是成果丰硕的一年。光是梭子鱼咱们就卖了超过 1000 桶，而且每桶的价格稳定，在 10 到 11 塔勒之间。这是不少钱，但是满足于这个数字的人，我指的是咱们所有人，都应该想一想，咱们靠农业能赚多少钱，也就是说，如果这片总是给咱们惹一大堆麻烦的沼泽——"他环顾四周，以为此刻他需要的是认同，但是没人欢呼也没人鼓掌——"被排干的话。"大厅里突然间鸦雀无声。

"一个真正的弗里岑人无论在哪儿都能做成生意，更别说是有人在家门口给咱们建好的大园子里了。"弗里策停顿片刻，思忖着接下来应该怎么说才好，但是这幅田园牧歌的景象实在是太让他喜欢了，于是他决定就此打住。这时，他又想起了些什么。"嗯，也许到时候在这片耕地上，不久以后耕地就多得是了，咱们可以种一种你们还都不认识的果实。今天晚上，咱们就会首次用这种果实作为梭子鱼盛宴的配菜。它真是一种令人着迷的食物，它的名字叫土豆！"弗里策满意地点了点头。他坚信，只要人们品尝过它的味道，就再也没有回头路了。到时候所有的人都会被他说服。"在这里，我祝大家度过一个美好的夜晚，尽情享用美味。如果你们对我今年作为荣誉捕手的工作还满意的话——嗯，我很乐意明年继续担任这一职务。"他笨拙地朝大厅里的人群挥手，并鞠躬示意，等待掌声。但是鼓掌的只有零星的几个人——梭子鱼盛宴上还从没有出现过这种情况。当弗里策垂头丧气地走下讲台的时候，令人尴尬的沉默散布开来。

劳勒起身上前。他脚踩皮靴，身穿弗里岑渔夫标志性的黑色燕尾服——虽然他本人作为旅馆老板也只是把捕鱼当作副业而已——他并没有摘下那顶灰色的硬沿毡帽。围绕在帽子上的黑色窄布带的正面装饰着一个梭子鱼形状的徽章。劳勒已经预先向他的追随者们交代好了，掌声在他走上讲台，刚好站到铁鱼和铁尺之间的时候响起。那把挂在墙上的铁尺是用来规定渔夫们可以捕猎的梭子鱼和其他成年鱼的最小尺寸的。

"我们不知道，我们亲爱的弗里策用这么热情洋溢的话把排干沼泽说得这么动听，到底能从中得到什么好处。"他的开场既直接又狡猾，因为他确实不知道，市长是不是真的会得到这样的一笔贿赂。"听着，听着！"人群中有人喊道，劳勒则继续气宇轩昂地说："我们只知道，我们所有人都会失去我们的权力和影响力，所有人，也许不包括弗里策。弗里岑已经在欧洲成了一个品牌。弗里岑捕捞已经为人所知，为此我们辛辛苦苦地奋斗了很久。我们出口的梭子鱼已经远销意大利，它已经成了那儿的美味佳肴。意大利啊，伙计们，那儿可是渔业的故乡！在南方和当地忙碌的人们做生意难道不是很有趣吗？咱们未来要放弃这门生意吗？伙计们，捕鱼就是咱们的手艺，咱们是靠这个强大起来的。想想咱们的父辈，是他们创立了这一切。再想想咱们的孩子。"

"你说什么呢？你爸爸根本就不是本地人！"弗里策愤怒地大喊。然而，劳勒却不为所动，继续道："还有咱们父辈的父辈！他们都是捕鱼人，他们都把捕来的鱼收拾好，然后远寄到外地。咱们的城市里甚至还有一个专门的盐市。它也要消失吗？"劳勒环顾四周。很显然，他说出了大部分渔夫深藏在心底的话。大厅里的气氛仿佛在说，终于有人说出了所有人的心里话。"我只想提醒大家，想想侯爵大人，他在上世纪就定下规矩，这里所有财富的买与卖都要由咱们来掌管。因为咱们注重准确的规格和重量。"他举起双手，伸出食指指向左右两边的量具。这是他排练过的手势，从大厅里人们的脸上可以看出，他的手势取得了显著的效果："因为咱们注重从弗里岑出去的货物的品质。"他停顿了一下。现在到了他的追随者们该鼓掌的时候了，掌声即刻响起，一直到他抬手示意方才平静下来："而且，咱们还完全没有说到，所谓的城镇化会给咱们的城市带来什么样的压力。其实咱们所有人都知道，这件事的真正目的是什么：就是要在咱们这儿给所谓的殖民者腾地儿，给那些天知道是哪儿来的难民们。那些完全不了解咱们本地文化的外地人。唉，到时候这些乌合之众就聚集在咱们的周围，一位正派的弗里岑女士还能在晚上安全地走在街上吗？"

大厅里一片骚乱。"而这些外地人，"劳勒接着说，"他们不费吹灰之力就能得到最好的田地。甚至连钱都不用付。那是谁掏腰包给他们的农舍、房屋、牲畜和农具付钱？是咱们，咱们这些被当作傻瓜出卖的公民。"

就在此时，大厅的正门开了。玛丽安·卡洛林和塞缪尔·冯·

183

马沙尔走了进来。前者涂着鲜艳的口红，穿着用鱼骨架支撑的束腰款钟形裙，上身是一件带荷叶边和钩花装饰的蓝色丝绒衬衫，脚上穿着高跟鞋，丝绸长袜上印着红色和蓝色的楔形图案；后者则穿着敞怀的黑色外衣、长及膝盖的白色提花马甲，笔挺的衬衫领子上是一条鱼骨加固的灰色手缝衬领。马沙尔戴着老式的假发卷，上面抹了发蜡，还扑了白色的发粉。长筒袜被他提到了米色裙裤的下沿以上，那裤子的裤腿和臀部设计臃肿，略显浮夸。

劳勒的一席话引起了人们的热议，他穿过嘈杂的人群，朝两人走去。来到客人的跟前，他缓缓地鞠了一躬，身姿的优雅程度让人难以相信那是他本人的举动。他先是亲吻了玛丽安·卡洛林夫人的手，然后又热情地和国务大臣握起手来，一副极尽地主之谊的架势，但他绝不是什么地主。他全然不顾弗里策错愕的目光，那家伙由于惊恐和自己的体重原因没能足够快地站起身来。劳勒自顾自地把客人引到了奥得沼泽委员会为他们预留好的餐桌位置上，这会儿已经又站到了讲台上。"我们所有人都欢迎国务大臣和夫人的到来。他们的大驾光临充分表明了他们乐意倾听咱们的疾苦。"他大声高呼，拍手鼓掌，随后所有人都跟着鼓起掌来。"咱们弗里岑人，"他提高音量，好压过周围的噪音，"是一个骄傲的团体。我再说一遍：咱们要保护咱们的财富，保护咱们的文化，保护咱们的弗里岑。我也就不拐弯抹角了，咱们的市长说的当然是对的：咱们弗里岑人说话从来都是直截了当的，就像梭子鱼嘴一样直来直去。所以听我说：咱们要承担的是一项巨大的责任，我已经准备好为此献身。为了未来还有咱们梭子鱼捕手这一行，伙计们，如果你们同意，我今天愿意成为你们的荣誉捕手！"

欧拉和鲁米还在热烈地交谈着。"您注意到劳勒和国务大臣打招呼的方式了吗？"欧拉问道，"在我看来这两个人好像已经很熟了。这毫无疑问。但让我觉得奇怪的是：劳勒对他的态度就好像马沙尔跟自己是同一阵营似的。但是就咱们目前所知，情况完全不是这样的。这里面有点儿蹊跷。"欧拉的目光掠过大厅。"我们回到桌子那边去吧。您留意着点儿，多听听，多看看。今天晚上人们在这儿说的话可能对我们来说会非常重要。"

这会儿梭子鱼已经上桌了，是传统的煎法配上深色的丁香花慕斯酱汁。不符合传统的只有人们用碗端过来的黄色球状配菜，而它并没有得到每一桌的接纳。在劳勒和他的追随者们坐的那桌，人们完全拒绝了土豆，转而取用一贯吃的黄米，从那桌甚至传出流言，说在享用这种时髦菜品的时候一定要格外小心，因为它属于茄科植物，某些部分是有毒的。

"这真是相当可笑。"当奥得沼泽委员会这一桌的客人谈论到这一话题时，马沙尔摇了摇头。"有毒的只是长在地面之上的绿色部分，块茎是不相干的。"他把土豆切成两半，又起一半放进嘴里。欧拉注意到，他的嘴比他们第一次在蓝夫特见面时歪得又严重了一点儿。实际上，今晚国务大臣的两半脸互相错位严重，就好像是要把分别来自两个人的半张脸强行捏合在一起一样。欧拉坐在马沙尔夫妇的斜对面，他还注意到，这夫妇两人都在尴尬地避免着触碰对方或者被对方触碰，这与他在蓝夫特的那晚是完全不同的。

"您怎么样，尊敬的教授？"马沙尔问道，"我听施麦陶说，您病了。希望并不严重。"

"那病真是来得意外，好得也突然。"欧拉说完喝了一口温热的啤酒。

"但是您看起来还是有些憔悴，"卡罗琳·冯·马沙尔对他说，"您得的是什么病啊？我这么问，只是因为弯地那边又有流行病。

可能是工人在挖运河的时候从土地里升腾出的毒气造成的。也许您就是这么感染上病症的？"

"我经常听说土地里会蒸腾出有毒气体的理论，"欧拉回答道，"但是我自己并不这么看。相反，我更多地支持另外一种学说。这种学说认为，疾病是由微小的、活的病原体传播的。所有其他的说法在我看来都是泛泛之谈。那样的观点在这个由唯一上帝掌管的世界里是没有容身之地的。"欧拉用刀叉剔去梭子鱼的鱼骨，连鱼脸上的肉也不浪费。然后，他若有所思地盯着国务大臣夫人看了一会儿。他觉得她好像在承受着什么痛苦，一种不能言说的痛苦。"可惜，咱们对传染病问题的研究还不太深入，"他接着说，"而且，我也不是医师。所以，不，我不太清楚我到底生了什么病。但是我觉得很可能是因为我接触到各种不同的地貌，从而使多种多样的感染源混杂到了一起。不管怎样，在我到达弯地之前，我就已经出现症状了。"

"我觉得您说得对，"曲莫勒说，"这病肯定是符腾堡人带来的。那些家伙真是惹麻烦不断。凡是他们出现的地方，烦恼和疾病也就来了。"他笑了一下，但是看没人附和，又马上摆起了一副严肃的面孔。

"反正我可以保证，"欧拉说，"我已经完全恢复了。"

"这样我就放心了。"马沙尔边说边从牙缝里抽出了一根鱼骨头。"我想问一下，您是怎么痊愈的呢？"

欧拉耸耸肩。"大概是我走运吧。保持良好的卫生习惯。嗯，请您告诉我，您的身体怎么样？"

"哦。"马沙尔答了一声，但并没有就此把整句话说完，因为他的右眼不由自主地抽搐了一下。然后他接着说："我必须承认，情况并不尽如人意。最近事情太多，洪水再加上大坝上新的被破

186

坏处……劳累影响了我的健康。"

"这么说，您的面瘫和环境因素还是有关系的？我在蓝夫特停留的那晚，您不是说是遗传的吗？"

马沙尔疑惑地看了一会儿。"肯定两者都有影响吧……遗传和日常的生活环境一样有很大影响。"

库尔茨来到他们的桌前。他穿着那件无领的黑大衣，纽扣从膝盖一直系到了脖颈处。脖子上一条细金链子绕了好几圈。"各位大人不用担心，"他说着朝马沙尔鞠了一躬，"在午夜投票之前，我们会和所有的渔夫谈话。弗里策会赢的。"他露出两排牙齿狞笑着，还想再说点儿什么，这时鲁米站起身来，激动地走到他的跟前。

"您这个是哪儿得来的？"他抓着库尔茨的细金链子问道。那链子上有一个吊坠，是一个金色的花体字母 M。

骏马

库尔茨毫无保留地讲述了他晚上在懒海上巡查时遇到的事。就在一周前他发现马伊斯特尸体的几乎同一个地方，他发现了后者的马死在了那里，状态与它的主人相似。随后他就划船回到了弗里岑搬救兵。他们六个人一起才把那具沉重的尸体拉到了平底船上，带回了市里。当地的医生根据行将腐烂的尸体上的肿胀和瘀痕，猜测死因是内出血。

"和马伊斯特的死因一样，"不久之后，当鲁米和欧拉单独站在柜台那儿没人打扰的时候，鲁米开口说，"那个法国人身上的鱼叉伤真的是有人事后加上去的。"

"这些还都是理论，亲爱的鲁米。咱们现在可以断定的仅限于：那匹马的尸体和马伊斯特的尸体发现于同一个地方。而正如您亲眼所见，那匹马并非死于那个地方，所以咱们完全有理由怀疑，马伊斯特也并不是死于他的尸体被发现的地方。更有可能的是，他和那匹马死在了同一个地方，也就是雅克舍洞。"欧拉环顾了整个大厅。"这是一场特别有意思的棋局，咱们来小小地吓一吓咱们的一个对手吧。咱们来看看他会对此做何反应。"欧拉指了指正站在一边的桌子旁打着手势的弗里岑市长。"看看他，咱们的巨蟹，您看他穿梭在人群中的时候是多么惊恐，他在极力笼络人心，为自己争取追随者，好避免可能会发生的政变。我现在要去给他个下马威。"欧拉径直朝弗里策走去，把他拉到一边说："很抱歉打扰您，但我也是迫不得已。"

"怎么了？"弗里策慌张地问。

"您的执法官库尔茨在发现马伊斯特的尸体时，没有在死者的心脏区域看到任何伤口。他后来推诿说，是因为自己过于紧张才漏掉了这一点。但是咱们俩都清楚，这其中另有隐情。也就是说，那时伤口根本就不存在。实际上，是在马伊斯特的尸体躺在您的地下室里的时候，那支长鱼叉才派上了用场。"

"但是，教授！"弗里策目瞪口呆地看着他。

"您不要太激动，对心脏不好。最重要的是，您不要扮演那个被冤枉的老实人。关于长鱼叉造成的伤口，您知道应该知道的一切。难道不是吗？"

"我，我不知……不知道……"弗里策紧张地四处张望。

"九齿鳗鱼叉的伤口是在库尔茨去叫居斯阿普福医生的时候才产生的，这是事实。而且就是您本人，用'绿礼帽'地窖里存放在那些令人作呕的刑具旁的鱼叉加上去的。"

"但是，但是我为什么要做这样的事呢？"弗里策的语气中掺杂着绝望和愤怒。

"很简单。为了给沼泽人扣上一顶谋杀的帽子，好有理由以暴力手段打击他们。毕竟，没有什么比让您的那些刑具物尽其用更让您开心的事儿了。这是您无法否认的。"

弗里策张大着嘴凝视着他，平日里丰满的脸颊现在似乎凹陷了下去。

"您看，我们最近得出了某些结论。如果您想要我们对这事儿秘而不宣（尤其是今天晚上还事关选举），那您最好从现在开始就坦白一切。拖延对您没有什么好处。"

弗里策面如死灰。"但是我，我和这件事，和马伊斯特的死没有任何关系。"他结巴起来，他的嗓音变得尖锐，"我向上帝发誓。我没有杀他……我，我只是想让他的死变得有用而已。"

"您的最后一句话说得太可怜了，与您的身份不符。在这个方面，我是倾向于相信您的。但是现在我必须知道全部的真相。"

"我把一切都告诉您，教授，您想知道的一切。也许……"市长犹豫地朝四下里看了看。

"是吗？"

"您应该去'腓特烈大帝堡'看看。找一个叫格洛丽亚的女人聊聊。马伊斯特的最后一晚和她在一起。是库尔茨告诉我的。"

"我会去调查一下这条消息对我有什么用处。"欧拉离开了弗里策身边，回到了委员会的宴会桌上。他压低了声音，以免让别人听见他和鲁米的谈话："看来，那个男人和他的马的死因确实是相同的。而且有可能我得的也是同一种病。这是一种罕见的高烧，如果得不到恰当的治疗，就会致人身亡。我很走运。雷文村的村民给予我帮助，我才得以痊愈。而那匹马之所以比它的主人坚持的时间长是因为它……"

"体重大得多？"

189

"对。居斯阿普福医生不是跟您说，马伊斯特的尸体大概在水中待了24个小时吗？好，现在咱们已经测定了河水的流速。您带地图了吗？"

"带了。哦，省得我忘了，教授，刚才您和弗里策说话的时候，我遇到了居斯阿普福医生。我马上就向他咨询了几分钟以来一直困扰着我的一个问题。"

"什么问题，鲁米？"

"面瘫会不会遗传。"

"太棒了，太棒了。医生是怎么说的？"

"肯定不会。"

欧拉满意地点点头。"干得好。现在把地图拿来给我看看。"

鲁米打开皮包，把地图拿了出来。

"您看，"欧拉说，"从这儿到这儿，从雅克舍洞到懒海……"欧拉的话没说完，他左眼的眉毛皱了起来。"如果像居斯阿普福医生估算的那样，尸体在水里大概漂浮了24个小时，它能走这么远。"欧拉指着地图上标着梭子鱼嘴的地方，以及弗里岑附近的莫里尼辛河和巴尔多纳河的入海口之间的那条蜿蜒的水路。"所以咱们没能在发现可怜的马伊斯特的地方找到任何打斗的痕迹。"欧拉欣喜地看着鲁米。

"旋涡会把人往下拉，拉到奥得河的主干道，穿过整个下沼泽，径直把人送到懒海。这也就解答了那个问题：在马伊斯特离开他的马的雅克舍洞和他的尸体被发现的懒海之间发生了什么？他并不是在下沼泽被谋杀，而是在陷入旋涡的时候就已经虚弱不堪。他是死于一种传染病，他在死前的好几天里都在跟这个病做斗争。因此在他写给马沙尔的最后一封信里有语病，以及一些他并不常犯的错误。因为那时他已经烧得很严重了。"

"那……这么说就完全没有谋杀这么回事儿了？"鲁米惊讶地问，"也就是说马伊斯特就是病死的这么简单？咱们这么长时间以来追逐的都是一个幻象？"

"别这么快下结论，我的朋友，别这么快。这个世界充满了显而易见的事，但是咱们目前还没有发现凶器，并不是说就没有人使用过凶器。恰恰相反，现在我比任何时候都更加确信：肯定有一个杀人犯存在，而且他会再一次发动袭击。就在现在，咱们正在交谈的这一刻，他就在制订下一个行动计划。"

"腓特烈大帝堡"

皮肤接触到凉爽的空气让人倍感舒适。在暗淡的夜色中，弗里岑的房子看起来安详而宁静。欧拉一副从容不迫的神情，抽着他的橄榄木烟斗，均匀地吐出一片片烟雾。他路过香肠铺子、小市场、犹太人墓地，又转过两个街角走过了疯人院。夜幕中，磨坊的风车在房顶上吱吱嘎嘎地转动着。

"腓特烈大帝堡"是一座歪歪扭扭的桁架结构的房子，油漆斑驳的深蓝色大门的正中间装着一个女人手形状的、泛着绿色的古铜门环。欧拉叩响门环，随后又在墙上磕了磕他的烟斗，倒出了里面的烟叶。一个笨拙的方脸男人打开了门，他留着黑色的寸头，头发就像贴上去的一样立着。"我找格洛丽亚小姐。"欧拉往男人的手里塞了一个格罗森。

"上楼梯，左拐，右边的最后一个门。"男人抬着向前突出的下巴，指了指楼梯。"敲两下门，直接进。"

格洛丽亚正坐在面朝懒海的窗前那张法式床榻上读着《圣经》。她比露露年轻几岁，大概三十出头，身穿一条紧身的深蓝色棉布连衣裙，在半明半暗的房间里，那条裙子几乎和她蓝黑色的皮肤融为了一体。她的头发向上梳成一个颇有艺术感的塔式发髻，上面缀满了羽毛、花朵、钩花和饰品。她看起来相当迷人。她就是几天前欧拉和鲁米在"腓特烈大帝堡"门口看见的那个女人。一张满月形状的木质面具挂在她右手边的墙上。

"亲爱的女士，我来这儿不是为了寻求您的服务。"欧拉走到她跟前鞠躬示意。"我是想问问您可否帮我提供一些信息。我也会相应地付钱给您。"

"您是想付钱聊天？"格洛丽亚疑惑地看着他。

"是关于一个叫马伊斯特的男人。我想知道他到底发生了什么。为什么他会死。而且我知道，他死前不久在您这儿待过。"

格洛丽亚低垂眼帘。接着她摇了摇头。"为这件事我不收钱。"她轻声说，"马伊斯特是我的朋友。他尊重人，即使是和他自己完全不同的那些人，他也会和善对待。而且他也会把这种态度开诚布公地告诉所有人。"格洛丽亚抬起头，看着欧拉道："如果您想让我跟您聊聊，那您得告诉我：您是不是也是这样的人？他……他是个骑士。"

"我在努力成为这样的人。但是我肯定没法和他相比。我最多可以算作一个数字的骑士。"

"数字里也有骑士精神？"

欧拉思量了片刻。"在数学里同样需要勇气。还有诚实。亲爱的格洛丽亚小姐，您能帮助我吗？"

她重新审视着他。然后把《圣经》合起来放到边桌上，她说："在最后一夜，他非常兴奋。他说了些奇怪的事。他说他收到了提示，是一个警告。"

"关于什么呢？"

"他得换个睡觉的地方。"

"不是在您这儿。"

"他是这个意思。"

"据您猜测，为什么不能在您这儿呢？"

格洛丽亚看向窗外。可以看得出来，她正在经受着回忆的折磨。"有一点您要明白，"她缓缓地说，"我真的很喜欢他。但是那天晚上他有点不对劲儿。他就像中了邪一样，浑身上下都是汗。我从没见过那样的事。我一给他把汗擦干，就马上又出一层。他的皮肤上有红色的斑块，到处都是。"她指了指自己的胳膊和上半身。"他说他被什么东西降住了。一些可怕的东西。"

"您知道他可能指的是什么吗？"

"我和露露说过这事。您认识她吗？"

欧拉点了点头。

"她是我最好的朋友。"格洛丽亚停顿了片刻，耸了耸肩。"她也是我唯一的朋友。她告诉我，以前这种情况只出现在黄金海岸。我说的是出汗不止。"

"在黄金海岸？"

"是我们出生的地方，露露和我。在非洲。"

"非洲，"欧拉嘟囔着，专心想着什么，"马伊斯特说过，是谁给了他警告吗？"

格洛丽亚沉吟了片刻。"劳勒。"她说。

真相

欧拉在马甲兜里翻找他的烟草袋，用烟斗把它拉了出来，然后抽出了三片长的吕特尼茨烟叶。那是他在居斯特比泽的码头上从水上烟草商那儿买来的。他在"红百合"的一张桌子上把烟叶摊开。"您就告诉我吧，"坐在他旁边的鲁米说，"您从那位女士那儿打听到了什么？"

欧拉一言不发地把第一片烟叶揉碎。然后停了下来，喝了一口啤酒。"我明天早上启程回去，因为我要在柏林就咱们说的这件事做一个调查，到时候您就待在这儿。"他捏起烟草碎片，撒进烟袋锅，直到烟袋锅里装满了烟叶。"您要调查清楚，劳勒在马伊斯特死前不久给了他什么样的警告。他提醒马伊斯特要警惕什么，以及他为什么要这样做。"

鲁米点点头。一想到要一个人留在弗里岑，凭一己之力调查案件，他就感到无比开心。他把卷起的袖管一直撸到胳膊肘以上，就好像要开始动笔写点儿什么似的。"劳勒有嫌疑吗？"欧拉用右手食指轻轻地敲了一阵烟袋锅，好让烟草碎片滑进烟管里。然后他加了些烟叶，又敲了敲。他一边往下压着烟叶一边说："我还不确定。也许他自己也正处于危险之中，如果咱们能弄明白劳勒这个人，咱们就弄明白了整个案件。欧拉用一根长火柴从各个方向均匀地点燃了烟叶，直到整个表面都泛起了红光。他晃了晃火柴，把它扔到地上，用脚踩灭。"从现在开始，您就住在'金狮子'。找一个像样的、舒服的房间，别住在全是甲虫的阁楼里。在'金狮子'您能尽可能近距离地接触劳勒。哎，鲁米，您说说，"欧拉朝他笑笑，悠然自得地抽上了第一口烟，"味道怎么样？"

在这天傍晚稍晚些时候，当欧拉走进空荡荡的酒馆，露露正坐在柜台后头绣着什么。她把手里的活儿放到一边说："我在梭子鱼捕手大厅就看见您了。那天晚上您过得愉快吗？对最后的选举结果您有什么高见？"

"丁香花酱汁我吃着有点儿不太习惯。很明显，这个地方没什么自由选举，弗里策那家伙最后还是买通了关系，关于这一点我也需要时间适应。或者我不必再去适应了，因为我明天就走了。"

"那您是要一个房间，就住一晚？"

"您能给我上次那间吗？"

"7号房？那间已经给曲莫勒先生了。"她面露遗憾地看着他。"他上午到的。要是早知道您要来，教授，我就给您留着了。"她翻看着用红色牛皮装订的预定簿。"不过我可以给您另外一间房，就在它的隔壁。"她转身取下挂在柜台后面墙上的钥匙盘，摘下一把钥匙。"8号房。"

"无穷尽①。"欧拉躬身接过钥匙。

"那么，哪个数字代表着真相呢？"

"嗯，其实应该是7。您为什么要问这个？"

她以一副奇怪的表情看着他。"您一周前第一次来我们这儿住宿的时候，内廷总管施麦陶就说，您是一个永远能看到真相的人。"

"您的意思是，弗里岑在这方面是有点儿落后的？"

她笑了一下，尽管是一抹苦笑，但是她的脸变了样子，让他又一次看到，这个女人是多么有魅力。"这儿的人是完全无知的。对此，还有比真相更有帮助的东西吗？"

"您是想告诉我些什么，露露小姐？是关于劳勒的事？"

她惊讶地看着他。她伸手去抓那件绣品，然后紧张地胡乱拿起针。"去享受您的房间吧，"她说，"那儿比7号房安静，而且不那么热。不是牲口圈的正上方。"

---

① 表示无穷的数学符号∞看起来像横卧的8。——译者注

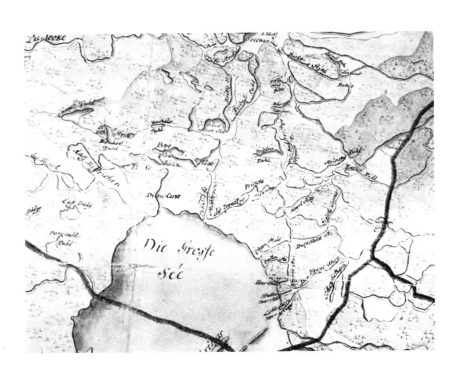

第四章
城市

　　一片沼泽在山下向这边漫淌，污染了已经开拓的所有地皮；还要把臭水沟加以排放，这是最后也是最高的业绩。

——歌德，《浮士德》第二部

虽然国王坐在一把特别舒适的椅子上，但是他的身子却紧绷得要命。王室管家过来亲吻了他的嘴。"这是几何独眼怪的来信。陛下看信的时候要我给您捏捏脚吗？"

假发粉混着汗水顺着腓特烈的脖子往下流，所到之处留下一道白印，让他刺痒难忍。他穿着杏色的丝绒大衣，搭配裙裤和一件周身绣满金丝的白色锦缎马甲，马甲上还别着宽幅的蓝色绶带。他胸前的巨大星徽熠熠闪光，一颗珍贵的宝石悬在脖子上的黑色丝带上，丝带则绑在脑袋后面的假发上。他的鼻孔被他钟爱的西班牙鼻烟熏得发黄，看上去十分醒目。"我觉得特别虚弱，心里没着没落的，就像怀孕的女人被乱七八糟的欲望所困扰。我的数学家给我写了什么？"腓特烈用因为戴着好多戒指而略显沉重的尖尖的手指，迫不及待地撕开了蜡封的信封。"最近我的痔疮又犯了，你也是吗？"

"尊敬的陛下，我不久前让人帮我把它点掉了。这样我就好受了几个月，因为点完之后可以用泉水和草药来祛除邪气。长痛不如短痛嘛。"

国王把信从信封里抽了出来。"你有所好转我很高兴；现在你只需要注意饮食，定时用药。不多时日就会好的，上帝保佑。"

弗雷德斯多夫鞠躬致谢。"那他们推荐的灌肠剂对便秘有帮助吗？我这儿还有一个偏方给您。"他从上衣后摆里掏出小心收藏的球形玻璃长颈瓶。里面装着一种琥珀色的液体。"药方来自古老的德奥弗拉斯特－帕拉塞尔苏斯，对我和所有其他吃了这药的人都起了奇效。只需喝一点儿。但是务必谨记，除它之外不能再用其他江湖医术，否则服药的人就会永远丧失他的阳刚之气。"

腓特烈一言不发，接过了玻璃瓶。

"您在夜里还需不需要那条羊毛绷带来减轻身体的疼痛？"

腓特烈没有回答，他正在看信。愤怒让他极其扁平的额头上阴云密布，与额头形成陡然过度的，是跟他孩子气的脸颊形成鲜明对比的尖鼻子。"什么，计算结果尚不明确？"他看着弗雷德斯多夫，表情先是一阵错愕，随后很快变得咄咄逼人。这事让他很是生气，因此声音尖到有些刺耳："教授先生在信里说，应该考虑去享受'旷野的奢华'。他想跟我面谈这件事，还请求举办听证会。"腓特烈摇摇头。"他与赫尔勒姆和施麦陶一起写了关于沼泽巡游的报告，还签了字。但报告里的计算结果是不明确的。这是多么的反复不定？不是说瑞士人都很稳重吗？好，现在他反过来说，"腓特烈高举着信纸道，"那儿有无法准确量化的虚数的财富。好哇，那你倒是告诉我，我能用沼泽里的一株万寿菊买点儿什么？"腓特烈难以置信地看了一眼欧拉的信。"就这么一个人，我居然还曾经有那么一刻，想着要把他提拔为皇家科学院的院长。我还是花了重金把他从彼得堡买来的，当时说好了这是一个人才，不是白痴。他就是不能明白，只有当政治正确地认识了经济的运行条件时，政治的优先权才得以存在。我们是谁？我们是在逆着时代的潮流而上吗？不，我们更多是在顺水行舟。这就是伟大之处。"

弗雷德斯多夫殷勤地点着头。每当他的主子诋毁别人的时候，他总是很高兴，因为这样他不就自然而然地高人一等了吗？他帮国王拆去绑腿，开始给他按脚。午后的暖阳温柔地透过水晶玻璃窗，给窗子镶上了淡粉色的边框。"我一直就觉得他可疑。别忘了，他都不戴假发。"

"可能是个间谍。"腓特烈的嘴角在抽搐。"永远不能放松警惕。我们会让他从历史书里消失的。"

"让他滚回彼得堡去。"弗雷德斯多夫捏完了左脚的脚跟之后，又一个接一个地按起脚趾来。

"嗯,真舒服啊,弗雷德斯多夫。——'保护沼泽!'这太荒谬了,简直要把我搞疯了。要知道,沼泽里那未驯化的、无法穿越的黑水就是我们最大的敌人。湿地、池沼、沼泽——它们统统没有记忆,没有文字,它们统统没有历史。我的领地要像书一样可以阅读。以开明的观点来看,没有什么比排干沼泽更有资格称得上是与自然的和谐统一。而他,居然'反对'。奥得沼泽只是一个开始。后面还会有其他的沼泽和湿地,瓦尔特沼泽、费恩沼泽(Fiener Bruch)、策登湿地(Zehdener Sümpfe)……我们要让这些地方都富饶起来,让整个东部都富饶起来。普鲁士必须繁荣。目前人们还没有完全认识到我们的实力,但是,我们在经济上正在成为整个欧洲最有活力、最强大,也是最可怕的国家之一!"

回到城市

除了卡特琳娜和他的大儿子约翰之外,欧拉周围的所有人似乎都被一种可怕的无所事事病所传染。因此,在他刚回来的时候,沼泽里的绿色阴影,以及温柔的、永远变幻莫测的水相仍然占据着他的心田,城市在他看来就更显得拥挤和丑陋,城市的居民也就越发显得游手好闲:那群人和近在眼前的有机世界没有任何融通,他们完全不知道,存在于上帝创造的自然界到底是何意。

对于他来说,没有任何人的思维足够灵动。没有谁具备解决日常事务所必需的那种有如蜿蜒流水般的机智。尽管每个人都热衷于启蒙和理性。但这正是问题所在:要获得理智的结果,人们需要的不只是逻辑。

但是当他这样讲的时候,科学院里的人就开始摇头,那些人觉得他有点精神不正常——或者干脆就是作乱。他们用手遮住嘴巴窃窃私语，说他是在沼泽那边得了什么病，他们私下议论着湿地高烧的后遗症。然而他没病，他全好了。恰恰相反，他甚至觉得自己是周围唯一一个维持一定程度健康的人。他只消穿过小巷，走过笔直的街道，在林荫大路上漫步的时候环顾四周，就能看到：周遭的所有人是怎样以同样的方式散步，女士们把颠茄滴进眼睛里，腰间系着法式臀垫［所谓的"巴黎屁股"（Cul de Paris）］，他们是怎样进行着千篇一律的对话，怎样毫无二致地累加着自己的日常活动。怎样以同样的方式去交易所，以同样的姿态互相邀请，参加乏味透顶的舞会，昂首挺胸地走进剧院。

为了避免过多地外出，他回到城里的第一天就在尘土飞扬、光线昏暗的财政、战争及领地最高总理事会（General-Ober-Finanz-Kriegs- und Domainen-Directorium）的档案室里度过。他在那里研究了西蒙·冯·赫尔勒姆和内廷总管冯·施麦陶的家谱，最后还有国务大臣马沙尔的宗谱。为了查找后者的资料，多次通过点头和含糊不清的鞠躬对这位著名的数学家表示尊敬的档案室负责人甚至专门向但泽的同行提了请求，因为根据记录，应该可以在那儿找到更多相关信息。但是因为路途遥远，资料只能在第二天通过快件寄到。

离晚餐还有几小时，莱昂哈德·欧拉决定利用这段时间撰写《引论》，他在夏日温暖的和风中朝科学院的方向走去。但是还没等他走到自己的办公室，情绪激动的施麦陶就拦住了他的去路。

"坏事了。今天早上他们在沟底发现了曲莫勒。在弯地。已经僵了。"施麦陶无助地摇着头。他的脸色比以往更加苍白。"这个好人留下了7个孩子和他的老婆。他们已经从巴登州出发，明天就会到这儿。哦，上帝啊，整件事都没什么好兆头。"

鸦片

欧拉朝排水闸的方向走去。"金熊"（Goldenen Bären）药房就在那儿。他从店主西吉斯蒙德·马尔格拉夫处得知，这人正在做传染病领域的研究。其实，西吉斯蒙德早已经在另一个领域颇有名气，他在一项关于甜菜的研究中提出了颇具轰动效果的论点，认为人们可以像从甘蔗中提取糖分一样，从甜菜中提炼出糖。因此，人们在不久之后就可以摆脱对甘蔗进口的依赖，他认为这将对整个世界的经济产生影响。那些依靠着甘蔗的海外贸易而发达起来的海上强国就将因此丧失其优势，而那些甘蔗的收割常常都是在非人道的条件下完成的。他认为，这一发现对哈布斯堡家族、俄国都将有好处，但是获益最大的还将是普鲁士：正如西吉斯蒙德在皇家科学院发表的一篇论文中所说的那样，这将是一次权力的转移，首先受到巨大影响的将会是英国。

欧拉在药房后部的草药园里见到了他的朋友。西吉斯蒙德正在培育他的草药，那颗几乎没有什么头发的脑袋在阳光下闪闪发光。欧拉简要地讲述了在沼泽里的遭遇，并且问他的药剂师朋友：马伊斯特、曲莫勒，还有他自己会不会生的都是同一种病，也许是一种传染病。如果真是这样，这种会引起水肿和高烧的传染病只会感染某一个人，而另外的人则不会染病，那它是怎样传播的呢？西吉斯蒙德穿着一件连体的深蓝色园丁服，此刻他皱起了眉头，宽脑门上满是皱纹。

"为什么只有您活了下来呢？"

"在沼泽的村庄里，村民们通过不断地挤压我的身体治好了我的病。"西吉斯蒙德挑起眉毛。"看来是老偏方。如果好用，我也没有什么异议。"他又跪了下来，在已经开败了的，就只剩下荚果的罂粟花之间松着土。"但是，再回到您的问题上来，我亲爱的朋友：虽然研究还处于初始阶段，但是我们正在逐渐理解，病症是怎么样从一个人的身上传递到另外一个人的身上，我们正在渐渐把人类的历史理解成一部与这种'传染病'做斗争的历史。这是一场针对外来物的、持续的，却又不断变化的斗争——这种斗争在我们的理智，以及在我们的灵魂中都留下了印记。这是一场饥饿与进食、感到不足与吞噬对方之间的戏剧。"

欧拉抬起头，看向如洗的碧空。"但是传染是怎么完成的呢？病症是怎么样从一个人的身上传递到下一个人身上的？"

"我们管这叫媒介和传播。英国人在这方面的研究最深入。"西吉斯蒙德用一把大马士革短刀绕着罂粟花荚果的四周划开它。"那儿的人称这种看不见的粒子为'病毒物质'（Virus Matter）。"

"那有没有可能有人会蓄意将病毒物质引入身体？在受害人不知情的情况下？"

"据我们所知是有这样的事的。"西吉斯蒙德满意地看着黏稠的白色汁液从划开的荚果中流出，随之微微干涸。"据说在新世界[1]发生过这样的情况。西班牙人就是这么对付当地人的：把被病毒感染的衣服送给后者。对那些丧失了工作能力的奴隶，人们至今还会用这种方式除掉他们。"

"那么有此打算的人就必须事先把病毒物质保存好，然后他还需要传播途径，才能把病毒引向目标？"

"这听起像恶魔一样，但是，是的，过程确实如此。"西吉斯蒙德用手指挤了挤划开的荚果，随后把它放在了一块白色棉布上，

---

[1]　指美洲。——译者注

那上面还有好几个用同样方法制备的罂粟花荚果。它们看上去就像是一颗颗绿色的小脑袋，哭泣着流出奶白色的眼泪。

"怎样才能抵御这样的一种攻击呢？要知道，我打算马上就到沼泽去。"

"只要您还不了解传播途径，就很难预防。您可以带上些药，增强自己的体质。有一种植物不能作为武器来对付敌人，但是可以依靠它自身所带的毒素保护自己。据我们所了解，我们可以对这种毒素加以利用，让它对我们的抵抗力起到有益的效果。它有时可以杀灭有害的小颗粒，也就是病毒物质。我向您推荐罂粟。"西吉斯蒙德又划开了一颗荚果。"它是咱们这颗星球上最有效的草药。我今天早上刚刚配制了一剂浓汁，在卖给顾客之前，我自己要先试用一下。咱们俩都尝一点儿吧？我想跟您一起登上教堂的塔尖，俯瞰咱们的城市。怎么样，教授，有兴趣吗？"

莱昂哈德·欧拉推开那扇铸铁镶边的尖顶哥特式黑色橡木门，弯下腰走进略有点凉的室内。从几分钟前开始他就疯狂出汗，但是这种出汗与沼泽里的出汗完全不同。他感到自己的汗腺变得异常活跃，浸湿了皮肤上数不尽的地方，这给他带来了极致的愉悦。那是一种无可比拟的感觉——就连上好的鸦片酊也无法带来这样的愉悦。这让他联想到最多的是在破解了一道难度极大的题目之后，那种酣畅淋漓之感——虽然现在的这种感觉比那还要强烈得多。西吉斯蒙德跟着欧拉走进了尼古拉教堂塔楼逼仄的楼梯间。他也一样容光焕发。是啊，生命的感觉就应如此。这肯定就是上帝的本意。

登上两百多级盘旋而上的狭窄台阶丝毫没有让两个人感到吃力。欧拉注意到，空气中的尘埃是如何飘落到他的脸上，并因此引发最细微的触觉，就好像空气在挠他的痒。如此敏感的触觉是他在此前从未体验过的。他觉得此刻他的大脑温暖而动荡，就好像一汪水在碗里来回晃动。显然，鸦片不偏不倚地占据了大脑的关键部位，那里保证了一个人完全无忧无虑、绝对免于痛苦，以及获得最深刻的满足。

他们随后到了出口，相继来到户外。西吉斯蒙德抬起胳膊护住自己的眼睛。阳光强烈，让人目眩，但是当他们适应了这种亮度之后，就得到了回报。他们看见四周密密层层的山墙，看见城市中心的哥特式建筑和它的塔楼，还有显贵们的巴洛克式房屋。"您看那边。"西吉斯蒙德指着离皇宫不远的大型工地，那里已经挖了几个巨大的坑，用来建未来的弗里德里克论坛（Forum Fridericianum）。"从这里才能看清国王计划的完整规模。这些即将竖立起来的纪念碑式的建筑将会明显比他父亲用来塑造城市景观的教堂塔尖突出。"

"确实如此，"欧拉回答，他用几乎占据整个左眼框的、放大了的眸子向下看去，"柏林拒绝强调自己的宗教色彩，转而穿上了文雅的外衣。我看到这种发展趋势，只觉得一阵悲凉。"他向东走了几步，看着泄水闸周围背阴处呈狭角状的胡同区。"那儿是天然有机发展起来的。我喜欢。但是只要举目四望，这个小小的胚胎细胞就消失在了另一种完全不同的秩序中。我们看得再清楚不过了，泄水闸是怎样一圈又一圈地扩大着它的影响范围，衍生出越来越多的厂房和仓库。"

"明显呈几何分布的结构，您说得没错。"西吉斯蒙德的额头非常光滑，血管在白皙的皮肤下清晰可见，一直蔓延到头顶。"但是，亲爱的教授，我不由得感到奇怪。您在说这些话的时候，声音里透露着惋惜。但同时，您的著作《引论》将最终为整个自然科学和工程学学科奠定基础。您在书中所倡导的以目的为导向的思维方式，必将带来越来越多的以目的为导向的设计，而非宗教性的结构。"

"我知道，这是自相矛盾。"欧拉朝地平线的方向看去。"就在几周前，我对这样的图景还抱有一种不加限制的欢迎态度。还有什么能美过线条明晰的几何图形呢？但是，自从我去了一个完全和几何沾不上边的村庄，它叫雷文村，之后我就开始用完全不同的眼光看待生活。"

"是吗？那是怎么看呢？"西吉斯蒙德颇有兴致地问道。

"我注意到了以前从没有注意到的火花，"欧拉回答说，"此外，我感受到，几何是如何吞噬着我们古老世界的动人容颜——我在这儿指的是城市。不久之后，褶皱一类的东西都将不复存在。而这还只是开始。没有灵魂的建筑将会随之而来，那是自然界中不存在的轴线。到时候，我们将看到什么样的人？"他感到后脖颈和整个头皮一阵发麻，他的脑海中出现了一种骇人的想法，他是如此惊恐，以至于完全没有听到西吉斯蒙德在对他说什么。他太过专注于这种可怕的想法：难道杀死了马伊斯特，而且有可能也杀死了曲莫勒的凶手，不就正在试图通过阻止人们破坏沼泽来对抗这种抽象，对抗无灵魂的蔓延吗？虽然他的行为应当受到谴责，但这就是他对抗的途径。他自己，欧拉，在遥远的沼泽里是不是有一个对手，他与那人——就手段而言，而不是就目的而言——是暗中契合的？难道在沼泽里的是他自己灵魂的阴暗面，是他在绝望地穷尽各种手段，竭尽全力地与启蒙的冷酷之光对抗，抗拒着理性开悟的进程？

"人们变得越来越相似了，"他严肃地说，"人们围绕在彼此的身边，就为了获得他们那小小的欢愉。在万物之上是一张密不透风的网，它使一切顺利进行。是谁说过，人类也会像牛一样变成一个牧群，这话一点儿没错。一个以吃草为乐的牧群，反刍着，满足于庸庸碌碌。现在每个人时时都会谈到的母牛将会成为我们的榜样：吃草，勤勤恳恳地产奶，然后走向屠宰场。"

西吉斯蒙德笑了。"至少我觉得它们从美感上来说是令人信服的，我是说母牛。它们拥有惊人的简单性，同时又集成了巴洛克式的元素，我指的不仅仅是它们身上的花斑。我是说，它们轻盈的尾巴优雅的摆幅，与身体其他部分的沉重迟钝形成了反差，从而产生出一种张力和动态之美。"

欧拉完全听不见他说话。他已经闭上了左眼，脑袋微微晃动。他听到一种尖锐的嗡嗡声，声音越来越大，离他越来越近，贴近他的耳朵，然后进入了他的身体。

现在他看到了什么，用那只闭着的眼睛。他看到的并非一个图像，而是同一印象的多个复制品，如同小平面一般排列在一起。他看见一个多孔的黑色表面，微微冒着蒸气，上面覆盖着无数晶莹的珍珠。皮肤。它越来越近，也可能是他在渐渐靠近它，随后他降落在皮肤上。他看到一根刺：扎进皮肤，向其中注入了白色的液体。然后又从那片黑色中吸出了鲜红的东西。欧拉睁开眼睛。他惊讶地看着西吉斯蒙德。"我知道了，我现在明白了。传播方式。"

喷泉

腓特烈用饱受痛风折磨的手抱着一个陶瓷的暖手炉，神色严肃地沿着他梯田状的葡萄种植园走下来。他刚刚收到了一封赫尔勒姆的来信：显然奥得沼泽里那些执拗的原住民中仍有一些人不能明白，他们将会从这项措施中获益，相反，他们带着怒气，敌视降低沼泽水位的努力。尽管他，普鲁士的国王本人已经亲自下达命令，让当地居民使用自己的船只运送筑坝需要的泥土，但是现在他知道，所有的村庄都拒绝听命行事。是时候派军队出场了。警觉是安定之母，而且确实也没有必要表现出任何顾忌。东部是边境地带，事关重大，不从命者必遭毁灭。这些刁民藏身在沼泽中，成事不足，他们只会偷盗安分守己的公民的牲畜，以及使文明事业的推进变得更加困难。

腓特烈来到了山坡底部的花坛旁，怒气冲冲地看着大水池里平静的水面。他的客人正在喷泉旁等着他。原本他再也不想见到这个人，但不得不在今天下午紧急召见他。因为在他的计划中本应成为无忧宫的王冠的大喷泉，到如今还是不好用。"水管老是爆开。"他没有打招呼就用略微凸出的眼球气愤地盯着他的客人，语气满是苛责地说。对方向他走过来，鞠躬示意。

"因为是木头做的。"莱昂哈德·欧拉回答。坐了好几个小时的马车，他的骨头还在酸痛，他觉得自己浑身就像是木头做的，和前一天在教堂塔楼上的感觉天差地别。但是他的神志非常清楚，并且决定直言不讳，彻底利用这次机会来兑现他向欧达和兰度莫许下的诺言。他全然不在乎弗雷德斯多夫在他到达的时候曾经告诫他，千万不要提奥得沼泽，因为陛下对这事已经够烦的了。"得用铅做的水管。"欧拉补充道，并且考虑到传说中摄政者的吝啬，他没忍住又加了一句："当然，那是要花些钱的。"

"关于成本与收益的问题，您倒真是颇具雄心啊。"腓特烈的语气比他自己在心中演练的更加傲慢。他气愤于自己的自控能力竟然如此之差。那么既然自己是国王，他便不假思索地将怒火发泄在了客人的身上："是啊，我很高兴，您也签字确认了土地改良的报告，正如您所知，我本人经过考证，对这份报告的评价是'非常好'。但这有悖您雄心勃勃的创造性的思想。"

"不管怎样我都不想反驳国王陛下，那样做是非常愚蠢的。事实上整件事与雄心，或者是创造性都没有太大关系。让我们来简要地回顾一下：那份报告只是说明，这件事怎样才能办成。但另一个问题是，能做成的所有事是不是都应该去做。至于国王陛下做出什么样的决定，那完全取决于国王陛下您允许自己有多大的前瞻性。"

"这个项目现在已经花了20万塔勒，"腓特烈恼怒地回答，"这相当于多少银子，这笔账对于您来说肯定不难算出来。在几年的免税期之后，我的殖民者要为每摩根的土地缴纳16格罗森的佃租。这又是一笔简单的账，尤其对于您这位计算大师来说，要算出我们需要安置多少个殖民者才能在多长时间内收回成本简直易如反掌。您知道吗，我在欧洲各地都设置了站点，招募居民。现在我让您来说，我的构想到底有没有前瞻性。"

"陛下，就算是沼泽将来也有可能对这个国家有裨益。我确信，自然界的某些现象是应该被赋予现实价值的。水中游弋的大龟若是比例合理地分布，那就是一笔无价的财富。这只是一个例子。这也说明了为什么整个运算不能简单地，或者说根本不能无误差地完成。"

"然而就算这样人们还在称颂您，说您的运算艺术没有极限。"

"人们能够洞悉真相对我来说是头等要事。陛下您在咱们的马铃薯晚宴上也曾好意告知，只下案头功夫是不够的。现在我提出的，就是您专门把我派去做田野调查后得出的结论。"

"小心我把你送回到彼得堡去。"腓特烈严厉地回答，用那张扑克脸看着他的客人。"接下来我们会在柏林的王宫里举办一次关于这项计划的大型会议。沼泽里所有的地主都将受邀出席，他们所有人都将聆听这个福泽所有人的沼泽排干计划的益处。我就此禁止您再公开表达关于我的计划的任何观点。反正投在里面的不是您的钱。至于喷泉：我们会继续使用木头。就算是一个塔勒我也不会白白花掉。"

"如您所愿，陛下。"欧拉说。他想起卡特琳娜的警告，应该永远把最后一句话留给国王来说。但他还是控制不住自己，又补充道："不过，到时候水管还是会爆的。"

变革

成千上万的鹳聚集在雷文村旁和大海子周围那些河水冲积成的草坪上。它们正在为即将到来的非洲之行补充体力。在饱餐之后，它们的叫声回荡在整个沼泽的上空。一安静下来，村里的人们就可以听到，鸟巢里新孵出的小鹳正饿得用稚嫩的鸟喙发出啪嗒声。不过，这片沼泽已经永无宁日了。虽然工程师和工头都死了，但是弯地和居斯特比泽的工地却没有就此停摆。如今沼泽里的所有人都确信无疑，他们不再抱有任何幻想，知道这件事是真的，不会再自动从他们的地盘上消失。而真正正在消失的，是让沼泽变得特别的那份安宁：那种能催生奇迹、会让人着迷的心境。如今，从太阳上山开始，夯实湿土的巨大打桩机就轰隆隆地震荡着整个沼泽。如若没有，人们就会听到库尔茨用沙哑的嗓音呼喊，以国王之名来到村子里，征用驳船、索要柴捆，要不就是招募男丁跟着他一起去沟渠那边加入劳工大军。

在这个盛夏时节，变革的时刻已经到来。梭子鱼捕手之家里时不时会发生激烈的争吵，人们在争论什么才是正确的路线。虽然兰度莫仍然是这里的权威和领袖，但是有人说，他的性格已与以往不同，他的个人魅力也因此受损。雷茨村里甚至有人说，他已无力应对目前的状况，他老了，这从他脸上干枯龟裂的皮肤就可以看得出来。

确实，只要仔细地看看他，就不得不承认，这样的一种观点也是不无道理的。那条曾经在讲述自己的观点时慷慨陈词，与对手争论时唇枪舌剑的鲇鱼，同时也总能在最后关头找到一个折中的、囊括一切的字眼来解决问题，他也因此受到所有人的尊重。如今他的情绪变得苦闷、阴郁，因为他没有任何应对改变的计划。如果说他以前能让持有不同观点的人都归顺于自己，并且最终引领大家朝共同的方向努力，那么如今他越来越像一个摆设，已经失去了他的影响力。实际上他非常重视外来人的计划。弯地那儿的大坑、一直通向居斯特比泽的挖掘……对他来说，就好像国王的劳工们正在他的肉里来回翻腾。就好像他们正在切断他的血管，他的身体因此而干涸。他认为，赫尔勒姆的人为了让河水留在未来的河床里筑起的高高堤坝，就是一堵切断下沼泽动脉的墙，正是这条动脉给他们带来了食物，没有这条动脉生活无从谈起。

就在欧拉乘着马车从波茨坦赶回柏林的那个晚上，梭子鱼捕手之家一如每周三一样人声鼎沸。男人们正在为第二天的弗里岑鱼市收拾当天打上来的鱼。他们穿着沾满鱼血的工作服，肩并着肩站在长条备鱼桌前。地上满是砍下来的鱼头，鳊鱼深蓝色的鳞片在各处闪着光，半死的鳗鱼还在蠕动。兰度莫看上去很紧张。他没有一起收拾鱼，而是神情迫切地敦促着大家，他的表情过于用力，以至于左侧鼻孔旁的皮肤裂了一道，微微渗出血来。他喊道，过去的时间已经够长了，那位他们救过的独眼科学家应该已经和国王谈过了。但是什么也没有发生，一切还在全速运转。他严厉地谴责雷茨村的人，据说市长弗里策已经许诺把那些清闲又有赚头的职位留给他们，而雷文村的人则什么好处也别想捞到。

"雷茨村的人，别人给几个玻璃珠子，他们就连廉耻都忘了。"他激动地说着，把一整碗新鲜的凯琴酒（Ketzin）一饮而尽。"他们还承诺给你们土地，据说是最好的地，相当于白送给你们。说是每个渔民都能拿到大概70摩根土地。"他朝站在桌子另一边的柯普喊道："这种空话你们也信。不，咱们必须战斗，得向他们证明，他们的计划代价高昂，高到他们付不起！"

"那你要怎么办呢，老头儿？"麦基说着锯下了一条大鲇鱼的鱼头，"还是先想好对策再说话吧。"

"空谈，都是空谈，"柯普在桌子的正对面说这话的时候并没有抬头看，他正在剖开一条大鲈鱼的脊背，"没有计划，就凭着一张嘴皮子有什么用。不给国王几条驳船，拒绝提供柴捆，你还有什么别的主意吗？这种小打小闹，最后吃亏的还是咱们，没有什么用。你到底什么时候才能适应新的时代啊？"

这时法伊特提高了嗓门。这在以前从来没有发生过，他父亲讲话的时候他从没插过话，因此所有人都认真地看着他。"伙计们。"他说着拿起面前的一条梭子鱼，手法娴熟地用刀沿着鱼的脊背剖开，却并不完全切断。他动作精准地徒手取出了鱼的脊骨和内脏，顺带去除了鱼头和鱼尾。今天白天他一直都待在耶杜特山那边的温泉里，一次又一次地坐进几乎让人无法忍受的、冒着蒸汽的热水里，间或到天使沼泽（Engelspfuhl）里降降温。现在他觉得神清气爽，毛孔通透。他知道，这是属于他的时刻。"这件事非同小可，"他用平静的语气接着说，"咱们谁都有家庭，都想把最好的给家人。但是有的时候，最好的并不是要我们漠然置之，坐以待毙。"他环顾四周，感觉到大家都在倾听他讲话。他考虑着如何继续。他知道，他得说父亲的好话，因为那可以抚慰人们的灵魂。但是同时，他的伙计们也都在渴求着关于如何应对当下形势的具体指示。

"这事关系到我称之为不老灵药的东西，"法伊特接着说，"是它构成了我们如此热爱的生活。我指的是什么？这种不老灵药在每一个新生儿的每一次微笑中，也在那些打了一辈子鱼，现在可以安然面对洪水的每一位老人的每一个眼神中。伙计们，它就是闪烁的微光，指引着每一只从云端俯瞰蜿蜒的奥得河、瞥见一棵巨树的雄鹰。我们无法触及它，但它的存在却如此真实。"他停顿片刻，环顾四周。"而现在，他们却要让它消失。他们要把它像可怜的江鳕一样晒干，最后切成细条，放进灯里。然而伙计们，这盏灯，却并不是为我们，而是为国王点亮的。"

法伊特停了下来，因为有几个人正在因为愤怒而咆哮，其余的人则用单刃鱼刀的刀背敲打着因浸透了深色梭子鱼血而泛着亮光的备鱼台。整个谷仓里弥漫着一种沉闷的隆隆声。法伊特受到了鼓舞，继续讲道："你问得对，麦基，咱们该怎么做？咱们都知道，有些事情不能公开谈论。等到一会儿天彻底黑了，想要干些事的人就留下来。其余的人可以驾船回家。我也不多说了，这水还要涨几天。让咱们利用好这段时间。这件事将以如此深刻的方式改变咱们的生活，但是那些自大狂们却连咱们的意见也不问，现在是时候让一切归零了。"

鲁米

在欧拉回来之前的大部分时间里，鲁米都在整理沼泽排干项目的档案。与此相关的地图、鉴定书、国王的诏书、其他的文件，以及所有的往来信件已经装满了一个用防断线绳装订的卷宗夹。马上他就要开始整理第二个卷宗夹，并且要保证所有的文件都要有正式官方文件的样子，正如施麦陶所要求的那样。因为国王时

216

刻都想知道，他的钱是不是花到了刀刃上，以及他对沼泽的投资是否有回报。

尽管鲁米并不热爱这项工作，但这事对他来说也并不难。他经常在"金狮子"旅馆的房间里，在硬邦邦的脚凳上一坐就是好几个小时，用纤细的手指从漂亮的摩洛哥皮套里抽出水笔，抄写公文，誊写着那些并非出自他自己的内容。他对劳勒几乎仍然一无所知。虽然这让他内心焦灼，如坐针毡，但是他从施麦陶那儿学来的纪律却把他死死地钉在座位上，让他继续记录着土地的规格、堤坝的高度，以及各种计算结果。

如果出了什么差错，书写不能如要求般工整，那么整个文档就要重写。尽管他非常专注，但是这样的错误经常在他没有任何过错的情况下发生。往往是纸张做工不佳，墨水吸收了之后胡乱扩散，从而造成难看的污渍。鲁米脑子空空地注视着这样的不幸，他很愿意保留这些闪亮的黑色深渊，但是那当然不行。有时他只是坐在那儿，在文件之间，静静地凝视着在整个页面上蜿蜒而行的墨水污渍，看着它渗入气孔中。用来处理这类事故的工具精细又原始：一把弯曲的、用来刮掉多余墨水的金属刀片，一把用来拔掉误入纸上羽毛或毛发的镊子。就这样，每个笔画、每个字母都可能变为一场战争。文件的书写必须一丝不苟，这样它所描述的内容在现实中才能名副其实。就这样，这些文件越来越多地成了他的敌人。

这份工作十分棘手，有时甚至令人沮丧，好在一方面有亚美尼亚诗人萨雅·诺瓦（Sayat Nova）的作品，另一方面有被他视为神明的国王的书信作为补偿。国王的信用的是最优质的亚麻纸和最昂贵的墨水。写这样的信让这个男孩心生欢喜，因此他也不遗余力。

刚刚，鲁米就用花体字把一封给卡尔·冯·勃兰登堡的紧急公函抄写得工工整整。腓特烈在信中用相当生硬的语气——被鲁米优雅柔和的书法抵消了一部分——请求他的堂兄，先等一等，看到土壤改良的效果之后，再谈可能造成的损失和相应的补偿方案。在国王签名的结尾处，鲁米甩了一个大大的弧线（这个弧线让他想起了奥得河的一道弯）。他吹了吹还没有干透的深蓝色的墨水，然后又在一张质量较差的纸上快速地誊写好了另外一封信，并把这封信放入了另外一个被他藏在枕头底下的秘密文件夹里。接着，他又填好了每日水位记录。里面的数据是库尔茨今天早上在水上巡查时读取的，他每次都会把数据给鲁米留在前台。1747年7月20日，星期四，水位又上涨了2英尺5英寸。鲁米皱着眉想，水位什么时候才能到达峰值呢？他朝窗外看去。外面的天空低沉昏暗，好像梭子鱼皮一样紧绷着。

马车道

从波茨坦到柏林有四个小时的车程，腓特烈坐在老式的大窗马车里，为了有效地利用路上的时间，他正认真地研究着弗雷德斯多夫为他准备的每一张河流地形图。弗雷德斯多夫眼下正受着感冒之苦。国王的身体也有些抱恙，他已经不再年轻，他越来越深切地感受到这一点。如今他已近不惑之年，最近身体上的一些变化是对任何经常见到他的人都藏不住的。他的鼻子越发突出，脸颊越发深陷（他常常抽不出时间好好吃饭），这还只是一方面。另一方面，他嘴里的牙也越掉越少，这使得演奏长笛变得更加困难。腓特烈对此颇感不快；他把辫子扎得很紧，总是用塔夫绸牢牢地包裹住，使它看起来像一根硬刺一样翘在脑后。

车窗外森林里的树一棵挨着一棵，整齐挺拔，就像站姿笔挺的士兵正在敬礼。这一幕让他觉得安心。云杉的树根固定住破坏了土壤的活力，也阻碍了交通和农业的发展的沙子：就该这样。他再次低下头。难道这些展放在他膝头的整洁的地图不就是最好的证明吗？什么样的条件更有利于轮船航行和运送大量货物，是在每一处转弯都泥沙淤积的蜿蜒河道上，还是在平整宽阔的船道上？在奥得河之后还会有易北河、瓦尔特河、耐泽河（Netze）、维塞尔河（Weichsel）……哦，他对自己的河流了如指掌。英国人、法国人和西班牙人靠海洋来成就他们的贸易和财富，普鲁士人则要靠河流。正是他本人让河流变得可以通航，用运河将它们互相连接，这样才能在普鲁士本国出现更多的商业。现在，他又想到了莱茵河，虽然这条河并不在他的权力影响范围之内——这条潜在的主动脉依然迷失在蜿蜒曲折之中，成为百无一用的泥潭，长满花草的两岸堆积着娘们气的泥浆，那些都是本来可以种葡萄的地方，这给当地的居民造成了损失。那种情况绝不是最终的结果，腓特烈如此暗下决心。他的父亲曾命令他做一位高效的国王，因此他已经风干了自己身上所有拖泥带水的感情成分，同样的过程也会在这个国家发生。这种污泥浊水的局面必须改变！而且政治和疆域上现在也都是一摊浑水，整个国家就像一件缝满补丁的马甲。但是德意志人会成为一个体面的民族，柏林在不久之后将成为一个稳固可靠的城市。到时候这些就是他留给子孙后代的治国成果。

他们离开动物园附近的森林地带，到达了由双塔式门楼和毗邻的警卫室组成的关卡。应该让人在这儿建一座门，他想。他一边看着两旁的卫兵饱含激情地给自己敬礼，一边还想着赶在一会儿王宫开始办公之前赶紧吃点儿什么。他卷起衣袖，拿了一块意式油煎玉米饼配俄罗斯牛肉，结果牙疼得差点儿叫了出来。他在高档的绣花马甲上抹了抹手上的碎屑，拿了一块比较好嚼的鹌鹑酥皮饼，又用叉子叉起了些小牛肉送进嘴里，最后用弗雷德斯多夫递过来的香槟酒漱了漱口。弗雷德斯多夫还在吸着鼻涕，显得很不舒服。离去王宫还有几分钟时间，这足够他再吃上一块醋栗派和一块酸樱桃杏仁巧克力蛋糕，甜品可以安抚他的神经。

由于局势升级，腓特烈不得不比原计划的时间更早地安排奥得兰地区的地主大会。目前，尤其是由于弯地的很多工人因为病假不能上工，整个项目的财政状况进入了一个关键时期。已经花进去的钱不计其数，但别说大坝了，就连运河都远远没有完工，原因是不断出现的破坏活动，比如堤坝的顶端被铲平，等等。另外，顶替马伊斯特的工程师罗滕卡特（Rottengatter）兄弟还多次坚持要求拨预付款，说只有这样才能确保事情能够推进。两周以来，没有一个弯地的工人拿到了应得的工钱；很多工人已经想撂挑子不干了，而事实证明，招募新的劳力是非常困难的。赫尔勒姆在好几封加急信中恳求恢复停滞的现金流，否则目前所取得的所有成果都将付之东流。整件事只能靠大手笔的行动一蹴而就。一旦没了冲劲，自然的力量将很快把一切都恢复到旧时的状态。腓特烈的看法与此完全一致。因此，他现在必须让无论是贵族还是市民的沼泽的地主们都承担起责任，他要看看他们的家底，而且不只是看看而已。只有当所有的人都参与进来，这件大事才能成功，因为自从两次西里西亚战争以来，国王的宝藏，也就是国库实际上就已经被掏空了。

腓特烈将几颗樱桃塞进嘴里，把果核吐在右手掌心，再把它们放进盘子里。他摇了摇头，随后弗雷德斯多夫不安地看着他。"是饭菜有什么不对吗？"

"最重要的是，我的堂兄必须放弃他的抵抗，"国王仿佛在自言自语，"毕竟，那儿四分之一的土地都将属于他。他将是从创造耕地中获益最多的人！有些人仅仅因为新事物是新的，就顽固地不予接受……"腓特烈再一次禁不住摇了摇头。

然后他决定，不再多说，集中精神。后面就是这段路程的最后一部分，这让他很是期待。为了从菩提树大街（Unter den Linden）途经歌剧院到盖了新教堂的阅兵广场（Paradeplatz）这短短不到 1 公里的路程，他专门安排了这位名叫普芬德（Pfund）的马车夫，这人因为驾车极快而臭名昭著。平常他是讨厌这家伙的，因为普芬德不仅对其他的马车和行人，而且对他本人也极其无礼。但是在这条绿树成荫的马路上，普芬德驾着四马马车驰骋的样子无人能及。他飞一般地穿过马路两旁尘土中惊讶的人群，欢呼着规定好的语句："腓特烈大帝万岁！"

但是怎么不往前走呢？马车为什么还停在这片荒芜的沙土广场上？腓特烈掀起窗帘。眼前的一幕太过奇怪，让他难以相信是真的。那边，在他最喜欢的那段路上，那条华美的林荫大道上，挤满了……猪。长着巨大乳头的令人作呕的母猪正在尘土中拱着地。一个赶猪人，确切地说是一个脏兮兮的小捣蛋鬼走在猪群旁，用鞭子驱赶着这些牲畜。还有那些该死的农用车到底在干什么，它们排成一排阻塞了交通，还拉着各种各样的工具、犁和家什？腓特烈又看到了更多的家畜：瞪着眼的母牛，甚至还有两头公牛，羊、驴子、山羊还有母鸡，到处都是母鸡。"弗雷德斯多夫！"他提高嗓门，"让这些无赖滚开。"

"那些是您的殖民地移民，"王室管家带着典型的伤风鼻音说，"这是第一批。他们刚刚入境。"

腓特烈什么也没说。他眉头上的皱纹清晰可见。

"来自双桥（Zweybrücken）地区的 1200 名普法尔茨人（Pfälzer）。"弗雷德斯多夫忍不住打了个喷嚏，连忙道歉。"据说是一群淳朴、充满活力、脚踏实地的人。都说他们不执拗，也不坚持独立。只不过他们的动作太快了，已经收拾好了全部家当，等不及要奔向辉煌的未来了。过于狂热的臣民值得赞颂，不是吗？"他清了清嗓子接着说。"可能是迫不及待地想要逃离他们的家乡了。"

"但是我们难道已经做好准备工作了？嗯，这些人是想在土地干燥之前就预定上吗？"

"咱们在普法尔茨的代理，那个劳滕萨克（Lautensack），有点过于着急了。"弗雷德斯多夫说。

国王惊讶地看着窗外的新臣民。那些人正在议论着他们挡住的是谁的马车。他们赶紧从自己的农用车旁跑开，一窝蜂地朝腓特烈拥来，但是很体面地保持了距离，站定之后开始唱起了给国王的赞歌：

> 俺是可怜的流民。那俺就来唱两句。他们以上帝的名义，把俺赶出祖国。现在俺就是个流民，露宿异地他乡。但俺求你了，俺的上帝，俺的主人，不要把俺遗弃！

"看啊，看啊。普法尔茨养育了多好的人民。"腓特烈从窗口点了点头，僵硬地微笑着。

"跟他们说话，"弗雷德斯多夫给他打气道，"这是一个好机会。给他们讲故事，让他们得到安慰，让他们发展壮大。给他们创造一个神话。"仆人打开了车窗。腓特烈生气地瞥了他一眼，但还是站起身，用清晰的声音朝着那些安静地站在他面前的人群喊道："你们翻山越岭，历尽艰辛来到这个国家。你们是英雄。去劳动吧，去建设家园吧。那些来投奔我们，撸起袖子干活的人绝不会一无所获。我们欢迎你们。上帝保佑你们。"

普法尔茨人中间爆发出欢呼声。男人们把帽子抛向空中，女人们拍手叫好。孩子们感受到热烈的气氛，在父母和国王的马车之间的尘土飞扬里蹦蹦跳跳。"大帝！"（Der Große）几个男人高喊，随之越来越多的人喊道，"大帝！"

腓特烈拉上窗帘。泪水涌上他的眼眶。他们在用他梦寐以求的方式称呼自己，而且是在没有命令的情况下！所以，他才把他们召唤到自己的国家，仅仅因此而已。现在一切都值了。"派轻骑兵护送他们，"他对弗雷德斯多夫说，"但是以后要注意，这样的人要从柏林的周围地带过去，不能再穿城而过。这样可以省去不必要的喧嚣和吵闹。"他又朝马车夫喊道："普芬德，走吧。今天太堵，不能走马路了，走小路吧。快点儿。我们得筹钱，给这些人建新的村庄。"

车夫把鞭子甩得直响，他把缰绳向左一拉，拐进了瓦尔巷。不能走他钟爱的马车道也让他很是失落。但是他绝不会因此就踟蹰不前。普芬德收紧了缰绳，啪啪地甩着鞭子，掉转车头，不一会儿就来到了所谓的"末路街"（Letzte Straße）。这条路与菩提树大街平行，从这儿直穿过去就是阅兵广场。一向不走小路的国王以前从没有来过这儿。腓特烈好奇地透过窗户看着窗外，他惊讶于蜷伏于路边的狭窄的木框架房屋（Fachwerkhäuser），所有的房子上都盖着茅草或木瓦。扑面而来的气味令他作呕，那是土路两旁的排水沟散发出来的，沟里满是房子里排出的屎尿混合而成的臭汤。毛发板结的流浪狗在打架，衣衫褴褛的女仆拖着装满井水的罐子和大桶。瘦骨嶙峋的孩子们看起来五六岁大，这些男孩和女孩在工厂敞开的木门后，坐在织布机前纺着丝线。一个装满呕吐物的便壶几乎被路过的马车撞倒。

随后，他们到达了莫尔德湖（Molder Loch），在这里向右转。在这个贫穷的地方，这座城市在施普雷河（Spree）一个支流衍生的沼泽地的山脚处迷失。他们穿过了中央大街（Mittelstrasse），经过了海因里希亲王王宫（Prinz-Heinrich-Palais），又回到了林荫大道上。这时出现在他们面前的是雄伟的军械库，那里存放着国王的武器：共计约 15 万支步枪和佩剑，还有从战场上抢来的法国、奥地利、波兰和瑞典的火炮。一只公鸡正站在屋脊上环顾四周，声嘶力竭地打鸣。它也是普法尔茨人带来的吗？普芬德沿着阅兵场的边缘疾驰，扬起一路尘土，他在护城河处拐进王宫的空地。他穿过艾奥桑德门（Eosanderportal）的时候速度极快，守门的警卫不得不赶紧跳到一边躲闪。腓特烈看向窗外。那座受罗马巴洛克鼎盛时期风格影响的，巨大的块状城堡使他想起了自己的父亲，他的表情也随之变得严肃。他到达了柏林的王宫，虽然他并不喜欢这里，但是对于今天的活动来说，这里是不可替代的。

盒子

鲁米来到港口，他想和渔夫聊聊，对于沼泽里发生的事他们总是略知一二。但是，当他路过挂着"腓特烈大帝堡"牌子的那座歪歪扭扭的桁架房屋时，他吃惊地看到劳勒正从里面走出来。鲁米下意识地躲进拐角处，暗中观察。

劳勒在门口站定，静静地装着烟斗。鲁米以前从没听说劳勒出入过这家妓院。虽然"金狮子"和"腓特烈大帝堡"之间有联系，但那是女人们之间的关系：露露和格洛丽亚是好朋友，她们两个每天都见面，看起来几乎像姐妹一样。也许她们就是姐妹？鲁米并不清楚她们究竟是什么关系。他猜，在这儿能发现和案件有关的情况。

但是劳勒来"腓特烈大帝堡"干吗呢？作为"金狮子"的老板来这儿逛妓院，这让鲁米感到吃惊。他一直认为，劳勒和露露之间有暧昧关系，虽然具体情况怎样他也不甚了解。露露和劳勒之间有一种隐藏不住的亲密感，不过他们从来不会公开表现出来。露露是劳勒的雇员，负责看店，劳勒掌管会计和财务，相比较起来很少能在旅馆里看到他。很显然，他对露露是完全信任的，将日常的生意交她全权负责。

平时这两个人看上去也是知己，但是鲁米从没有看见过他去她的房间，或她去他的房间。而现在劳勒从"大帝堡"里出来，这是一个可疑之处，除了格洛丽亚还有别的姑娘在那儿工作，而且此刻这位冒险家粗糙的脸上浮现出的满意的神情也表明，他来这儿不仅仅是喝杯德国咖啡那么简单。

鲁米决定跟踪他。暗中尾随的技能是他去年跟施麦陶学的。不被发现的关键在于强大的神经和自控力。在弗里岑最麻烦的是他深色的皮肤、闪亮的黑色卷发，以及大大的棕色眼睛会引起别人的注意，经常会有人盯着他看。但他还是不得不尝试。鲁米悄悄地向后退了一步，躲进房屋角落的阴影之中。鲁米在那儿一直等到劳勒从他的身边走过，然后又等了一会儿，才走出来紧跟他的脚步。鲁米今天穿了一条颜色很暗的绿裤子和一件灰色的上衣，对于跟踪来说是绝佳的选择。施麦陶曾经讲过，这种柔和的颜色是最不容易引起人们注意的。

劳勒迈着悠闲的步子沿着市中心的主干道走着。这里相当热闹，鲁米保持大概10米的距离就可以不被发现。劳勒时不时地停一下，鲁米也就立刻停下脚步。有一次劳勒从一个小贩那里买了一只油炸大山雀，拿到手后贪婪地咬了一口，还有一次他停下来看橱窗里的什么东西。

他们就这样在纷乱的市中心走了几分钟。鲁米仍然不知道劳勒这是要去哪儿。他在巷子里来回晃荡，有好几次他们路过之前到过的街角。难道他感觉到了有人在跟踪他？还是只是随心所欲地闲逛？但他的脚步敏捷，而且目标也很明确，看上去并不像闲逛。劳勒又突然停了下来。这一次鲁米没有放慢脚步，那样做会太过显眼，他从容地从劳勒身边不远的地方超过了他，但是并没有看他。到了下一个街角，鲁米迅速地躲了起来，停下来的时候心脏怦怦直跳。

现在要做的就是等劳勒走过去。但是他没有过来。难道他发现了？鲁米小心翼翼地探身，朝拐角外看去。劳勒不见了。鲁米赶紧跑进小巷，感觉有点儿不对劲。老式风车的叶片在低矮的房顶上转动。这天下午，它们的嘎吱声中带着些许的痛苦和抱怨。鲁米谨慎地往回走了一段，朝一条十字小巷的深处看去。在巷子的尽头，他发现了劳勒。他马上就跟了过去，他保持着与劳勒同样的步频，只不过步幅更大。这样既能逐渐缩小俩人之间的距离，又不会被自己的脚步声所出卖，很快，他与劳勒之间又只有几米的距离。很明显这是回市场的方向。但是劳勒在一个木匠的作坊前停了下来。劳勒抬头朝四周看了看，然后大步迈过门前的一摊红泥，走了进去。

鲁米走进了座无虚席的"雄鹰"（Adler）酒馆，从这里去刚才的木匠作坊只需过一个街角，而且可以看到作坊那边的全貌。鲁米坐到窗边，点了一杯啤酒，从油布上逮了一只蛛甲，耐心地等着酒杯接满。等到大啤酒杯终于摆在了面前，他享受地将它一饮而尽。他喝的是一杯弗莱恩瓦尔德啤酒（Freyenwalder），比起浑浊的弗里岑啤酒，这酒没有那么滑腻。他透过蒙着水雾的窗子往外看，但劳勒一直没有再次出现。酒精带来的愉悦触动了他的神经，让他一惊：木匠作坊不会有后门吧？他赶忙站起身来，在柜台上放了 8 芬尼，举手示意酒馆老板，让他看到自己已经付过钱后就走了出来。与此同时，劳勒也走进了小巷，幸好他没有看到鲁米，而是迅速地离开了。劳勒的胳膊下面夹着一个刷了黑漆的长方形木头盒子，从远处看像棺材。

鱼市上，商贩们正在收拾剩下的货物，好拿到第二天，也是每周五举办的奥得伯格集市上去卖。一位老妇人费力地拖着一个装满活沼泽龟的大圆木桶，另一个朝鲁米走来的老太太则在肩上搭着好几条鳗鱼。库尔茨（既没有注意到鲁米，也没看到劳勒）正和几个鱼贩还有梭子鱼捕手坐在一条清空的长桌边，桌子上还可以看出新鲜的血迹。他们几个人正一边喝着大麦啤酒（Gerstenbier），一边享受着下工后的时光。劳伦图斯教堂的大钟响了五下。

劳勒没有在市场里穿行，而是沿着边缘，在下一个街角转向左，并在接下来的转角再次向左。他来到了"金狮子"后面那条肮脏的小巷。在旅馆的地下室入口前，劳勒停了下来。天色已晚，一只公鸡还在打鸣。他为什么要兜圈子，不直接往这边走呢？劳勒用闲着的那只手在衣兜里翻找，随后拿出一把钥匙。他环顾四周，并没有看见躲在一堆柴火后的鲁米。接着他用钥匙在锁孔里鼓捣了一阵，颇费了一番力气才打开了地下室的门，走了进去。鲁米小心地朝着那扇低矮的门走去，劳勒就消失在门后面。经过这么一番躲躲藏藏，难道就是为了把一个黑漆木盒带回"金狮子"？这里究竟有什么蹊跷？鲁米又等了三秒钟（他默数着时间），然后才抓住了生锈的铁门把手。劳勒没有锁门。鲁米慢慢地推开门。刚才还全然无声的门这会儿发出巨大的嘎吱声。鲁米猛地一

227

把推开门，走了进去，随后又尽量小声地转身把门带上。

他站在一片黑暗里。左拐向下是通往地下室的路。那边有一盏钟形的菜油灯在发着微光。鲁米来过一次这间地下室，当时是替露露取一桶啤酒。他屏住呼吸，沿着台阶往下走。到了以后，他朝右看向长长的地下室走廊，那儿有一支火把，一定是劳勒点燃的。但是四下里却看不到他的人。听不到任何声音，地窖里一片寂静。鲁米慢慢地沿着走廊往里走。左右两边都是用栅栏隔开的简陋房间。墙和地面都因为潮湿而显得漆黑一片，空气里悬浮着某些懒海夜晚散发出的那种霉烂气味。沿着墙角转过去以后——他从没有到过地窖这么深的地方——他看见了另一个通向上的楼梯。那个看起来十分可疑、表面上绷着细密的铁丝网的黑色盒子就放在楼梯脚。楼梯顶端的活动门敞开着。

鲁米使劲听，想知道上面是否有人，但是上面鸦雀无声。他想象着，这个房间可能在旅馆的哪个位置，从背包里拿出他的小记事本，画出了"金狮子"的一楼和他刚刚走过的路线。现在他确定了，这只可能是一个房间。因为上面还是什么声音也没有，所以他大着胆子抬脚迈上了第一级台阶。他慢慢地往上走，似乎听到了一些窸窣声。或者那只是他想象出来的？现在又什么声音都没有了。他走完最后几级台阶，这时听到了一声喘息。他吓了一跳，把头探出活动门来看。果然，这是露露的房间，就在酒水间后面，除了她自己以外没有别人进去过——到目前为止。因为现在露露和劳勒正躺在床上。那是一张鲁米从没见过的法式双人床，柔软舒适，上面铺着淡黄色的床单。他们正在做爱。鲁米早上刚刚读过萨雅·诺瓦的一首关于身体之爱的诗，他站在那儿入迷地盯着两人看了好一阵。他自己是多么渴望这种爱啊！他仔细地观察了一下房间。里面没有什么特别的，只有一样东西引起了他的注意。在两人彼此纠缠，缓慢而轻柔地蠕动的身体上方挂着一个怪异的深色木头面具——那是一张微笑着的、悲伤的女人的脸。

　　鲁米原路返回，经过那个长木盒，穿过地下室，回到小巷，随后在隔壁的"红百合"找了个座位坐了下来，他从那里就可以监视"金狮子"的地窖入口。他很确定劳勒也会沿着这条路线，而不会从露露的房间到酒水间的那条通道出来。很显然，两人的这种躲猫猫游戏既有方法也有严格的规则。但是这是为什么呢？如果劳勒是爱露露的，那他又去"腓特烈大帝堡"干什么呢？

　　鲁米多希望欧拉也在这儿啊，好跟他商量一下眼下最新的情况。但是同时，能够自己独立处理这件事又让他感到激动。所以，虽然心里很想再喝一杯，但是他决定不再点啤酒了，以保持清醒的神志。他深感保持警惕的重要，因此一大杯冰鲜山羊乳已经让他很满意，他顿时感到精神焕发。过了大概半个小时，劳勒回来了，腋下还是夹着那个长木盒。他悠闲地绕过自己的旅馆，从前面的正门走了进去。鲁米朝"红百合"的老板点了点头，在柜台上放了 4 芬尼，走了出去。他也进入了"金狮子"的餐厅，但是既没有看到露露，也没有看到劳勒。只是在朝向集市广场的窗前有一个老渔夫躺在炉子边的长凳上，打着鼾。

　　这时他听到有沉重的脚步声正沿着楼梯往下走。鲁米躲到了行李间半开的房门后面。是劳勒。他的胳膊下还是夹着那个大木盒子。但这是刚才那个吗？细密的铁丝网有多处开裂，盒子上的黑漆也不像刚才一样鲜艳夺目。一直等到劳勒消失在外面的大街上，鲁米才从他的藏身处走出来，然后爬上楼梯。劳勒刚才去的是八个房间中的哪一个呢？

　　鲁米沿着过道缓缓往里走。他在 7 号房前停了下来。目前住在里面的是赫尔勒姆。鲁米看了看地上，门槛上有红土的痕迹。他弯下腰，仔细观察着钥匙孔。在小小的锁眼里，除了和他的4号房间相同的布置，看不出什么特别。鲁米向下转动门把手，门是锁着的。他快速回到一楼，那个打着鼾的渔夫还躺在火炉前的长凳上。鲁米看了一眼露露关着的房门，绕到前台后面，取下了钥匙串。他的心怦怦地跳着，快速来到楼上，打开了7号房间的门，走了进去。他不得不弯腰，因为散发着醋味的门框上挂着粗粗的一捆叶片茂密的核桃树枝。

他只是环视了一圈，很快就发现了那个黑色的盒子。它的大小恰好可以放进盥洗台的下面。尽管周身还缠着铁丝网，盒子的上面是敞开的，铁丝网眼的大小大概可以伸进一只小拇指。鲁米在盒子前站了一会儿。

这些都是什么意思呢？他拿起水罐洗了洗手。这时他注意到，废水会从盥洗台略微倾斜的平面流到黑色的盒子里。他还是不明白这样设计的意义何在，于是掏出记事本画了张草图。

王宫

国务大臣塞缪尔·冯·马沙尔感到有点儿恶心，他摆弄着在马甲和黑色丝质衬领之间过渡的小立领。他这样已经有好几天了：时不时地犯恶心，难以忍受的侧胸刺痛、四肢打冷战。有的时候是手，然后是脚，再到整个上半身。然后他又会突然没事了。昨天傍晚他从蓝夫特庄园赶来，晚上就住在他在城里的官邸，那座位于威廉大街8号的宫殿。现在他正坐在王宫大厅里自己的座位上，这座骑士厅（Rittersaal）全部以银色、白色和金色布置，墙壁上装饰着黄色的仿制大理石。他已经问候了刚刚到达的国王，现在国王正在和他的王室管家说话。刚才腓特烈短暂地提及了马沙尔就殖民地一事的怀疑态度（普法尔茨人让腓特烈此刻对此事充满了热情），并且质疑了马沙尔担任殖民地项目领导人的资格。然而国务大臣之所以接受这一职务，仅仅是因为这件事所涉及的已经远远超出了奥得沼泽移民安置的问题，它是一项有针对性地为全国招募外来移民和难民的工程。马沙尔是这样告诉国王的，这是一项政治性极强的任务，因此虽然考虑到了种种不利（这样的考虑有益而无害），但他仍然不愿让别人接手此事。因为现在的抉择将会决定未来很长时间的发展方向。问题的关键首先在于定义所需农民和手工业者的数量和类型，然后通过完善国外的代理人网络，建立起相应的生产和贸易结构，并精准地招募到所需的劳动力。目标是，争取获得 10 万名耕地移民工程急需的劳动者和从业者——也就是有熟练技能的健康男性——光是奥得、耐泽和瓦尔特沼泽移民就需要 1.6 万人。马沙尔原本很想和国王陛下聊聊这些措施的后续问题，但是对于腓特烈来说，这些细节太过费脑，他早已转过身去。

卡尔·冯·勃兰登堡也走了进来，陪在他身边的是一位身穿红色勤务员制服的年轻摩尔人，那是他的仆从。两人就从马沙尔的身旁经过，却完全没有理会他。国务大臣知道，这位戴着高顶羽毛帽的亲王兼圣约翰骑士团团长对自己不屑一顾，而且还认为，马沙尔在宫廷中所任职务本应属于本地家族，而不是一个像他这样的外来户。卡尔并不避讳自己的想法，而且还到处散播传言，说马沙尔实际上只是一个暴发户、一个恶棍，说他并不是"真正的""正统的"本地贵族。另外，马沙尔充分了解了圣约翰骑士团军中缺少有专业财政能力的人的事实，他认为，自己的才干更胜一筹，如果让他来出任骑士团团长，那么情况不知要比现在好上多少倍。但是如今，卡尔的社会地位更高，因为他出身显贵，而他，马沙尔，只能靠自己摸爬滚打，并且期待有朝一日他的子孙后代能够因为他的成就，在普鲁士的贵族圈中与他人拥有平等的地位。

但仅仅因为如此，这位亲王兼边疆伯爵就必须如此轻蔑地对待他吗？马沙尔知道，虽然对方鼠目寸光，但是面对如此强权，马沙尔是无能为力的。无论卡尔到处去讲些什么，他都必须隐忍。这是出身决定的，从根本上来说，这样挺好，也必须如此，因为只有这样才能捍卫当前的秩序，那是他在这个世界上最大的信仰。因此——如果把个人恩怨暂时抛到一边——卡尔关于排干沼泽的论断对他来说并不陌生，也完全不难理解。虽然这位大地主兼骑士团领导人表面上说的是钱的问题，但是他的反对难道不是有基本的原因吗？马沙尔用手帕擦去额头上的汗珠。刚刚他又被一阵冷战侵袭，连牙齿都跟着颤抖。

人渐渐多了起来，挤满了大厅。马沙尔看到了弗里策、穿着短款军官装的内廷总管施麦陶、财务专家贝格罗（Beggerow）、高级军官雷佐夫（Retzow）、博登（Boden）部长和布鲁门塔尔（Blumenthal）部长、弗莱恩瓦尔德的市长和奥得伯格的市长。另外还有骑士封地的代表们，他们在沼泽拥有很多土地：老弗里岑的共同所有人冯·巴尔德莱本（von Bardeleben）和冯·巴尔夫斯（von Barfuß）上尉，冯·卡梅克（von Kamecke）伯爵，冯·耶拿（von Jena），克尔斯滕（Kersten），拥有库纳斯多夫（Kunersdorf）的门泽尔（Mentzel），冯·诺曼（von Normann），拥有雷茨村部分土地的冯·扎克兄弟（Gebrüder von Sack），还有冯·凡纳佐布雷（von Vernezobre）。但到底什么时候才能开始？他想早点回到自己的官邸休息。弥漫在骑士大厅里的骚动情绪在马沙尔的眼前渐渐模糊，幻化成一锅五彩斑斓的粥。

啊，农民，他这时想。如果改革措施不失败，沼泽里的农民很快就会获得自由，并且在土地改良的进程中迫不及待地合并他们零星的地块——从而变成越来越多的独立主体，最终像被分发的土地和田产一样，从数百年的传统中解脱出来。土地改革。这个恶劣的词让卡尔·冯·勃兰登堡害怕。它会带来动乱。现在巨石已经滚了起来，如果不加注意，不知什么时候就会出现一个农民的国家，那么在不幸的未来，今天这座王宫所在的地方就会立起另外一座宫殿，属于那些对上帝失去了信仰的农民。每一次改革都意味着可能会改变统治结构，而现在的统治结构是上帝的意愿。人们必须意识到这一点。国王所谓的，自己是国家的第一仆人的说法真是有些离经叛道。是啊，马沙尔想，我们贵族正在主动出局，想到这里他突然觉得极度痛苦。就在这时，普鲁士的国王腓特烈二世走向大厅的中央，人群安静了下来，很快便鸦雀无声。腓特烈用突出的宝蓝色眼睛扫视了一遍四周，开始讲话。

在对骑士封地、城市和骑士团的代表的讲话中，腓特烈表明他决意将沼泽排干，并赢得 13 万摩根的新土地。这个计划经过了精心的计算，新的土地上总共可以安置 1252 个大移民家庭。这会使当地的人口激增，并出现 33 个新的城镇。这是计算得出的数量，这也是参与者将获得的最低收益。因为安置移民的殖民地将归在座的各位所有，因此诸位首先需要考虑的是在修建房屋以及类似事务上的投资。如果自己的财力不足以支付必需的基础建设，那么腓特烈本人可以以 5% 的低利息将所需的资本借给他们。借款人可以分期还款，每次还 500 或者 1000 塔勒。他个人可以为这笔生意作保。毕竟一半以上的移民家庭中，也就是 641 户将被安置在国王自己的土地上。另外有 190 家将落户在边疆伯爵卡尔的领地上（腓特烈微笑着朝他的堂兄点了点头），还有 42 户将安置在弗里岑和奥得伯格——剩下的那些（他没有给出具体的数字，但至少还有 379 个家庭）才会分布到贵族的领地上。另外要特别指出的是，治理河流的费用将全部由国王自己承担，但是因此而得到的好处所有人都可以分享。然后，腓特烈又用简洁精确的措辞阐明了他的目标：普鲁士作为一个国家，它的人口太少，尤其是边境地区的人口密度过低，而且又被战争所拖累。现在他要改变这一状况。那些在本国因为宗教信仰而受到迫害，或者因为赋税过重而贫苦不堪的人们，会因为他的计划获得一次新的机会，看到新的可能。通过战争赢得土地是一回事，通过建立内部殖民地开垦已拥有的土地则是另一回事。但是如果没有两条腿的人去耕作，那么空有土地又有什么意义？！另外，在柏林安置胡格诺教徒（Hugenotten）的事已经提供了很好的经验，这也证明了，吸纳外来人口是完全可行的。

听众很安静地听完了国王的演讲，这让腓特烈觉得自己给他们留下了深刻的印象。国王疲惫却很满意地带着随从回到位于王宫侧翼的、布置精美的圆形书房里休息。"怎么样，他们能接受吗？"他问面如蜡色、夹着公文包跟上来的施麦陶。

"您表现出了意志力和勇气，陛下。这项人口政策将带来历史性的转折，只有子孙后代才能理解它的影响力。"

腓特烈停了下来，认真地看着他。

内廷总管的额头上挂着一层大大的汗珠。"什么意思，施麦陶？"这些汗珠让国王感到心烦。站在他对面的人的脸就不能干爽一点吗？

"目前这似乎还是一个难以得到赞同的决定，"施麦陶回答说，"我们得理解贵族们的不信任：他们有些人早已经债台高筑。例如门泽尔骑士，他以每摩根 60 塔勒的价格购买的土地，如今每摩根负债 43 塔勒。早先他跟我算过，每个难民将使他损失 600 塔勒。这样的成本他无法承担，因此求我把安置在他的领地上的难民数量减半。还有今天来的克尔斯滕骑士也不好对付。他也负债累累，还向我提供了粗略的估算，证明每一个在他的土地上定居的新家庭都会让他赔钱。弗里岑市也在抱怨。他们二十年前就自己出钱清理了他们属地的沼泽，挖沟排水使土地可以耕种，并把耕地分发给了当地居民——因此他们无法理解，安置难民额外需要的 644 摩根土地应该从何而来。另外，边疆伯爵也已经私下里明确地表示，他负担不起他需要出的近 6.5 万塔勒的费用。"

腓特烈耸了耸肩，拱起下唇。然后他用那双蓝色的眼睛默默地看了施麦陶一会儿。他一下子明白了，他对大厅里的气氛判断有误。"我要付的钱是那个数字的两倍还多，"他摇着头说，"而且我亲爱的堂兄还可以把他的封地扩大数千摩根。"

"一个优待外国人，而不是自己国民的国家。"施麦陶的措辞非常谨慎，但是吐字很清晰。他知道，腓特烈欣赏清楚的发音。"会让它的臣民嫉妒，让他们关闭自己的心房。哪一个父亲会偏爱别人的孩子，而置自己的亲生骨肉于不顾？而且外国人很少会变成爱国者和好公民。尽管他们在这个国家谋生，但是在危难时刻，他们就会弃它而去。新移民、难民、垦殖者、外来户——不管人们怎么称呼他们——他们在世代之后还是会在道德方面与本国人截然不同，而且不是好的那种不同。"

腓特烈思索了一会儿才回答。虽然施麦陶的论述在一定程度上让他很受启发，但是他断然拒绝接受。相反，他说："所有的宗教都是一样的，只要信仰这些宗教的人是诚实的，就都是好的。如果土耳其人和异教徒想要来开垦我们的土地，我们也会为他们建起清真寺和教堂。"

说完这些话，他坐到以昂贵的精细花纹雕刻和镀金黄铜五金件装饰的乌檀木写字台前，放下高脚杯，重新整理弗雷德斯多夫为他准备的一些文件。"记下来，"他转向站在盖着深蓝色天鹅绒的桌面旁的王室管家说，"给雷根斯堡（Regensburg）公使馆参赞写一封信。我们随信给他附上一份因宗教迫害将在雷根斯堡停留的人员名单。这些人恳请我将他们接到我的国家。我现在已经决意接受这些可怜人的请求，并将他们作为垦殖者安置在奥得河畔的新置土地上，因此我希望你们将此事隐秘地告知他们。"

"……隐秘地告知"，弗雷德斯多夫故意重复着，将羽毛笔浸入墨水中，但随后并没有将笔取回放到纸上，而是抬起头来咳嗽了一下。

"有问题吗？"国王不耐烦地问。"另外，王宫里有咳嗽声的时候，就好像上千只不值得饲养的废羊被赶了进来。快写，弗雷德斯多夫：今日我即颁布圣令，为安顿这些人，应组织必要的活动。此外，尔等一并悉知，我将为这些在两周内即可完成来程的人们提供补贴，成人每日……"腓特烈停了下来，思量着他愿意支付多少旅费。其间，他透过铅框大窗仁慈地望向下面的菩提树大街。普法尔茨人组成的长长的队伍仍旧以蜗牛的速度在那里移动。停下来歇脚的好几辆农用车围成了一个半圆，中间点着一堆篝火，一头串在木棍上的完整的猪被架在火上翻烤。"每一个成年人，"腓特烈又捡起了话头，"分得4格罗森，每个儿童2格罗森，国库将凭收到的收据支付这笔款项。——我就是你们慈爱的国王。"

"亲爱的堂弟，您还要付这么一大笔钱让他们来投奔我们吗？难道我们不是应该倾尽全力，甚至动用武力去阻止这样的事情发生吗？"卡尔·冯·勃兰登堡肩膀上松松垮垮地披着黑色的披风，他佩戴着圣约翰骑士团的银星标志，站在腓特烈的写字台旁鞠躬示意。然后他在旁边装饰华丽的红色扶手椅上坐了下来，恳切地看着他的堂弟。

腓特烈回以既惊讶又抗拒的眼神，他用略带伤感的语气回答道："当我好战时，人民拥护我，亲爱的卡尔。他们在大道上为我欢呼，爱戴我，给我荣誉。在西里西亚战争中，您还以令人称道的奉献和英勇的力量给予我支持。但是对于我的难民们，你们却给我当头一棒，嘲笑我。殊不知，这个计划里蕴含的才是真正伟大的政治，它表达的是我们的哲学情怀，它的成就将远远超出所有人的预期。"

"但是，面对您即将触发的这股浪潮，难道不是任何一个国家都难以承担的吗？"卡尔坚持自己的立场，因为他知道，如果他想在腓特烈这里达到某种目的，他就不能松口。"尤其是像我们这样的国家，有一套稳定的经济结构，并且热爱秩序。这样的变化难道不会给国家机器造成过大的压力吗？那些外地人不了解我们的习俗，他们中很多人没有受过教育，他们需要别人给他们提供服务，却不能马上提供回报……这些难道都不必担心吗？"

腓特烈将高脚杯里的酒一饮而尽，平静地回答："移民可能会冲蚀我们脚下的土地。但是他们也会让土地变松软。这就是我们必须承受的阻力。他们会让一切都富有活力。每一片耕地的开垦都不仅仅是与自然力量的较量，而首先是土著的传统习俗习惯和新来人口习俗习惯之间的斗争。同时，它也是属于昨天的老一套的办事方法和属于明天的更加严格的要求之间的较量。有时这个过程是艰难的，我们必须勇敢地去探寻新的、未知的道路。它关系到的不仅仅是经济的进步，还有文化的进步，而且永远和行政改革息息相关。我在这里追求的是由最高层领导的、一次全社会的共同行动。明白吗？"

"这个计划涉及的是超过30万的新来人口。"卡尔专注地看着他的堂弟回答说。他眉头紧锁，两条漂亮的乌黑色眉毛几乎拧在了一起。"就这一点而言，这是我们首都目前人口数量的三倍。要把这么多各不相同的人和习惯融合在一起，需要强大的规范和管理能力。但是这最后与消除差异的平均主义有什么不同？人们将失去内核。中期来看这会使国家不稳定，长期来看则会导致混乱。风俗的衰败已经导致了罗马帝国的灭亡。如果我们与来自各个国家的粗野的人们在一起定居，并与他们混合，那么颓废也会在我们中间蔓延。不知何时，我们自己的国家里就会讲起外语。那样我们高度发达的文化也就会被拉低水准。如果我们不加选择地开放我们的国家，那我们最终就会把它毁掉。到时我们再也不能保护它，捍卫它，而只能生活在一种虚伪的人道主义中，将外国人置于我们自己人之上。"

"堂兄您最在意的就是钱。"国王对这种近乎挑衅的批评感到十分气愤。他傲慢地，略带些嘲讽地看着堂兄。那杯香槟喝得太快，有点儿上头，国王的神经兴奋起来，他感到越是有人不理解，他就越是热衷于自己的愿景。一抹调皮的微笑掠过他的脸。"我甚至还要给我的新臣民分发免费的、新锻造的农具作为欢迎礼。我要让他们能尽快自己耕种，不能让谁饿死。每个人都会足够早地意识到：天下没有免费的午餐，在我的国家里更是不可能。"

"禀奏陛下，"马沙尔插话道，"因为我在自己的土地上完成了拦河筑坝，也已经积累了一些经验，因此，为了从另一个视角阐明这件事，请允许我做一下补充：奥得沼泽委员会的报告说明的，是如何将沼泽排干。但如何维系排干后的沼泽却完全是另外一个问题。我们不知道，如果计划中的运河体系在未来引发更大的洪水的话，我们将要为此付出多大的代价。如果来自西里西亚山脉

238

的水量超出我们的预期，又该怎么办？在当地生活的人必须面对此类问题。正因如此，人们可能会产生某些恐惧。"

"危言耸听，"腓特烈怒不可遏地回答，"为什么会有来自西里西亚的危险？现在那里是属于我们的，这不是随便说说，我们可以在当地采取任何措施。"

"为什么会有危险？"马沙尔抬了抬已经开始花白的眉毛，"比平时更多的降雨、森林大火、泥石流、山体滑坡。在人们还没有准备的时候，洪流就会到来。"

克尔斯滕向前迈了一步，鞠躬道："禀奏陛下：按照您的要求，对是否承担建设难民安居地所需的费用，每个人都要表态。但是一个明确的答复只有在运河挖通并且通航之后才能给出。只有当事实证明，可利用的土地确实会增加，才能确认盈利并且同意投资。到时候我们才能知道，可以给多少个垦殖者提供居住地。"骑士说完再次鞠躬，然后退了回去。

"我愿意让他们来，他们也一定会来。"腓特烈挥了挥手，就好像这样能把所有的顾虑都一笔勾销似的。

他本打算以胜利的喜悦示人，但是臣子们以异常公开的姿态表达的抗议让他觉得沮丧。他用疲惫的目光环顾整个房间，视线在卡尔·冯·勃兰登堡、马沙尔、门泽尔骑士和其他在场的贵族身上徘徊。腓特烈暗自摇了摇他的大脑袋。这时他突然明白，所有那些针对他高瞻远瞩计划的批评都来自何处。难道不是吗？在场的所有人都把自己的随从和在他们领地上耕作的农民当作农奴来对待。而他，国王，却要给这些人自由。因为只有靠自由人才能完成新土地的开拓，这是贵族们所痛恶的。他们像魔鬼害怕圣水一样恐惧，因为自由了的农民会从根本上质疑他们的权力。而且，这里没有任何一个人希望农民也能过上富裕的生活。但是那些将获得 60 摩根土地的人在短短的几年之后就会变得富有，这是一道简单的算术题。现在各地仍然存在压迫性的农奴制，但是很快，苦役和田役，以及被人所痛恨的粮食和驿站运输（Postfuhren）都将不复存在。这就是他真正需要的：一个对祖国表现出热情的自由的农民阶级。但同时，贵族的阶级特权却需要一片沼泽，以便它在其中繁衍壮大。而他现在要排干的恰恰就是这片沼泽。

他的思绪就此停住了，此刻，腓特烈眼前的一切都变得模糊，他仿佛在一层面纱的后面窥见了最让他激动的事情。是啊，最终就连国王自己也将因为这个计划消亡，就算他自己不会面对这种命运，他的继位者应对越来越自由的臣民也会手足无措。他狡黠地冷笑起来，那么这不就是说，不知什么时候可能就不再有国王了吗？那他本人也许就是最后一个拥有如此大权力的摄政者——并且名垂青史，因为再没有人能够超越他……难道他，腓特烈，要因为这个原因废除给他带来无上地位的这一体系？取消将为一个新的时代奠定大局的移民政策吗？如果说有什么能够提高他的个人声望，让他变得无可匹敌，那么就是这一步了，他将因此而成为数百年历史中独一无二的明珠。

"很好，先生们。"他的语气中带着自信，不再允许任何人反驳，他感受到，一种庄重之感正在穿透他全身的每一个毛孔。"我已经听取了你们的意见，并将对其进行适当的评估。"

那天晚上，外面下着雨，一阵风在厚厚的城墙边哭号。腓特烈走进王宫的地下室，他父亲在那里建造的保险柜里放着这个国家的宝藏。他用一把又大又重的钥匙打开了那个巨大的柜子。里面有好几个袋子，装着 800 万塔勒的银币。如果算得没错，只要 100 万就可以最终完成奥得沼泽的改造。

虽然他在这个靠火把照明的房间里冻得瑟瑟发抖，但他还是在地下室里待了好一会儿。他又一次想起了和贵族们的会面，以及在他书房里发生的那一幕。是的，他已经走上了一条康庄大道。他已经将治理国家从情感的束缚中解脱了出来，将其变成了一门科学。该节省的地方必须节省。腓特烈想起了他和欧拉聊过关于有必要安装铅管，以保证无忧宫的大喷泉正常运行的事。

我没有一个子儿可以浪费，他想着，不自觉地拱起下唇。作为一名执政者必须分清轻重缓急，虽然这确实很难。他略带不安地朝沉闷的空气里叹了一口气。木头水管未来还会沿用。奥得沼泽的这场战役还远未获胜，需要为之投入所有的资源。

这不仅包括他现在将向那里派遣的部队，而且也包括他自己会像一名统帅该做的那样，到最前线冲锋。我要去沼泽，腓特烈下定决心。然后他把双手插进一个大麻袋，满意地看着沉甸甸的银币从他的指缝滑过。

Feldmark

Gemeinschaftliche Hütung.

Der neue Oder-Canal.

Der alte Oder Strom

Wiesen

Canal nach

Weg nach

haftliche

ung.

Hopfen Garten

Dorf Alt Güstebiese.

第五章

洪水

日耳曼尼亚被莽莽森林和肮脏的沼泽所覆盖。

——塔西陀（Tacitus）

欧拉的马车穿过霍普芬沼泽（Hopfenbruch），那是夏洛滕堡和植物园之间的一片泥沼，鲁米的母亲就丧命于此。从这里开始就是通往北方的路，又过了一个小时，他们到了哈韦尔河的岸边，穿过了斯潘道尔门（Spandauer Tor），经过了阳光明媚的斯潘道尔河滩。这里的樱桃树上果实累累，马车夫在经过时不必停车就可以摘到树上的果子，临近正午时分的灿烂阳光在红金色的车厢里营造出一种令人愉悦的氛围。

这片区域曾经也是一片沼泽地。但是如今这里的土地坚硬而温暖，上面的植被丰富而高贵。再也没有牲畜会溺水而死，即便在冬天也可以用干草喂养它们。牛儿们吃上了优质的草料，而不再是干枯苦涩的、像芦苇一样的菖草。因此，牲畜的数量翻了一番还多，每头奶牛的产奶量是原来的六倍。以前这里的死水会咕噜咕噜地冒出气泡，随后在水面破裂。时不时爆发的高烧让本地居民本就穷苦的生活雪上加霜。异教徒的习俗因此受到了推崇，迷信统治了人们的思想，传染病限制了穷苦人们的寿命。那时候，人们的知识匮乏，在湿冷的秋天和严寒的冬天里挨冻，吃得不好，早早就丧了命。这里曾经是蚊子和青蛙的天下，这里曾经是一片泥沼，但是如今这里却开满鲜花。现在这里流淌着一条美丽的河，河的两岸遍布村庄。鹌鹑鸣叫着掠过麦子地，到处都是菜田和花园。人们会因此而欢喜数百年。同样的改变也会发生在奥得沼泽。

是啊，中欧的景观正在发生变化。这不是自然的力量使然，而是专制主义者的干预造成的。各地的人们都开始流动：他们离开自己的家乡，四处流浪。迁徙的工人跟着工作走，流动的学徒为了完成行会规定的漫游期离开家门，巡回布道者们跟随着现身于每一个角落的上帝。商贩们把商品从城市带到乡下，流动小贩推着车，或是把商品挂在胸前沿路售卖，磨刀匠们用小车推着磨刀石游走，演员和流动艺人一边赶路，一边演戏、变戏法，音乐家们在每一个集市广场上表演；乞丐四处游走，小偷到处闲逛，妓女们居无定所，朝圣者参拜各处的神坛。巨大的改变正在发生，更剧烈的变革尚未到来，在这个人们狂热地憧憬着未来的世纪里，在这个即将迈进一个由理智统治的美好新世界的时代中。

然而，也有裂痕出现。有些人已经把这个时代视为那些破碎的理想之一，认为一直以来决定着和保护着人类生命的那种完整性已经被破坏。而且，有一个身负两条人命的凶手还一直没有找到。这时莱昂哈德·欧拉正坐在返回奥得沼泽的马车里，当他闭上眼睛，虽然眼前会出现大量像太阳一样边缘闪闪发光的数字，螺旋形的能量场旋转着探入空间的深处，或是从那里旋转而出，到处都是迸发出和蔓延着的数字，但是这幅图景会不断地裂成碎片。有的时候，他觉得自己已经足够接近正在探寻的真相。但接下来，在他脑海中的世界碎裂成的那无数个残片里，就只剩下一张打磨光滑的面具，它遮盖了后面的东西，那是他永远也无法看清的真相。再然后，就到了最痛苦的时刻，这时他感觉仿佛凶手就藏在这张光滑的木制面具背后，正透过面具看着他，嘲笑他。

他们行驶在通往沼泽的最后一段路上，这次途经普勒策尔（Prötzel）。从这里通向弗里岑的路是前几周刚刚修好的。它的左右两侧是砖石结构，路面用碎石加固，上面铺一层砂砾，最上面是一英寸半的沙子，以减少颠簸。国王的官员正拿着标杆和测量链站在路边忙着绘图。不知从哪儿传来一阵轰隆声，是一种有节奏的机器的轰鸣。

欧拉心不在焉地看向窗外，当车轮轧过树根的时候，他就紧握车窗把手。他拧开西吉斯蒙德让他带上的那个小罐子：里面装的是碾碎的浅绿色叶子，以及药剂师留的此物为柠檬香草的字条。

据说可以将其作为茶饮烹制，具有安神、解郁、活跃思维的功效。如果涂抹在皮肤上，则可以抵御蚊虫。另外，西吉斯蒙德还描述了用它制作简易香薰灯的方法，它所散发的气味会遮盖人类蒸腾出的体味，从而误导所有的蚊子。西吉斯蒙德还在里面添加了产自秘鲁的金鸡纳（Fieberrindenbaum）树皮。据说那是已知的针对沼泽热和其他类似高热病症的唯一药物。

欧拉凑近闻了闻。那种泥土的味道让他觉得很熟悉，他以前在哪儿闻过。但是在哪儿呢？他看着车厢棚顶，努力地回忆着。想起来了，是在蓝夫特庄园。他拿出记事本，做了笔记。

现在他想起了欧达。在过去的几天里，那条蜿蜒曲折的河时常出现在他的眼前，它消失在潮湿的草地和柳树丛中，它的河滩覆盖着细沙，它的道路交织盘绕。他不是答应她会回来吗？现在他做到了，尽管他知道，这种情况下不会有什么良好的解决方案——哪怕是杯水车薪也好。

难民

外来的人们把洗完的衣服搭在弗里岑那座用粗石建造的古老教堂（Feldsteinkirche）的外墙上晾晒。市长弗里策命人在集市旁边的一处住房里搭建了临时收容所，用于接纳那些已经到达本地，但是分给他们的土地却还没有排干的难民。今天早上到的是奥地利人和哈尔茨人（Harzer），那是一群俊俏的年轻人，只是穿得太过单薄，而且身无分文，因此赫尔勒姆先给他们垫付了买面包所需的钱。

很显然，沼泽排水的速度比在国外的普鲁士特使和招募代理人工作的速度慢得多。在特别设立的招募站，他们通过在报纸上发布广告，以及分发罗列着给新移民的诸多好处的诏书和委任状，已经吸引了大批的人。现在甚至不得不发布了一项暂停旅行令，让那些有意离开的人们暂时留在自己的国家，直到沼泽里的新村庄真正建好为止。但是总是会出现垦殖者不能及时收到消息的情况。这些来自神圣罗马帝国各地的人们无所事事地坐在弗里岑的石板路边和尘土飞扬的甬道上。只要有可能，赫尔勒姆就会招募他们去运河那边工作，他派库尔茨走街串巷，去雇用那些想额外赚些钱的男人们来筑坝、挖渠或建桥。但是很多人拒绝接受这些繁重的工作，坚持要求干承诺好的农活。另有一些人被忧伤的情绪所扰，在下等酒吧里喝了啤酒后不结账就离开。还有一些人组成了盗窃团伙。发生了很多变化，空气中充满了不确定性。

乡镇为额外的费用所苦，但是得益于手工业的繁荣，他们也获得了新的收入。只要走在城市中心的街巷里，就会听见木工坊和铁匠铺的铁锤击打声从四面八方传来，他们生产着大量的铁锹和手推车，用于从新的奥得河河床运走泥土。只不过弗里策只要抓到个机会就会大吹大擂的、所谓的有利可图的农业将带来的源源不断的收入还没有出现。作为弗里岑支柱产业的鱼市则不得不承受损失：沼泽的很多驳船都被挖运河和筑坝工程征用，并因此而无法再用作捕鱼。强大的梭子鱼捕手行会第一次从扩张的路线上脱轨。一周之内，行会成员的人数就从42缩水到了39。一些人公开表示，劳勒在梭子鱼盛宴上说的话有道理，他们本应该支持他，而不应该错信了市长弗里策，这家伙现在算是找到了新的生财之道。那三个放弃了捕鱼的人现在已经加入了蒸蒸日上的消防队。

火是除了水以外另一个需要驯化的元素。如今一系列的规定已经生效，并且由库尔茨负责严格把控，这是他的一项新的工作内容。火是极度混乱的，不理性的，不可预测的，并且非常容易失控，因此无论如何都必须将其控制住。用砖瓦代替屋顶的茅草和木瓦，定期检查烟囱，并安装和维护消防泵。就连拉货的马夫都能感受到这些规定的严格。因为他们的长烟袋那上了釉的烟袋锅里很容易飞出火星，并飘散到街巷里，所以如果他们在刮风的时候不熄灭烟斗，就会受到严厉的惩罚。一些无知的农民从事的与火相关的活计也遭到了重罚，依照这样的思路，弗里岑、蓝夫特和弗莱恩瓦尔德之间的森林也被囊括了进来并加以改造，也就是说树木的种植更加规整，其目的就是避免发生火灾，并且在火灾爆发时更容易遏制其发展。

是啊，虽然垦殖者的大潮造成了混乱，或者恰恰是因为这种混乱，城市里反而井然有序。弗里策完全专注于这些烦琐复杂的工作，这给了他一种受重用的感觉。根据计划，将在懒海上建起一座用石块铺就的大坝。按照计算的结果，这座大坝将耗资 2.3 万塔勒，并被命名为军工大路（Heerstraße）。在土地改良完成之后，人们可以沿着这条两边被里程碑围绕的路，脚不沾水地穿越整个沼泽，从莱特钦（Lettschin）到雷文村，再穿过老弗里岑、雷茨村和居斯特比泽，到达格利埾和霍恩乌埾（Hohenwuhtzen）。是啊，到时候就可以从柏林通过这条大坝到达居斯特林。而懒海，这片水位高涨的"弗里岑之海"到时候就会变成一片草原。但是现在还没有到那个程度。而且，如果事情按照某些人的意愿发展的话，就永远也到不了那个程度。

画

"金狮子"的大门上装饰着一串彩色的绶带，绶带上画着有金色点缀的黑色雄鹰，它左边的利爪拿着权杖，右边是带十字架的金球。正午过后，旅馆的餐厅里空空荡荡的，露露站在收银台后，正在填着表格。她穿着一件鱼骨加固的钟式裙，在她塔夫绸上衣的胸前位置有缝上去的镂空绣花作为装饰。莱昂哈德·欧拉走进来的时候，她抬起头。"原来是永远能看清真相的人来了。"她放下羽毛笔，热情地朝他走去，握了握他的手。

"不必如此客气。"欧拉鞠躬，朝门口的方向点点头。

"绶带旗？那是为国王准备的。"

他惊讶地看着她。"看呐，我也有看错的时候。对于有些事情，您才是消息更灵通的人。腓特烈大概什么时候到？"

"还不知道他到底会不会在这儿停留。老板事先就把房子装饰好了，有备无患嘛。"

"明白了。我的鲁米在哪儿？"

"他走了，是赫尔勒姆的命令。他划船进了沼泽，赫尔勒姆让他弄几只夜莺。"

"这听起来倒挺像他的风格，符合他的诗情画意。"欧拉犹豫了片刻。突然他觉得胃里有种不适感。"他也会去雷文村吗？"

"这我不知道。"露露回到收银台后，从放住客登记簿的抽屉里拿出了一张表格。"劳烦您把这个填一下。从几天前开始，我就得给每一个到店的住客发一张，所以您别误会，这不是针对您个人的。市政厅那边变得好奇起来。他们要管理的不仅仅是水。但是不管怎样，7 号房还是留给您。"

"对于收集信息我没有任何异议。只要它有利于查清真相……"欧拉接过那张纸，坐了下来，开始读第一个问题。"那么，您从哪儿来？嗯，这确实很难说。就像要说清楚我要去哪儿一样难。"他的目光穿越窗口望向天空，掠过集市广场，然后回到餐厅。他还是第一次这么仔细地观察餐厅的墙壁，那上面挂的大多是弗里岑的市景装饰图。其中有一张与众不同的镶框画引起了他的注意。上面画的是一处长着棕榈树的海湾，还有一个建在山坡上的堡垒。水里停泊着一条废弃的三帆快速战舰，云端有用花体字母写的"腓特烈堡"（FREDERICKSBURG）一词。

他盯着这幅画看了一阵，然后转向正看着他的露露。

"请您什么也不要问。"她说。她的眼里满含泪水。

格洛丽亚

天还没黑，街巷里人头攒动，温热的空气里充斥着铁锤的击打声和工匠们高亢的叫喊声。他沿着吱嘎作响的楼梯上去，经过短短的走廊，敲了门之后，小心翼翼地把有些卡顿的门推开。格洛丽亚穿着白色的紧身胸衣躺在床上，和她第一次来时一样，她正在读那本《圣经》。她的脖子上戴着一条用马鬃编成的黑色项链，内侧缝有黄色的布料，项链浸过油，像镜子一样闪亮。见有客人进来，她把书放到一边，站了起来，走向洗漱台上方挂的那面镜子，整理着她塔状的发髻。"我猜，您还是只想聊天吧？"她转过身来，指了指专为客人准备的椅子。

"谢谢。"欧拉坐了下来。"没错。我想聊聊。而且我想了解一下关于您的事。关于腓特烈大帝堡。真的那一个。您能告诉我吗？"

格洛丽亚用炭笔仔细地描着眼睛，没有立刻回答。"您知道这个国家参与了美洲的奴隶贸易吗？"她慢慢地摇了摇头。"我敢打赌，您并不知道。是啊，人们不喜欢谈论这件事。这不是勃兰登堡王室历史中值得夸耀的章节。"

"对，我从来没听说过这件事。您能给我讲一讲吗？还有，您在家乡都经历了什么？"

"三十年前，当人们放弃勃兰登堡要塞（Brandenburger Fort）时，我才四岁。露露记得的东西要多得多，您问过她了吗？"

"我本想问她的，但是可能让她跟我聊这件事对她来说太痛苦了。求您了，格洛丽亚，把您知道的告诉我吧。还有，您是怎么到这儿来的。这些都可能会帮助我们查清马伊斯特的死因。"

格洛丽亚惊讶地看着他。"我不明白。"

"我已经很接近答案了。请您相信我。"

她思索了片刻。"好的，教授。我把发生的事情都告诉您。但是，可别把您吓着了。"

"无论如何我们都得面对真相。不如咱们就从露露开始说吧。"

"好，从露露开始，"格洛丽亚说，"她的父母被绑架了。他们把她带上船，脖子上拴着皮带，头上戴着头套。不，他们没有做错任何事情。他们被卖掉，只不过因为他们是黑人。"

欧拉低着头沉默了半晌，然后再一次把目光移到格洛丽亚的脸上。"在这个过程中，劳勒扮演了一个什么样的角色？是他把露露的父母卖了吗？"

格洛丽亚摇了摇头。"他是那艘船的船长。但是他本人没有参与贸易。从事买卖的是其他人。但是他在船上是怎么做的，我并不知道。可能有很多人都被扔进了海里。喂鲨鱼。"

"总共有多少人？"

"您说被勃兰登堡卖掉的？有几万人。曾经有一支专门的勃兰登堡舰队："金狮子"号、"腓特烈·威廉"（Friedrich Wilhelm）号、"猎豹"（Leopard）号。这都得问您的国王啊。"她解开马鬃项链的搭扣，把它摘了下来。那条项链现在变成了一条鞭子。"他爸爸肯定把确切的数字告诉了他。"

欧拉走到窗前，撑着身子，若有所思地看着下面的懒海。他闭上左眼，脑海中出现了装饰着普鲁士雄鹰的贩运奴隶的桨帆船，在广阔的海面上向着美洲驶去的情景。"为什么露露没有和她的父母一起乘坐那条船？"

"劳勒花钱把她救了。他爱她，那时就爱她。所以他把我也赎了出来：因为我就像露露的妹妹一样。所以我们才没有落到荷兰人的手里。荷兰人从勃兰登堡人那儿买走了那座碉堡，里里外外全都买下了。但是我们可以和劳勒一起来欧洲。坐着'大游艇'（Große Jacht）号横渡大洋是一次毕生难忘的经历。那是我们那艘船的名字。在埃姆登（Emden）的港口，我获得了新生。"格洛丽亚说完，用那条鞭子漫不经心地赶走一只苍蝇。

欧拉转身面向她。"然后怎么样了？"

"露露真的像姐姐一样照顾我。我们在那个村子里做了邻居。我们一到弗里岑，劳勒和露露就结婚了。有时候我真的羡慕他们。但是他们过得也很难。他们从不敢公开他们的关系，要躲着这儿的那些坏人。只有做我这样的工作，那些弗里岑人，"她说这个词的语气比通常的发音重了很多，"才会满意。因为这样才符合他们的观念。"

"我能不能问一下，您的父母也和露露的父母遭遇相同吗？"

格洛丽亚不安地把弄着那条鞭子。"不，他们死于高烧。"

欧拉的左眼抽搐了一下。"什么样的高烧？"

"很多人都是这么死的。很多孩子。我差点儿也这样死了。"格洛丽亚深吸了一口气，平静了思绪。"那里高烧肆虐。所有人都可能会染上。就连勃兰登堡人也不例外。因此他们像受了惊的老鼠一样仓皇逃走了。"

"这种发烧，您知道它是怎么传播的吗？"

"它是魔鬼带来的。不然您觉得呢，它是从哪儿来的？"

"但是魔鬼是怎么样让它散布开来的呢？"欧拉热切地看着她。

格洛丽亚没有回答，她拿起鞭子在空中挥了挥，又赶走了一只盘旋在她周围的蚊子。

"蚊子，"欧拉点了点头，喃喃道，"我就知道。上次您说，马伊斯特在死前不久来找您的时候曾经出汗不止。露露告诉您，黄金海岸也曾出现过这样的病：这是一种无药可施的大量流汗。马伊斯特会不会得的就是黄金海岸的那种沼泽热？"

"勃兰登堡人在那边作孽，已经是三十多年前的事情了。马伊斯特从没去过非洲，他怎么可能在那么长时间之后也死于同一种病呢？"

"这我还不知道，格洛丽亚小姐。但是请您相信我，我会查明真相的。"

兴风作浪

几分钟后，当莱昂哈德·欧拉回到"金狮子"的前厅时，赫尔勒姆正急匆匆地从楼梯上下来。他不停咒骂着，手里拿着假发，迈着大步来到衣帽间的镜子前，把假发盖在自己那几根稀疏的头发上。

"教授，说出来您可能都不会信。梭鱼海（Hechtsee）和普拉维茨沟（Prawitzgraben）的夏防堤坝出现了裂缝。那可是新建的。有人在夜里把渔船拖上大坝，又拖了下去，有可能把猪也赶了过去，让那些畜生乱踩，乱拱，搞破坏。这还没完。在海特温特（Reitwendt）——我不说您也知道，那是整个沼泽的要塞枢纽——主水坝很可能就要不保。那可是坚固的土方工程，现在有 20 杆（Rute）的长度都出了问题。而且河水还一直在涨。每过一个小时，危险都在增加，裂缝与裂缝相接，最后整个堤坝会像纸牌屋一样倒塌。就刚才，我收到了水坝超过 30 处开裂的报告。您知道我现在要去哪儿吗？一次去所有的 30 个地方。"说完，赫尔勒姆小心翼翼地让假发上的淡紫色发卷遮住他自己的头发，就又变成了那个多年来为王室堤防工作鞠躬尽瘁的光辉形象。

"请让人把给我的信转寄到艾希霍斯特磨坊（Eichhorster Mühle），"他对站在收银台后面的露露说，"我会在那儿过夜。但是一大早就要启程，去哪儿，天知道。"然后他对欧拉说："在过去的三天里，我们弯地那边就死了三个人。都是有福的曲莫勒的得力助手。都是好人。我们对可怜的马伊斯特的死那么大惊小怪。现在又死了三个，就那么悄无声息。沟渠现在要变成坟墓了，教授。而且除了这些已经死了的，我还有好几十个工人正躺在周边的村子里，全都病了。"

"这些人有什么症状呢？"

"前一天还是可以信赖的强壮小伙子。第二天就意志消沉，没有力气。他们用空洞的眼睛看着这世界。一次又一次地发烧，打摆子，大量流汗。我也经历过！就好像整个人在从里往外地坏死。但是我体格健壮，而且吃得好。外面的那些人太虚弱，经不起折腾……得病的人更多了，越来越多。这是一个诅咒，一场瘟疫。"

"您也得过？"欧拉警惕地看着他。

"是啊，这病正在蔓延。看来没人能幸免，我得走了。这些病死的人、这些破坏活动，还有持续不退的洪水：您可不知道，我都愁成什么样了。但是我希望，上帝不会因为这些对我有任何指责。"赫尔勒姆接着转身朝向门外说，"咱们等过几天国王陛下大驾光临的时候再见。还有，我发现您从今天开始就要住进我的 7 号房。我在里面住了几晚，牲畜圈里来回折腾的牲畜，还有那些大概是从那里飞进来的该死的蚊子搞得我整夜睡不着，从那以后我就尽量不住那间房了。希望您在里面能比我休息得好。我是被折腾得够呛。再见。"赫尔勒姆又朝他点了点头就走了。

欧拉没有表现出他激动的心情，他来到了收银台前。"露露，我能看一下住客登记簿吗？"

"当然可以。"她说着把登记簿从抽屉里拿了出来。

他从前往后一页一页地仔细翻看着住客登记簿，就算发现了他要找的内容也没有停留太久，而是默默地在心里研究。"谢谢。"他把登记簿递了回来。"还有一件小事：您能不能给我送一块肥皂到房间？之前没有。"

"我会告诉劳勒的，"露露回答，"他肯定很愿意效劳。"

"为什么要告诉劳勒？"欧拉惊讶地问。

"这是旅馆里最好的房间。他喜欢亲自关照。"

"这是他最好的房间？真让人难以置信。而且，我只是想要一块肥皂。您给我拿来就行。"

"抱歉，教授。但是7号房是头等大事。劳勒本人要负责每一个细节。可能是他的怪癖吧。"

"怪癖……"欧拉摇了摇头。鞠躬后上楼了。

他在房间门口停了下来，从裤兜里掏出西吉斯蒙德给他的那个小罐，捏出一小撮还很新鲜的柠檬香草碎末，把它细致地擦在自己的脸上、脖子上和手上。随后走了进去。

他平静地环顾四周。房间是经过精心布置的。集市广场上的嘈杂声从外面飘了进来。月光如丝绸一般从敞开的窗户泻入。他取下挂在餐具柜上方的面具，从各个角度观察那块打磨得光滑无比的黑色木头，但是没有发现任何不对。他把面具举在面前，拿着它在房间里来回走动，重新观察屋里的一切，每一个角落，他看见装了纱窗的窗户，以及还是没有放肥皂的洗漱台。然后又看见挂在门上的那一束核桃枝。门框上有醋的味道。他想起了马尔绍家女佣告诉他的话：醋味可以防止蚊虫进入室内。或者是出去，他想。他放下面具，把它挂回原处。

卡尔和法伊特

几天以来，法伊特游遍了沼泽，他去了巴尼姆（Barnim）、特雷宾和乌斯特洛，到处都能听到他的游说。他和每一个村子里的长老讨论他的计划，并且获得了赞同，毫无疑问：沼泽人将联合起来。过去几天中成功的破坏行动给了他们动力。他今晚住在采克里克，住在他妻子马格德莱娜的娘家，就在弯地的东面。生病的工人被安置在整个村庄。"我们还得让这些人住进我们自己的房子，然后也染上他们的病，"他的岳父维尔舍科抱怨道，"唉，这房子难道还不够挤吗？晚上连在炉灶前晾干衣服裤子的地方都没有。外面的过道里也挂满了渔网。"

然后他又说到瘟疫是如何在大沟周边蔓延的。人们对其起因的猜测千奇百怪。有人说这要怪来自弗莱恩瓦尔德的犹太人。但是大多数人认为，是那些死去的、古老的文德人的怨气使然，他们感觉到被打扰，正在报复。听说，国王派来筑坝的士兵里已经有几十个人逃跑了。他们的雷措（Retzow）中校已经又把三分之一的人派回驻地，那些干不了活的人，就那么无所事事地躺在那儿。

下一站，法伊特停靠在居斯特比泽，他在"潮手威利"喝了啤酒，吃了些山鹬内脏，跟他聊天的几个人给他讲了村里的情况。这天早上，本地人和外来车夫之间发生了斗殴事件。那些车夫是给弯地运货的，他们恬不知耻地把当地的水果和田间作物当作自家的美食。当时的情况非常紧张。另外，到了下午还要再装满一车的柴捆。这些额外的工作都要居斯特比泽人来做，却没有一分钱的报酬。这活儿费力不说，还占用了人们宝贵的时间。坐在吧台边的法伊特听到人们议论，很多人都在担心，国王的计划会让他们变得一贫如洗，因为计划中的运河会切断当地农民们位于下沼泽的湿草地和牧场。据说，就连作为这个村庄灵魂的"潮手威利"都必须挪地方，因为那座房子刚好位于新河床经过的地方。

当法伊特想结账的时候，老板（他也负责卡尔在他那儿的信箱）摇了摇头，给了他一个眼神，他明白了这顿算老板请客。"狼"表示过感谢，跟身边的人们说了些鼓劲的话就走了出来。阳光经过宽阔水面的反射变得更加刺眼，他不得不护住眼睛。他定了定神，抹平了皮裤上的褶皱，紧了紧小腿处用来固定裤腿的白色带子，然后满怀期待地朝山坡上的教堂走去。

卡尔·冯·勃兰登堡穿着黑色的斗篷，戴着圣约翰骑士团的银色十字勋章站在圣坛前，他的心情糟糕极了，因为他不得不和居斯特比泽教堂告别。这座 13 世纪就已经落成的教堂是他在勃兰登堡辖区最喜欢的地方之一。但是因为费用问题，它已经无法继续维持下去。现在这里没有了牧师，就在今天它已经被降级为利采格里克教堂（Lietzegöricker Kirche）的分支。现在所有人都知道他的处境了。

今天早上他还收到了堂弟的一封信。"先静观成效，再商议损失。"腓特烈是这么说的，他驳回了卡尔关于排干沼泽并无益处的所有论述。现在他该做何反应？友好解决此事看来是行不通了。腓特烈的心意已决，凭他对这位固执的堂弟的了解，他知道这意味着什么。理性的争论在此时收效甚微。就是出于这个原因，他才决定与沼泽人的领袖再见一面，这违反了他们此前关于沟通方式的约定。就在此时，法伊特进入了教堂的中殿。

卡尔漠然地接受了司空见惯的臣服礼和客套话，用他的浅绿色眼睛打量着他的客人。真的可以想象眼前的这个人能阻止腓特烈吗？卡尔不确定，他痛恨这种不确定的感觉，因为它很容易造成决策失误。他充分意识到的一个事实是：进一步采取抵抗行动会让整个项目变得越来越昂贵，可能最后他能分到的补偿款会变得更少。但反过来说，如果没有破坏活动，似乎就没有机会阻挡这件事推进。他现在不能犯错……这场较量已经进入了一个关键的阶段，每走一步都需要经过深思熟虑。

法伊特原本准备把他的计划毫无保留地告诉卡尔，他要告诉后者梭鱼海、普拉维茨沟和海特温特的堤坝破坏还只是个开始，是一次彩排。

但是现在就这样和卡尔面对面地站在神坛前，法伊特却犹豫了，因为他感受到了卡尔内心的不确定，他感受到后者对国王的畏惧和对破产的恐惧。边疆伯爵如此变幻无常让他感到害怕，因为别人可以变得软弱，但是他们沼泽人自己不能，他们受到的威胁是毁灭性的。法伊特一下子感受到自己和这位亲王之间的那条不可逾越的鸿沟。卡尔和他想要实现的目标是相同的，但是他们的动机和他们的期待却完全不同。"狼"当下决定孤注一掷。"外面风声紧得很，"他说，"咱们得共同努力，让导火线引爆正确的目标。"

还没等卡尔说话，圣坛后面的长方形窗户突然从中间裂开了，就像在证实法伊特的顾虑一样。一块铺路石随之落在了地上，声音很大。边疆伯爵吃惊地看着玻璃上锯齿形的洞，又看了看那块石头和被砸裂的地板。至少我不必再为此付钱了，他想。"我听说了你们在海特温特和其他地方的活动。你们的下一个目标是哪里？"他问。

"弯地。我们要让国王的努力化为沼泽中的泡影。"

"弯地？"卡尔摇了摇头。"因为工人大量流失，那边的进度反正也是停滞不前。我倒有另外一个建议。"

"您的建议是？"法伊特饶有兴趣地看着边疆伯爵。

"你们另选一个地方。要在最让我堂弟的人感到痛苦的地方打击他们。要选一处与从弗莱恩瓦尔德、奥得伯格，直到施韦特的整个地区相关联的要塞。"

"殿下的高见是？"法伊特有些不确定地问。

"蓝夫特，"卡尔说，"你们要把精力集中在蓝夫特的堤坝上。"

在"红百合"

欧拉走进酒馆，一边看着哪里有座位，一边在马甲里搜寻着烟草。这时他看见了劳勒，于是毫不犹豫地坐到了他身边的凳子上。酒店老板看起来已经微醺，暴躁地用侧眼看了看他的新邻座。有一阵子，两个人什么话也没说。矮胖的酒馆老板施密特接了一杯大麦啤酒，放到了新来的客人面前。

"一个不寻常的夏天。"欧拉拿起他的大酒杯向劳勒敬酒，后者没有回应。

"热，"欧拉再尝试，"都跟非洲差不多了。哎，咱们一块儿喝一杯吧？就祝咱们俩，不要再像我在您那间非凡的旅馆里住的头一个早上那样争吵？"

劳勒转过头对欧拉说："那好。咱们喝一杯。生活中的欢乐和彼此相处永远是我喜欢的部分。这也是大家都知道的。那么，干杯。不过，您就说吧：您到底想从我这儿得到什么？"

"无外乎真相。"

"真相是说谎者编造出来的。"劳勒说道。欧拉注意到，他眼睛的颜色很浅，是那种可以透光的灰色。"您说得也许没错，"他表示赞同，"但是我们还是可以确定那些大概率的事情，并且以此为依据在日常生活中蹒跚前行。不然还有什么别的办法呢？那么，您愿意帮我解答几个一直困扰着我的问题吗？我要事先声明：您希望保持沼泽原样的观点与我的立场并没有大的出入。但是我在这件事情上没有什么发言权。这也就是为什么，我越来越专注于一项如今已经发展成我的嗜好的任务。"

"什么任务？"劳勒问道，因为欧拉没有继续往下说。

"如果您觉得可以，就让咱们花点时间，去接近几个大概率成立的事实。您可以帮我吗？"

劳勒耸了耸肩，什么也没说。

"我的房间，7 号房里的那个面具，让我印象很深。"欧拉拿出他的橄榄木烟斗，开始细心地往烟袋锅里放烟草。"它来自黑色大陆，我说得没错吧？"

"您是位艺术鉴赏家，教授。"

"不，我只是在说一个像一加一等于二一样的简单事实。这不难，小孩儿都会。好吧，我就把底牌亮给您：我知道，您曾经代表勃兰登堡——普鲁士去过非洲。我觉得这一点很令人好奇，因为人们很少谈起这件事。"

劳勒抿着嘴唇。过了一会儿，他点了几下头。"现在所有人都以这件事为耻。我父亲总是说，大选帝侯（der Große Kurfürst）向我们承诺的是天堂。是金山银山。"

"您的父亲也去过非洲？"

劳勒低垂着目光，重重地点了点头。"我的父亲，为此离开了他的家乡。他冒着生命危险，赌上了全家人的性命。他还曾经在本杰明·劳勒（Benjamin Raule）本人手下工作，就是为大选帝侯组建起舰队的那个人。后来，我用他的名字给自己改了名。我是在黄金海岸出生的，我弟弟也是。但他很小的时候就发烧死了，还在襁褓里的时候。我活了下来。不知道为什么。20 岁的时候我就当上了船长。"劳勒一口气把他的大杯啤酒一饮而尽，抹去唇边的啤酒泡。"然后腓特烈·威廉当上了国王。他以 7200 杜卡特外加 12 个年轻摩尔人的低价把腓特烈大帝堡卖给了荷兰人。我们就偷偷逃走了。"

"为什么会这样呢？"

"要从事奴隶贸易需要的是遍布全世界的网络。我们没有。我们没能和那些大狗们，也就是当时的英国人和荷兰人混到一起。我们只是四下里吠了几声。我父亲受了愚弄，在黄金海岸和我母亲一起饮弹自尽了。他留下了我的命。我刚到这儿的时候一无所有。对于我来说，这地方就是非洲，您懂吗？"

"对于您父母的遭遇我感到遗憾。但是说'一无所有'我觉得不恰当。毕竟您当时成家了，现在也是。"

"您对我们了解得很全面啊，教授。这没什么好说的。"劳勒的眼色带着些许伤感。"在这个被上帝抛弃了的地方，大多数人对我们的婚姻一无所知。而另一些人只是在忍受着我们，前提是我们不把关系公开。"他向老板打了个手势，等到一杯烧酒摆在他的面前，他一饮而尽。

"那格洛丽亚呢？"

劳勒的脸上再一次愁云密布，他没有回答。

"您怎么能容忍她做这样的工作？"腓特烈大帝堡"的主人是谁？是谁给它起了这个名字？"

"您一次提的问题够多的。"

"是啊，而且还有。我觉得很奇怪的是，您能花钱救下露露和

264

格洛丽亚。那难道不是很贵的吗？您哪儿来的那么多钱？"欧拉划着了一根火柴，点燃了烟草混合物，抽了一口。"或者有人帮您付了钱？也就是'腓特烈大帝堡'和'金狮子'的主人……也就是您现在保护的那个人？"

劳勒仰起头，看向天花板。他的额头和满是雀斑的宽鼻子上布满汗珠。"您刚才说得对，这儿的夏天真热，"他嘟囔道，"是因为这里的地势低。这片沼泽有时候真的会让我想起黄金海岸。那儿有一个巨大的潟湖——也有很多蛇，夏天也是这么热。"

"如果有蚊子在你周围嗡嗡叫，"欧拉补充说，"你又懒得去哄走它们……就会让人非常不舒服。甚至危险。"

劳勒突然低下头，用那双在酒精和激动情绪作用下发红的眼睛咄咄逼人地看着欧拉。"听着，教授，我不想再谈论关于非洲的事了。事情已经过去了。成为历史了。"

"但这就是重点。"欧拉反驳道，他小心翼翼地迅速深吸了两口，让烟斗的火星烧得更旺。"有时候过去不是也会对现今的事情产生影响吗？回忆这些影响难道不是有帮助的吗？是谁付了格洛丽亚和露露的赎身钱？您只要告诉我这个就行。"

"我不知道您在说什么。"

"有一点您必须明白：作为数学家和物理学家，经过多年的锻炼，我的观察力变得越发敏锐。这也是我所做工作的基本前提。我发现，亲爱的露露从来没有亲自进入过7号房间。都是由您亲自负责与这个房间相关的客房服务。在我看来，这很不寻常。您想保护她，不让她受到什么侵害？另外，是谁让您把这个房间保持在目前的状态不变？是谁不让您动任何东西，比如连一块小小的肥皂都不能放？"

"怎么经营我的旅馆，是我自己的事。"

"但那真的是您的旅馆吗？"

"您为什么觉得它不是呢？"劳勒厉声问道，他的下唇颤抖了一下。

"您一无所有地从非洲来到弗里岑，却在这个您一点根基也没有的陌生地方重新干出了一番事业。现在您的影响力大到差点儿成功地把弗里策从荣誉捕手的宝座上拉下来。亲爱的劳勒，为什么偏偏是弗里岑？是什么把您带到这儿来的？或者说是谁？您又是怎么坐上'金狮子'的这个位子的？没有启动资金，再加上给露露和格洛丽亚赎身的债务，您是永远也不可能置办得起这样一份家业的。请您凭心回答，我不会对您不利的，我保证。"

劳勒看着窗外的街巷，他的下唇又开始颤抖。"我想，咱们今天晚上说得已经够多了。"

"我知道您害怕，甚至非常恐惧。但是我不知道，您在怕什么，或者更确切地说：在害怕谁？不过如果您能告诉我，我一定会站在您这边。我向您保证。我没必要向任何人提起这件事。而您卷入的是一件非常棘手的事。请相信我，把我当作盟友好过把我当作对手。马伊斯特先生在 7 号房间住过，然后他就死了。他的工头曲莫勒也跟他的命运相同。堤坝总建筑师赫尔勒姆在那个房间住过之后病得很严重，而我本人也是如此。这个房间究竟是怎么回事？如果您不说清楚，那我就有必要怀疑，您本人应该对这所有的一切负责。"

"您该听听自己在说些什么，欧拉教授。"劳勒轻蔑地看着他。"您简直是疯了。"

"但这就是事实。"欧拉平静地说，随后从烟袋锅里煮沸的烟草汁液里深深地吸了一口。"为什么您要在马伊斯特死前警告他，让他换个地方睡觉？您的意思是，他不应该再住在 7 号房了，对吧？只可惜，这个提示对于马伊斯特来得太晚了。这个对您的个人处境表示理解的法国人让您受到了良心的谴责，因此您想在最后一刻保护他？想必您知道，这么做是徒劳的。"

劳勒从桌上拿起帽子戴在头上。"国王很快就将驾临沼泽。他现在已经决定不来弗里岑了。不过您一定会在这儿的其他地方看见他。届时，请转达我的敬意。"劳勒起身转向门口。"他的父亲出卖了我的父亲。如果有机会，请您把这个告诉他。"

幕后主使

鲁米走进"红百合"。欧拉从凳子上站起身来，走向他，满心欢喜地看着他。"您变了，我亲爱的鲁米。您气色很好，看起来很放松。就好像您放弃了一场斗争，不是说不好的那种放弃，而是以最好的方式。您是不是与沼泽和解了？"

"谢谢，教授。也许您说到了点子上。但我不得不说，您看起来也不一样了。"

他们朝低矮的窄窗那边走去，等来到了桌子前，欧拉盯着鲁米的那双棕色的大眼睛。"好，现在咱们两个都去过雷文村了。"

"您怎么知道，我去过雷文村了？"鲁米惊讶地问道。

"因为您身上的味道。那是一种清新的，被流水洗涤过的，蕴含着丝丝烟雾和树木气味的香气。我不得不承认，我非常怀念它。它让我立刻想起了那个神奇且令人着迷的村庄。您在那儿认识了新朋友吗？"

"给，您看，我画了一张地图。完全没有'雾堤'。但是……"鲁米骄傲地打开背包，从里面拿出他的绘图本。

欧拉用了一会儿才看出来，鲁米画的奥得河，以及所有那些水流和水域弯弯曲曲的线条加在一起，构成了一个躺着的女人的身体。她的左脚与一条鲇鱼相接，那条鱼正在从蓝夫特到弗里岑的下沼泽地区游弋。

"您真有天赋，"欧拉迟疑了一下说，"您是想正式开始尝试绘画了吗？"

鲁米耸了耸肩。"我想投身于间谍事业，这您是知道的。因为我最喜欢的事情就是弄清事情的原委，但不把它公之于众。这比像科学家和艺术家那样，大张旗鼓地把所有的智慧都一股脑地宣传给世人可要刺激得多。"

欧拉一直在看那张图。"自然在其运转过程中，总是在寻求最简单的解决方案。您要回去找欧达吗？"

鲁米看向窗外那些来来往往的小腿：穿靴子的是男人的腿，穿针织长裤和普通木鞋的是女人的腿。"教授，我最渴望的也不过如此了。我给她带去了夜莺……我们聊了关于沼泽的事。我给她讲了我妈妈的故事，告诉她我妈妈是多么热爱沼泽。这对我有帮助，教授。我不再怪罪沼泽了。就好像欧达也不该为她妈妈的死负责。她妈妈是在她出生后不久去世的，地点是'绿礼帽'。"

"在'绿礼帽'"？欧拉皱了皱眉。

"您知道吗，和欧达在一起我有一种感觉，就好像两个人只是因为认出了彼此，在灵魂深处结为一体，他们就可以改变一切。改变整个历史的进程。等到有一天，像'绿礼帽'这样的地方将在历史中不复存在。是啊，我要回去找她。"鲁米坚定地看着欧拉道，"但是要等到我和您一起把这个案子破解了之后。"

"我很高兴，鲁米。因为虽然事情的真相正在一步步浮出水面，但是我还是有几个问题没有搞清，它们让我很伤脑筋。看起来，看起来咱们得在这件事情上亮亮真本事，有必要的话，也需要让技艺精进。"

"您是指？"鲁米又把地图卷了起来。

"数学家要和其他所有的科学家一样，始终灵活应变。如果有必要，他必须迂回前进，才能在纷繁复杂的公式迷宫中找到出口，并最终窥见本质。在即将水落石出的几天里，您在我身边会给我带来很大的帮助。也许您的闲情雅致会帮上大忙，谁知道呢。"

"我很高兴，教授。有什么新的发现吗？"

"我刚和劳勒聊过。弄清楚了的情况是：他想向马伊斯特表达感谢，所以提醒后者不要再继续住7号房间了。不过之前，安排马伊斯特住进这间最终导致其死亡的客房里的也是他。"

"这我就不懂了，"鲁米说，"这间客房和这个案子有什么关系呢？这么说劳勒就是我们要找的凶手了？"

"关于7号房，我马上就给您解释。劳勒是执行者，这在我看来是毫无疑问的。但是所有的一切都表明，他只是一个工具，而不是操纵一切的灵魂人物。他没有那个水平。咱们现在是在和一个非同寻常的凶手打交道，一个充满想象力的发明家，一个极其危险、诡计多端的对手。而劳勒，只是一个备受折磨，郁郁寡欢的泛泛之辈。像他这样的人可能会生出一些政治抱负，并从而产生犯罪的动机。但是咱们现在看到的这些心思缜密的安排不可能是出自他的手。我刚才跟他说话的时候，他时不时表现得非常恐惧。有人让他害怕，就是站在他身后的那个人。"

"您的意思是，有一个幕后主使？"

欧拉点点头。"在这个案子里，应该是一个很强大的人。否则劳勒不会抖得那么厉害。而且，更谨慎地说，也不一定是个男人。"

"您怀疑是个女人？"鲁米惊讶地问，"你不是指格洛丽亚或者露露吧？不可能啊。"

"为什么不可能，鲁米？虽然咱们可能对这两位姑娘产生了怜悯之情，但不能因此被迷惑。您好好想一想：这两个人都有足够的动机去破坏国王的计划——我一会儿给您讲一个关于非洲的故事。"

"再说回劳勒，"鲁米困惑地说，"那么，您是认为，他执行了这件事，但没有策划它？我完全不明白啊。"

"咱们要找的那个人，是可以就'金狮子'的事情向劳勒发号施令的人。"

"坦白说，教授，去过雷文村之后，我一直怀疑欧达的哥哥法伊特。他和卡尔·冯·勃兰登堡串通一气。他撒下的这张网，比咱们想象的要大。"

"这有可能。但是因此他就和咱们的凶杀案有关系吗？我不认为法伊特是凶手。我在雷文村的时候，他本可以轻而易举地把我除掉。而且我认为卡尔与此事的关系也不大。咱们要找的这个如此老到的凶手是不会犯错的，他不可能在没有十分必要的情况下暴露自己。而边疆伯爵却这么做了，他在'潮手威利'要求我在计算收益时做手脚。不，鲁米，咱们现在不能在这些推测上浪费时间，这对谁都没有好处。让咱们接着把注意力集中在劳勒身上。他会把咱们引向幕后的那个人的。我敢肯定，咱们在洪水退去之前一定能让他归案。"欧拉的眼睛追踪着一只苍蝇，它撞了几次窗玻璃之后落在了桌子上，在那儿爬了几步。"这儿还有一个凶器的亲戚。"

"什么？"鲁米轰走了那只苍蝇。它飞一圈之后又落回桌子上，搓着后腿。

"我是几天前在柏林的尼古拉教堂（Nikolai-Kirche）的塔楼上想到的。蚊子需要吸血才能存活。但是在它吸人血的时候，却并不只是吮吸这么简单：它还会释放一些东西，所以如果它携带了病原体，病原体就会接触到被叮咬的人。一旦病原体进入了人类的血液，就会在那里繁殖、发散，让机体染病，衰弱，直至死亡。这就是马伊斯特对露露说的异物。如果有第二只蚊子叮咬了同一具尸体，它就会吸走血液，携带传染源——并在下一次吸血时继续把它传播下去。蚊子就是在染病者之间飞行的桥梁。"

"抱歉，教授。但这是我有生以来听说过的最疯狂的事。"鲁米盯着那只落在桌布上的苍蝇，用手掌拍死了它。

"没有必要。不是所有飞行的生物都有致命的危险，否则人类早就灭绝了。我猜测，只有某些特定的物种才能承担这种媒介的功能。"

鲁米还在摇着头。"那个凶手知道这一切？还利用这些犯下了恶劣的罪行？您现在跟我说的这些简直太让人难以置信了。"

"可能现在咱们要找的就是一个阴险得让人难以置信的人。最近在弯地的三个工人发烧而死也要算在他的头上。这样算来，咱们已经有 5 名死者了。"

"您不是开玩笑的吧，难道弯地的瘟疫……"鲁米惊讶到没能把这句话说完整。

"在居住条件简陋、空间狭小的地方，引发人与人之间的传染病是可以做到的。凶手只需要两件东西：稳定的病毒存储器和传播途径。弯地有很多蚊子。凶手只需要把传染源带过去一次：它就可以自我供养，让越来越多的人成为受害者。结果可以通过数学的方式计算得出：幂函数。现在咱们必须解答的问题是：这种特别危险的传染源来自哪里？既然这个问题的答案是'非洲'，所以咱们其实是要查清：凶手是如何把病毒存储 30 年之久的？"

"非洲？"鲁米问，"非洲跟这事有什么关系？还有，为什么是

30 年？"

"我就腓特烈大帝堡进行了全面的调查，我说的是真的腓特烈大帝堡，勃兰登堡王室在所谓的黄金海岸建立的一个奴隶碉堡。那里曾经有严重的沼泽热肆虐，也就是现在奥得沼泽又开始传播的同一种病。"

鲁米摇了摇头："蚊子只能活几周就死了。您说的传染源是怎么活过这么多年的？"

"在一个长寿的机体里。本来我认为是牛或者马。但现在我觉得更有可能的是：在人体里。在咱们凶手自己的身体里。"

"那他自己不会病死吗？"鲁米感到震惊。

"他必定体质出众。这也是为什么赫尔勒姆活了下来的原因：靠他弗里斯兰人强健的体魄。"

"但是，要怎么样才能把一只被感染的蚊子放到我想让它去的地方呢？按我的理解，人类是没法操控这种小动物的。"鲁米专心地想着。"凶手肯定要在某一个特定的地方储备这些蚊子，然后再让目标受害者从这个地方经过。"

"就是这样。而且他的凶器到现在还一直活跃。我还不知道细节上是如何操作的。我最先想到的是马车，然后想到了 7 号客房。我翻看了住客登记簿：所有最近在这间房里住过的人都生病了。但是我彻底查看了房间，却并没有发现什么。除了一个我还不能准确评判的面具，那儿什么也没有。"

鲁米腾地一下站了起来。"不，教授。那里有东西。"

炎热

"在我住的 4 号房间就没有这个东西。"鲁米朝欧拉房间洗漱

272

台下面放的那个长方形盒子的开口看进去。里面是水。"劳勒亲自把它放在这儿的。我看着他放的。能借用一下您的消色差镜片吗？"

鲁米把铁丝卷到一边，弯下腰，拿着镜片朝盒子里看。过了一会儿，他惊讶地说："什么也没有。没有蚊子卵。"

欧拉也俯下身，研究着长条盒子的内部。"我不认为这东西放在这儿是用来孵化蚊子的。这个武器必须能快速出手，因为有些目标是只在这里过一夜的客人。比如参加梭子鱼盛宴的曲莫勒。"

"所以，肯定是有一种办法，把已经感染的成年蚊子带到房间里的。"鲁米说。

"露露有一次曾经提到过，有一个通风闸门。"欧拉在房间里四下查看着。"她会打开来散热。"

"散热？"

"夏日里的炎热。鲁米，就是它了。露露曾经说过，下面正对着牲口圈，打开通风口臭味就会升腾进房间，她甚至还提到可能会有蚊子的侵扰。咱们得把所有的家具都挪开，您来帮我一下。"

他们先推走了写字台，然后又把木头床架和上面的干草床垫挪开。但是除了一层手掌厚的灰，下面什么也没有。

"不管别的怎么样，咱们这个劳勒这儿的卫生可做得不太好。"欧拉说着，伸手把老虎椅从墙边拉开。"鲁米，在这儿呢！"角落里踢脚线上方的墙壁上有一块长方形的木板，已经被推开了一半。欧拉赶紧拿出西吉斯蒙德给他的那个小罐子，从里面捏了一撮叶片出来，像上一次一样往脸上、脖子、后脖颈和手上涂抹。"照着我的样子做。"他说着把小罐递给了鲁米，然后跪了下来，又把那块镶板推开了一点。

通风口的下方是一个用极其细密的亚麻做成的浅色麻布袋子。下面的牲口圈是空的。里面什么动物也没有。木墙围上搭着一把梯子，正通向那个麻布袋子。欧拉屏住呼吸。"在这儿呢，鲁米，"他轻声说，"他们就用细长的腿挂在里面。好几十只。"他入迷地盯着袋子里的蚊子。

卡特与沼泽

成群的蚊子盘旋在居斯特比泽湿地的草坪上空。欢叫的飞鸟正津津有味地享用这份餐间小点。夜里凉爽多雨，但是到了早上天空又变得万里无云，天气闷热，正在孕育着一场雷雨。

村庄周围的新河床挖掘工作已经开始。工人们正在逆流而建的堤坝上卖力地加筑坝墙：他们在堤坝的斜坡上，用木桩把巨大的柴捆以菱形分布的形式钉牢。男人们把柳树削尖作为木钉，每隔 1 米的距离钉一个，每个柴捆用四个木钉。工人们还会在柴捆上横向叠加几层灌木，以提高纵向的稳定性。随着灌木的枝叶抽出新芽，会产生一个自然的堤坝斜坡。就这样，坝墙的骨架正在一点点地搭建起来。但是因为柴捆不足，所以一旦泥土厚积的前方没有柴捆可用，整个工程就得停下来。赫尔勒姆一大早就赶到了现场，他焦急地看着这一切，因为今天是国王大驾光临的日子，而且正如弗雷德斯多夫所说，国王计划的是一次载入史册（Lesebuchauftritt）的亮相，这将是历史性的一刻。摄政者打算在一个光鲜的地方，也就是在这里问候他未来的垦殖者们，眺望正在变革中的奇妙风光，并且发表一场令人印象深刻的演讲。眼下，演讲的内容还是机密，腓特烈对它秘而不宣，直到最后一刻。为了筹划这一切，弗雷德斯多夫两天前就到了居斯特比泽。今天不能有任何差错，尤其是在这里，这个计划已经从头到尾做了周密的安排，不允许出任何意外。在这个地区，人们正在结束混乱，

274

以最高形式的秩序取而代之，而属于计划一部分的国事访问当然也必须是完美的。

　　现在一切都已经准备就绪。领头的挽马整齐地站成一排，几个居斯特比泽的渔夫已经穿好了弗雷德斯多夫给他们准备的垦殖者的服装——或者说是农民的行头。他们穿戴整齐地站在那儿，跟他们一起的还有因为晒了太多沼泽的阳光而变成古铜肤色的赫尔勒姆；脸色一如往常，像僵尸一样苍白的施麦陶；莱昂哈德·欧拉和鲁米；弗里岑的市长弗里策和他的执法官库尔茨；国务大臣马沙尔。此外，当地领主、居斯特比泽的所有者卡尔·冯·勃兰登堡·施韦特也严阵以待。他已经事先清空了作为他的堂弟国王下榻处的"潮手威利"——虽然因为当地不稳定的安全局势，国王要在此过夜的决定是在最后一分钟才做出的。

　　空气中弥漫着紧张的气氛。终于有了一些骚动。有人从河岸边挺拔的白蜡树丛后骑着一匹浅棕色的骏马，策马而上，在身后骑兵队的热浪衬托下，他仿佛在发着光。他跳下马，掸了掸制服上的尘土，朝四下里观望着，检查周围是否安全，并查看了刚刚列好队的挽马，以及等待的人群，随后宣告国王即将驾临。他高喊着命令人们准备好给过热的马车车轮降温的水桶，最后把"潮手威利"老板为他准备好的一夸脱啤酒一口气送下了肚。

　　这时，国王的宫廷侍童出现了，一个不超过 18 岁的小男孩。他热得筋疲力尽，得靠别人扶着才能下马——紧跟在后面的就是国王的马车了。腓特烈独自一人坐在窄长形的马车里，大脑袋上戴着三角帽，腿上穿着针织长筒袜。车顶上放着旅行专用的、可折叠的羽管键琴，车后座上只能坐得下一个人，就是国王自己。在车夫的高座和下窄上宽的梨形车厢之间至少有 4 英尺距离，因此摄政者不得不提高嗓门，坐在前面的普芬德才能听清他说的："是到古斯特布舍（Gustebusche）了吗？在这儿停下。"

普芬德勒紧缰绳，马车停了下来。灼热的尘土盘旋上升，在空中飞扬。国王下了车。他先是握了握卡尔·冯·勃兰登堡的手，然后是国务大臣塞缪尔·冯·马沙尔、莱昂哈德·欧拉和西蒙·冯·赫尔勒姆。现在腓特烈登上了弗雷德斯多夫为他准备好的那堵小土墙，以获得更好的视野。他长久地、深情地看着这片土地，那是他的国家。在国王湛蓝色的眼睛里，这个国家是如此优秀，到处都是辛勤劳动的人们，他们站在齐腰深的水里，铲着泥土，用桶提起潮湿的淤泥，再到别处倒掉。国王不知道的是：昨天，那些因为发烧而疲惫不堪的病人还躺在潮湿的泥地里。多亏弗雷德斯多夫在执法官的帮助下及时清除了那碍眼的一幕。

"总有一天，这儿的所有人都会说，"国王暗自点着头，"干得好。"

赫尔勒姆已经感受到，腓特烈对看到的一切非常满意，他站到国王身边，打算利用这一时机："（土地）改造工程在这里实现了之后，就会在国王的土地上遍地开花。传统的渔民将学会如何利用农耕和畜牧让自己过上好生活。现在我们让那些已经到达的难民们建造自己的房屋，他们也已经开始把这里当作自己的家园。但要是大多数人没有深陷穷困不堪的境地，情况可能会更好。"

"那他们就需要多一点时间来建设家园，"国王从容地说，呼吸着沼泽里的新鲜空气，"很快情况就会好起来的。"

"我们有充分的理由相信，"赫尔勒姆赶紧说，"这里会出现一片繁荣的景象，因为一旦我们截断了老奥得河，排干沼泽里的内陆水，让从来没有见过天日的土地呼吸到新鲜的空气，我们就有几乎连绵不断的优良土地。这片处女地将是富饶的，它将是位于我们勃兰登堡的国土中心位置上的一个美丽的大花园。黑麦、小麦、大麦、苜蓿，当然还有土豆；不久之后，油菜花的芬芳就会填满每一颗感恩的心。取代这些破旧渔舍的，将是我们建起的宽敞的，有些甚至可以称得上漂亮的房子，并配以格调雅致的家具。"

"我们不要把它弄得过于雅致，"腓特烈平静地回答，"我们要建的不是宫殿，而是羊圈和杂物间。住宅必须可以很快地建起来，也可以很快地拆掉，这样才能在未来的几年里灵活地应对随时可能发生变化的水位。几种不同的外形，简单、实用即可。就连当地人教堂的桁架房屋都要建得像谷仓一样，必须可以轻而易举地拆掉，然后在一个新的地方再重新建起。啊，我的鲁米在那儿……"腓特烈看到了他最喜爱的书记官。这位英俊的亚美尼亚少年又让他想起了他少年时的伙伴，卡特（Katte）。大概 20 年前，他本打算和卡特一起离开他的（士兵国王）父亲，逃到英国去。卡特也曾是一位皮肤黝黑的青年，鲁米和他是如此相像，这让国王深有感触，既有悲痛又有渴望。

"我亲爱的鲁米，"他握着来到他面前深深鞠躬的年轻人的手，"您无法想象，每一次我看到我的想法以您的字体表现出来，是多么地享受。它们因此获得了第二次鲜活的生命。"

鲁米又鞠了一躬。国王对他工作的评价恰到好处，他这样想着，脸色因为骄傲而开始变得绯红。

虽然很不情愿，腓特烈还是把目光从鲁米的脸上移开，看向远方，就好像这样就可以看见另外一个世界，那是当初他的逃跑计划因为父亲的阻挠而失败，最终没能到达的那个世界。腓特烈明白了一些事情。他一下子懂了，眼前的一切、这个地方、这片土地他都见过，但那是从另外一面，从居斯特林的那座城堡。他曾经尝试和卡特一起逃离规矩森严的宫廷，远离许许多多让他看不惯的事情。计划失败后，他的父亲曾把他囚禁在那座城堡。就是从那个王子监牢的小窗里，他曾经看见过同一片沼泽。就是在这个背景下，他的父亲命人当着他的面，砍了卡特的头。当卡特的头颅滚过泥泞的地面，沼泽用它的啪唧、扑哧、咕叽声嘲笑着他，那是改变他命运的一天，他永生都不会忘记的一天。之后的好几天他都以泪洗面。没错，就是那时候，他对自己发誓，要战胜它们，驱逐它们：那些让他如此受伤，给他无尽痛苦，让他的灵魂跌进黑暗又虚无的深渊的感情。他对卡特那无与伦比的隐秘的爱也是这样的一潭沼泽——最终把他的心撕碎。因为在爱情里，人们会渐渐地无从知晓，哪一块土地是坚实的，在哪儿可能跌倒，并从此迷失在永恒的痛苦中。不，在感情的泥沼中绽放的那些花是有毒的，当时他就下定了决心：要坚强，不要自杀，要保持机能，要活着，并且是在尽可能稳固的基础之上。而且，为此必须付出的代价恰恰就是要摆脱多愁善感的内心，远离那种游移不定的黑暗——那是会在风中颤抖、会在夜晚换上各式各样面孔的东西，里面满是最罕见的生物和最敏感的性情，它们只能在那儿繁衍生息，其他的任何地方都不行。他变成了一个可以战胜沼泽的男人。他变成了一个忠实地履行自己职责的国王，创造着不必沾湿双脚就可以丈量的土地。

腓特烈流泪了。一只蚊子落在了他右眼下方的泪痕上。欧拉看到了这一幕，一度担心它会叮咬国王。不过站得更近的马沙尔也注意到了这只小虫，并迅速挥手把它轰走了。

"谢谢，国务大臣先生。"腓特烈仿佛从梦中醒来。他用力地抹去眼泪，喝了一大口弗雷德斯多夫给他准备好的居斯特林啤酒，又看了一眼鲁米，嘴里满是啤酒的苦涩。"说起来，我第一次喝大麦汁就是在这儿，一个离这儿非常近的地方。"他神情恍惚地说，所有人都开始侧耳倾听，因为国王平时从来不会聊这些小事。"以前我只喝香槟酒和匈牙利酒，都是我哥哥弄来的。但是，在居斯特林的囚室里，我父亲让人给我送来了大麦汁，就在卡特行刑的前一天——后来，我就习惯了喝大麦汁。"他仍然盯着鲁米。"现在，它和土豆真是绝配，我是说啤酒。"腓特烈转过身。虽然他的目光难以从那个英俊的男孩身上移开，但他必须这么做，他永远也不可以对某个人表现出过多的喜爱。他面向马沙尔，扶住三角帽，防止强风把它吹走，随后说了一些毫无关联的话。"我希望每一个新建的村子都有一个村长、一个校长、一个守夜人和一个牧羊人。地皮的价格将会上涨。这听上去很草率，但是总有一天，这个地方上缴的税款，也许会比我们国家里除了柏林内城外的任何地方都多。"

永恒之句

临近下午，乌云层层叠叠，像一座座黑塔。在"潮手威利"，人们享用的是瑞士葱香奶酪汤、英式面包、煎火腿片配胡萝卜，还有炖小牛肉。作为特别的惊喜和小小的娱乐项目，弗雷德斯多夫专门为国王找来了一个穿黄色马甲的宽脸法国人。这是一位情绪高涨的哲学家，非常符合他作为先锋派思想家的声望。他就是拉美特利（La Mettrie），他那句"一切皆为机器"的大胆的名言被一些人认为是无神论的观点，但是同时也为他赢得了一些声誉。他给腓特烈带来了另一位法国人沃康松（Vaucanson）的发明，发条鸭子。他在餐厅里迫不及待地演示起来。看着这个扑打着翅膀四处蹒跚前进，转着头、啄着米，显然是在消化过程中（因为没有拉出一个粪蛋儿）的铁皮小东西，腓特烈龙颜大悦。

"人们的奇思妙想还在继续，"拉美特利笑着说，显然这东西也让他甚是开怀，"很快处处都将如此运作，不眠不休。人们会说：'下雨了'。但是为什么不能说：'喘气了。''热了。''吃了。'或者：'拉屎了。''交配了。'整个国家就是一部机器：这就是启蒙，这就是效率。"

"没错，没错。"腓特烈点头，"整个身体就是这样：全是啮合与联通。"

"国王陛下所言甚是。"拉美特利摇动着食指，从左转向右，预告着他将发表一番惊人之语。"女人的乳房，先生们，无非就是一部……产奶机器。与它联通的是婴儿的口腔机器。而口腔，"他指了指自己的嘴唇，"同时也是一部呼吸机器，当然也是一部吃饭机器、一部讲话机器。对于咱们中某些幸运的人——或者说是对那些不幸的人——来说，也是一部接吻机器。国王陛下曾说'人人皆按其方式'[①]。我说则是：不久以后，人人都是自己的匠人，人人都将装备自己生产的独特的机器，而我们不再需要的那些，只管一股脑清除。"

"清除。"腓特烈重复着。这样的谈话正合他的胃口。"这是一个重要的关键词，用在此时此地再合适不过：那些不能给我们带来任何好处的动物怎么办？就应该减少它们的数量！我说的是那些既无法驯化也不能食用的动物：清除它们。"

"甚是。"法国人用欢快的眼神看着国王。"不然它们就会从我们这儿夺走些什么。"

"麻雀，"腓特烈说，"是对鲜花和果园的威胁。它们吃种子，吸干我心爱的葡萄。从今天起，我出价每只 1 芬尼。领赏的人要

[①]　在宗教自由问题上，腓特烈曾说："Jeder soll nach seiner Façonselig werden。"即"人人皆应按其自己的方式进入天堂"。——译者注

交麻雀头为证。收来的雀头我们拿去焚烧：用作新土地的肥料。我的普鲁士不久以后就将不见雀影！——鲁米，记下来，省得被人忘记。我现在宣布：老鼠、蝗虫，这些我们都不需要。土拨鼠、黄鼠狼、刺猬和猞猁、野猫、海狸，以及其他有害动物：在我的国家里，没有它们的容身之处。就连仓鼠，我们也要去除，熊、猞猁还有狡诈的狼就更不用我说了。它们可以在俄国生存，但不能在我们这儿。"

"到时候，就算咱们什么动物也不剩，也没关系。咱们可以培养机器人（L'homme machine）。"拉美特利说完这句妙语，紧接着鞠了一躬。

"到时候就什么都不用养了。"腓特烈冷冷地微笑。"在我们这个开明的国度，随着价值的积累，机器人自然会主动前来。告诉我，拉美特利，您觉得这道炖牛肉如何？是不是特别美味，可以和法国菜一较高下了？是啊，我喜欢这家酒馆。这道炖牛肉甚至能让我的巴伐利亚厨师震惊。"他转向坐在他右手边的卡尔："我看了图纸，这间房子得为新的奥得河道让路，必须拆除。我们不考虑，再换一个地方把它重新建起来吗？不如就在第一批新建的垦殖者村庄里选一个地方？这儿的老板也应该继续为我们服务。"腓特烈透过田字形窗户看向宽阔的奥得河缓慢前进的水流。然后他满心欢喜地喊道："小伙子，给你的国王再拿一杯大麦啤酒。"

"遵命。"跑堂的斯拉夫男孩敬了个军礼跑开了。就连今天这种日子，他那皲裂的双脚还是趿拉在两团破旧的渔网里。

"关于这家酒馆的搬迁，是一个值得好好考虑的问题。"卡尔略带愁容地说。商铺的重建成本高昂，这样的提议让他感到不悦。"很贵。"

"啊，贵，我们建的可是一部'造钱机器'（machine de

281

l'argent）啊。"腓特烈大笑道。

"一杯居斯特林啤酒，请陛下品尝。"斯拉夫男孩把酒杯放到桌上。腓特烈感激地看着男孩，喝了一大口，接着用手抹去唇边残留的泡沫。"现在，先生们，到抽雪茄和吸鼻烟的时间了。"

施麦陶把欧拉拉到一边，他们沿着奥得河走了一段。远处雷声隆隆，无数的野鸭、凤头麦鸡和扇尾沙锥被雷声吓得失魂落魄，一时间叫声此起彼伏。"我刚才在观察您，教授。您的脸上露出了奇怪的笑容。您找到嫌疑人了，我说的对吧？"

"'金狮子'的主人是谁？"欧拉没有回答，而是一边跨过在岸边横向生长的柳树枝一边问。"如果不是咱们都熟悉的劳勒，那么，对，我们找到嫌疑人了。"

"咱们问问市长，谁是它的主人。"施麦陶建议。

"不，不能问弗里策。有可能是他自己。而且他也可能会包庇某人。"

"包在我身上：我会尽快告诉您满意的答案。"

他们折返，回到"潮手威利"。国王正站在酒馆前抽着烟斗，弗里策则俯身贴在国王的耳边说着什么。鲁米站在两人的旁边，正在画腓特烈的肖像画。"我忠诚的鱼市总管，"弗里策激动地对国王耳语着，"刚刚向我报告了一个不是特别好的消息。"

腓特烈生气地看着他："倒是说啊。"

"是夏防堤坝，高卢（Gaul）上游的夏防堤坝有好几个地方出现了裂口，"弗里策结结巴巴地说，"而且，可以肯定，不单单是水力造成的。是可恨的沼泽人，他们偷偷凿穿了大坝的三个地方，给围筑的坝墙造成了巨大的灾难。不幸的是，这还不是全部，陛下。"弗里策补充道，他那张癞蛤蟆一样的脸上表情坚定："我的鱼市总管还了解到，在雷文村盘踞着一个破坏分子的团伙，刚才说的那些都是他们干的。他们自称'海狸'（Die Biber），还在计划着在您视察期间再搞一次最终的破坏活动。他们的目的是，彻底捣毁迄今已经完成的伟大成绩。高卢应该只是一个开始。"

腓特烈的脸好像石化了一般，他不解地盯着弗里策看了一会儿。然后才表现出生命的迹象，额头上的青筋暴起，气得满脸通红。他的目光扫过这片由他从沼泽中拯救出来的土地，这些冥顽不灵的人如此犯上作乱让他摇了摇头。这些人是在逆历史的洪流而上，这样的肆意妄为是毫无意义的（以前，他和卡特曾经亲身经历过）。"弗里策，在我们的国家里，我作为统治者，拥有至高无上的权力（suprema potestas），"他用冷淡的声音说，"我本人不仅拥有立法权，而且拥有执法权。但是，现在我把这个权力委托给您，您就是我在本地的代表。我一向的观点是，责罚不应重于罪行。现在也还是如此。但是，您向我描述的这种行为是罪大恶极的，我无法想象比这更糟糕的恶行。按照您认为对的去做吧。谁知道这些'海狸'下一个会攻击谁。对这样的毒瘤就要快刀斩乱麻，不用讲情面。"

"我们为这样的情况专门准备了一套叫作'奥得女巫'的设备。"弗里策弯身行礼，听到了这一切的鲁米脸色变得惨白。"国王陛下大可放心，我们会雷厉风行，采取强硬手段清理这个雷文村。我的手下库尔茨和他新建的柴捆警队会负责此事。"

"马沙尔，"腓特烈喊道，"您过来一下。"

"国王陛下。"国务大臣出现了。

"有人报告说，高卢那边的堤坝被凿穿了。那是在蓝夫特的附近，对吧？你们听说此事了吗？"

"我也是刚刚才听说。那不仅仅是在我们附近那么简单，高卢的堤坝和我们的堤坝是连着的。蓝夫特的堤坝还没倒。但是如果两个都倒了的话，将会有一大片区域淹没在洪水中，到时候的损失将会是无法估量的。"马沙尔不得不停顿了一下。他又一次感到浑身灼热，呼吸困难，几乎无法抑制四肢，尤其是手部的颤抖。仿佛一场大火正在他体内燃烧。"我得赶紧回家，看看情况。"

"我命令，堤坝各处都要有荷枪实弹的步兵和骑兵把守。"国王对弗雷德斯多夫喊道。然后，他抬头看向蔚蓝的天空，深吸了一口气。他认定，现在是时候该把他打磨已久的那句话说出来了。虽然面临种种抵制，但是他现在就要把它讲出来：那些经过他精挑细选的词句，应该让子孙后代明白所有这些努力，让那些可能还在流传的沼泽传说和恐怖故事都失去活力，代之以一段可信的历史，在这段历史中，腓特烈大帝被塑造成让人铭记于心的民族英雄。是啊，把这一切都总结成一句话，他想着，又朝弗雷德斯多夫挥了挥手。后者让一个乔装成农民的居斯特比泽渔民来到腓特烈面前，他颤抖的双手里捧着一个王室管家给他的硕大的土豆（上面还粘着波茨坦的泥土）。这个男人按照事先被告知的内容说："国王陛下，以前我们在这儿种地的时候，田地总是劲儿太大，粮食只长杆，不结穗。现在终于好了。我们想，以后在这儿种黑麦，磨出好面粉，不再像以前那样光种苜蓿。现在根本不用打鱼了。对，我们想要的是大麦，能生产麦芽的那种。"

腓特烈点点头。这时人群聚集起来，库尔茨和他的黑衣大汉们给人们放了行。充满敬畏的人们默默无声地深深鞠着躬，他们内心的满足溢于言表。穿着整洁的男人们带着老婆孩子围绕在腓特烈的周围，抬头看着他们心目中崇高的恩人和父亲，他们在心中祈祷着，臣服地向国王表达着敬意。这些臣民表现出的平和，他们的自控和谦逊让国王由衷地感到满意，他接过他们递过来的土豆，说出了那句话：

"我赢得了一个省。"

莱昂哈德·欧拉立刻明白了鲁米的想法，他知道后者想要骑马抄近路去雷文村，提醒欧达和她的家人提防库尔茨和他的柴捆警队。小伙子已经备好了马。就在这时，施麦陶来到欧拉身边。他水银色的白脸上露出极其吃惊的神情。"我查出来了，教授。"

"是谁？"欧拉的左眼死盯着他的脸。"'金狮子'的主人是谁？虽然我认为我已经知道了，但是我必须听你说出来，才能确定。"

"我……"内廷总管支支吾吾地说，"嗯，我本来想，最好问问国务大臣。除了他，没有谁会更了解沼泽里的产权关系了。"

"想得好，想得好。他是怎么回答的？"

"嗯，我一跟他说起旅馆的事，他可能就觉得我对那旅馆有兴趣。他最初以为，随着整个地区变得越来越值钱，我可能打算买下它。"

"从谁那？施麦陶，您得从谁那儿买下它？"

"从国务大臣本人那儿，"内廷总管回答，"这是他在赶回自己的庄园之前偷偷告诉我的，因为高卢那边的堤坝断了。他，马沙尔，就是'金狮子'的主人。您能想象吗？我当时有多惊讶？"

"他的贪婪让他大意了。"欧拉仿佛在自言自语。

"鲁米，等等。"他急忙来到男孩身边，拉住缰绳。"您一找到欧达，就立刻返回来。我急需您的帮助。"

"好的。到时候我到哪儿找您呢？"

"您要尽快，走最近的路去蓝夫特。"

"去蓝夫特？"鲁米不解地问。"为什么？"

"因为我也会在那儿。很可能是在河岸边的一个长条形的小房

285

子里。亲爱的鲁米，这个困扰了咱们这么长时间的方程式，最后就要在那里解开了。"

耶杜特

乌黑的云在西方层层叠起，连接成一片被褥，密不透风地铺在天空。起风了，呼啸的风声中夹杂着狼嗥，这在傍晚时分实属罕见。不知道哪里有仓鸮在发出呼噜声。兰度莫用抄网捞起一条梭子鱼，用他的吕特尼茨刀在甲板上给鱼开膛破肚，他喝了一口牛奶，吃了一些鱼子。然后他把鱼传了下去，欧达吃了一些之后轮到法伊特和巴托克。

天气比想象中的凉爽，他们行驶在波涛汹涌的蓝灰色水面上，彼此之间很少说话。欧达细心倾听着芦苇丛的响声，法伊特用强壮的双臂奋力地划着桨。快到耶杜特（Jedute）山了，其他的"海狸"正在那儿等着他们。日落时分，他们到达了这个古老的地方。这是一个长满了高高的冰草的泥泞的小岛，上面残存着一些风化的神像。法伊特把小船绑在一根折断的树桩上。他拂去试图降落在他额头上的一只苍蝇，两眼紧盯着一条消失在野芥末丛里的游蛇。

地上铺满了有拳头大小孔洞的巨大的树叶。第一滴雨点落了下来，风也变得越发强劲。他们小心翼翼地穿过芦苇丛，走向那个神圣的所在。欧达想起，她小时候看见这个浑身泥巴、长满早熟禾的独眼石头神像的时候心里有多害怕。这样一个丑陋的东西怎么会让她的父亲如此敬畏？这块石头想必拥有神奇的力量。现在，兰度莫依然满怀敬意，从鱼肚子里掏出剩下的鱼子——跟每个人一样多的分量——放在耶杜特的面前。

"海狸"们围成一圈。他们一共有二十几个人，来自沼泽里

286

不同的村子：乌斯特洛、梅德维茨、老弗里岑、吕特尼茨……唯独没有雷茨村的人。法伊特站到他们面前，喊道："是时候加把劲儿了。如果咱们现在松懈下来，子孙后代都不会原谅这个错误的。咱们现在要加倍努力。只有有组织的行动才能确保成功。我再明确地说一次：咱们保卫沼泽的目标是不可动摇的。咱们不能让恐惧变成障碍。永远也不要忘了咱们创建自由社区的理想。咱们想要的是，所有人和谐相处，是人与人之间，人与自然之间的和谐相处。我，雷文村的法伊特·马尔绍为了这个理想而生。但是，如果有必要，我也愿意为了这个理想而死。"

人们高举拳头，大声叫喊着表达他们的赞同。欧达钦佩地看着哥哥。她从没听过他这样讲话。就好像他获得了新生，有了另外一个身份，这个新的身份让他全心投入，这才是他真正的自己。其实她一直都知道，法伊特行动的动力来自他内心深处的忧郁——也许甚至和他们的妈妈，沃尔娜的死有关。她自己又何尝不是呢，欧达想。她现在比以往的任何时候都更能理解哥哥。他必须做些什么，才能免于绝望。他绝不可能袖手旁观，眼看着他们脚下的世界就此消失。至少，这是他们欠妈妈的。

"你们是知道的，伙计们，我精心策划了这次打击行动。咱们要尽最大的努力阻止国王的计划。这将为咱们谱写新的历史，"法伊特接着说，"咱们要击中敌人的要害。所以咱们要请求耶杜特的保佑。"

就在这时，芦苇丛里簌簌作响，有的芦苇秆低下了腰。法伊特抽出刀，还有几个人也和他一样。巴托克把食指放在了嘴唇上。所有人都静静地退回到了芦苇丛里。神像前空无一人。这时，一个男人闯了进来。欧达简直不敢相信自己的眼睛。"你来这儿干什么？"兰度莫走上前来，眼含敌意地看着鲁米。"这地方不是陌生人能来的。你要去哪儿？"

"找你们。给你们报信。我去过雷文村了。去了你家。他们告诉我来这儿的。"鲁米依次看着周围的人的脸。最后他看到了欧达。

"给我们报什么信?"她来到他面前。

"他们在找你们。库尔茨带着他的人从弗里岑过来了。他们知道了你们在计划袭击。"

"但是他们不知道在哪儿,"法伊特说,"还没等他们反应过来,咱们的行动就结束了。咱们祈祷吧,伙计们。然后就出发。"

"好,但是去哪儿?"一个乌斯特洛人不耐烦地问。

"咱们的决心已定,"法伊特回答,"就去要为这所有一切负责的国务大臣住的地方。咱们去蓝夫特。今天晚上,咱们就去击穿那儿的大坝,让他也亲身体验一下,世界沉没是个什么感觉。"

蓝夫特

傍晚的天空中,乌云在雷阵雨来临之前,以一个个均匀分布的立方体形状构成了完美的对称。沼泽上空仍然凝滞着热气。没有风,水面上覆盖的绿色阴影一动不动,让人想起了象棋的棋盘。长在蓝夫特庄园的窗户木檐周围的花被修剪得整整齐齐。房子是建造在石头基座上的双层结构,整个屋顶都有栏杆装饰。

一个穿着夸彭多夫(Quappendorf)当地民族服饰的仆人接过了欧拉的马,让教授在玫瑰花园里稍等片刻。一条环形小路连接着玫瑰园和百草园,那边最显眼的是一棵有异国情调的、粗壮的大树。再后面是长着高大的橡树和山毛榉的花园。

和第一次来的时候一样,欧拉注意到花园南侧古老的教堂上面那个歪斜的塔楼。他又一次想,这个行将倒塌的桁架结构的教堂和国务大臣辉煌的事业极不相称,不符合他爬到如此高位上的高调风格。

几分钟后，马沙尔从玫瑰园深处高大的鼠尾草掩映下的小木屋里走了出来。他的穿着依旧很随意，身上套着一件破旧的深绿色锦缎晨袍，右边的袖肘处已经磨出了洞，胸前的衣兜里塞着一块丝绸手帕。他掏出手帕，擦了擦额头上的汗。

"抱歉，我刚刚汗蒸完，休息了一会儿。这一天真是够受的，到头来还有高卢那边的麻烦——但毫无疑问，它会成为历史性的一天。'我赢得了一个省'，多么伟大的一句话啊！我听说，国王已经出发，去他就寝的地方了。您呢？您怎么样？这么晚了，您来找我有什么事吗？"马沙尔用汗津津的手指用力地握了握欧拉的手。"您找到嫌疑人了吗？您是想跟我谈这事儿吗？"

"首先，希望我没有打扰到您。至于高卢那边：情况还好吗？"

"哦，只要我们的大坝还没倒，我们的邻居的损失就是可控的。哦，不！您完全没有打扰我。我能为您做点什么？"

"咱们第一次在这儿见面的时候，您要请我试试汗蒸。也许现在就是个好机会。"

"好啊。不知道您的随从在哪儿？他可能也会感兴趣的。"

"他有急事，去了下沼泽。"

"啊……跟那件事有关吗？"马沙尔仔细地打量着他。欧拉注意到，他的眼球里有一抹淡淡的黄色。"我明白了，教授。"见客人没有马上回答，马沙尔继续说："您确实已经找出了嫌疑人，但是还不能确定，所以还不想告诉我。完全理解。那咱们就先放松一下，做点有益健康的事。请跟我来。"

这时太阳已经落山。他们穿过花园，来到了水边。奥得河水流汹涌，但泥土堆叠成的坝墙刚好可以将其阻挡。一阵强劲的西风吹过，河水迅速流动起来，泛起粼粼波涛。马沙尔走到岸边，把手伸进湍急的水流。"啊，真凉快。"欧拉看到，一只蚊子落到了马沙尔的手背上。国务大臣肯定也看到了它，因为那蚊子就在他眼前，但是他什么也没做。

"刚才有一只虫子叮了您。不难受吗？"

马沙尔转过身，摇了摇手腕，蚊子飞走了。"哦，您知道吗，教授，有时候我挺喜欢这种不痛不痒的叮咬的。它提醒我，我还活着，我是被需要的。"他笑了笑。"这就是我们在乡下对付这些小畜生的方式：我们让自己相信，被叮咬是有好处的。"

"我以前就注意到了您的实用主义精神。这也是您脱颖而出的原因。"

"也许在柏林他们是这么评价我的。"

"我指的还有别的。请允许我从头开始，说明我的想法。"

"您说吧，到底是什么事？"

"我上次到访的时候，在您那间面向花园的房间里看见了马沙尔·冯·克罗多德里克（Marishall von Clothoderick）的肖像画，您告诉我那是您的父亲。尽管如此，您在这个国家还是经过了努力的奋斗才获得了今天的地位。"欧拉看向天空，西方已经变成了深紫色，有闪电无声地掠过。

"您说的完全正确。但是正如您所见，奋斗是有用的。就在整整30年前，腓特烈·威廉一世承认我的贵族血统在普鲁士也同样被认可。"马沙尔感受到一阵难忍的刺痛，将身体侧到了一边。他们走近那个建在水岸边的桁架式小屋，那个被他称作研究站的长形房子。"您到底想说什么？"

"我就是想知道，您是怎么样取得现在的地位的。当时您的社会地位并不稳固，还是一个没有站住脚的移民，您并没有本地那些历史悠久的老贵族们拥有的那种代代相传的家族网络。所以，没有什么比失去贵族地位更让您害怕的了，这不是显而易见的吗？"

"为什么我会失去贵族地位？"马沙尔疑惑地问。

"如果普鲁士的贵族失去了现有的权力，这样的事情就会发生。而我们有理由相信，国王的排干沼泽和移民政策将会导致的结果恰恰就是如此。定居在这里的自由的垦殖者明天就会变成自由的农民，他们会不断地要求越来越多的权利。后天，他们可能就会夺取这个国家的权力。到那时，您费尽力气才爬到顶端的古老的阶级体系就将时日不多了。"

"虽然很悲观，但是您的想象力真是丰富啊，亲爱的教授。不过，我确实持这样的观点，我认为平均主义无外乎自欺欺人，而且会导致很大的问题和社会扭曲。是的，所以我相信，一个运作良好的阶级体系才能有效地调节底层和上层之间永远也不会消弭的差距。我们何不让贵族用他们的援助之手来统治。一些人当上了'老爷'并不意味着其他的人会因此而受到不人道的待遇。但是，国家给了那些所谓的自由农民承诺，但最后他们还是沦为了这个国家的奴隶，那就不关我的事了。好，我们到了。"马沙尔从门环里取出铁门闩，把门推开，走了进去。欧拉跟着他，两个人进入了他在第一次来时就到过的那个狭长的房间。在他们面前的空地上，摆放着蚕蛹的孵化箱。隔断墙上的铁门上装着方形的栅栏，前面挂着黑色的窗帘，后面就是汗蒸的地方。

"对不起，我还没有拿东西来招待您。在进去之前，您想不想来口小酒提提神啊？"马沙尔打开门旁边的一个简易木头柜子。

"如果您也一块儿喝的话，好啊。"

"可惜我只能喝我的护心茶。"马沙尔从柜子里拿出一把蓝色的陶瓷茶壶和一个杯子。"您呢？鉴于世界就要灭亡了，来杯佐恩多夫怎么样？反正今天这个天就是一副世界末日的样子。"他一边挪揄地微笑着，一边朝窗外聚集的乌云点点头。"或者我让人给您拿一杯凉啤酒？"

"非常周到，但谢谢，不用了。我发现您从来不和客人一起喝酒。为什么呢？"

"可能我太注重健康了吧。喝酒对健康无益。"

"国务大臣大人，您对自己身体状况的重视程度真是异乎寻常啊。这是值得称道的。如今您这样的人很少。我能尝一口您的茶吗？"

"当然可以。"马沙尔倒了一杯茶，递了过来。

"哦，我知道。这是秘鲁的金鸡纳茶，我说得对吧？我的一个柏林的药剂师朋友也给过我。它对沼泽热有疗效。不过我倒是不知道它对心脏也有好处。您百草园里的那棵大树，那就是一棵秘鲁的金鸡纳树，对吗？"

"您是内行啊，教授。相比之下，您第一次来我这儿的时候，对于自然的奥秘还一无所知。不得不说，真是佩服。"马沙尔呷了一口茶。

"这么说，您得了沼泽热？能不能问问，是哪个变种？"

"我不喜欢谈论这件事。是啊，已经有几十年了。但是只要多加注意，还是可以忍受的。要抑制病情的发展。"

"这就是您不惜任何代价也要保持身体状态的原因吧。其中甚至也包括了蒸汽浴。"

"是啊，我的这个病帮助我过上了一种健康的生活。"

"您是在非洲染上的病吗？"

"在非洲？"马沙尔惊讶地看着他，"您为什么会这么说呢？"

"您的吸烟室里有一个金色的太阳，脸上带着悲伤的微笑——

不就是来自那里的吗？"

马沙尔用拇指和食指捻着他的八字胡。"是啊，您说得没错。"

"您年轻的时候曾经在非洲的黄金海岸为国效力。您是在从黄金海岸回来之后，作为奖赏被封为贵族的，对吗？您的名字指的就是一种严重的疾病①——但是里面加了个贵族专用的'冯'字。"

"如果您感兴趣，咱们倒是可以聊一聊非洲。在我看来，从很多方面来讲，那是一片极乐之土。"

"也可以聊一聊高雅的艺术。这方面我真的是门外汉，亲爱的国务大臣，但是咱们刚刚说到的那个金色的太阳，它和'金狮子'旅馆里的那些面具是不是出自同一个年代呢？"

马沙尔耸了耸肩，微微歪了歪头，脸上带着一种特别感兴趣的表情看着欧拉。"您到底想说什么？"

"我想请您讲一讲您和这家旅馆的私人联系以及业务关系。"

"亲爱的教授，在我听来，这越来越像是一场审讯了。您不是说，您是来这儿汗蒸的吗？"

"审讯早就开始了。咱们第一次见面的时候，我就在审讯您了，只不过您没有注意到而已。自从我投身于解开这道方程式，我就在审讯每一个人。而且有的时候，确实能审到有意思的内容。不过有时候，还是眼见为实。比如，我在弗里岑的梭子鱼盛宴上，就看到您和劳勒打招呼的方式超出了应有的热情的范畴。毕竟您是负责沼泽排干的官方代表，而他在那天晚上则恰恰号召大家反对这一项目。你们两个很熟吗？"

片刻间，马沙尔的额前浮现一片阴云，他紧皱眉头。不过他控制住了自己。"劳勒现在就在庄园里。您可以亲自问问他。"

---

① 马沙尔的名字（Marschall）与沼泽热的名称（Marschenfieber）在拼写上很相近。——译者注

293

"为什么您就是不承认呢，您不是都跟施麦陶说了吗？"欧拉摇了摇头，"劳勒是听命于您的。您才是'金狮子'的主人。"

马沙尔沉默了片刻。"没什么好隐瞒的，"他说，"劳勒是一个好雇员。能找到忠诚的人做帮手变得越来越难了。而且，我并没有大肆宣扬我自己拥有一家旅馆这件事，也并没有什么稀奇的。要赚点小钱，这是相当常见的方式。再说，给客人们提供一个好的落脚地，在我看来也无可指责啊。现在，我倒是很想知道，您的这些论据推导出了什么样的结果，亲爱的教授。也许我现在就能帮您澄清一些误解。"

"是您给格洛丽亚小姐和露露小姐付了赎身的钱。因此这两位女士才不必像其他人一样，失去自由，踏上去往美洲的路。我说得对吧？"

马沙尔骤然色变，神情严肃地说："我救了两条人命。"

"您刚才说到忠诚的雇员。我完全可以想象，劳勒对您是忠诚的。而且不只是忠诚。他还欠您很多钱。不仅他的妻子以及和他妻子要好的小姐妹要感谢您救了她们一命，他本人在黄金海岸破产之后您还给了他一个全新的开始。当国王抛弃了他和他的家人的时候，是您，把'金狮子'作为他的新家交给了他。从那以后，您就可以随意地调遣这个男人。他对您言听计从，甚至都不会用问题来烦您。而且，被您利用的还有他不得不对公众隐瞒的，他和黑人露露之间的真实关系。这件事让劳勒很沮丧，也让他不得不将自己孤立起来。这样一来，他就变得更加好用。您占尽了好处，一直在利用这个男人，就好比和一个农民下象棋。"

"我亲爱的欧拉，我们都在利用别人，或多或少，有意或无意。这是无法避免的。重要的是，利用他干什么。"

"我正要说到这一点，别着急。这么说吧：您的这局棋是非常孤独的。咱们第一次在您的庄园里见面的时候，您就曾经说过，您喜欢离国王在柏林的宫廷远一些。现在我明白了是为什么。因为，您不是腓特烈最忠诚的仆人，而是他最危险的敌人。"

马沙尔愕然地看着欧拉，过了一会儿才镇定下来。他左右不对称的脸上满是汗水。"你在胡说些什么？"他的声音中带着一丝严厉。

"您最怕的就是，这位国王最终成为历史上废除贵族制的那个伟大人物，怕他滚起的雪球再也收不住，怕他拉开了末日的序幕。怕他是一个像腓特烈自己所说的那样，只作为国家的仆人的国王，怕这个国家里所有的人最终都享有同等的权利。您拼尽全力试图阻止事情发展到这一步。"欧拉盯着对方，目光如炬。"否则您撒的关于家谱的那些谎就都白费了。"

"撒谎？撒什么谎？我不知道您在说什么。"

"我的手下鲁米告诉我：居斯阿普福医生说，油画上所谓的您父亲和您自己都有的局部面瘫并不是遗传病。得知这个消息以后，我在柏林的最高总理事会档案室做了调查。我发现，您出生于 1685 年，是但泽（Danzig）的一位商人的儿子。根据婚姻登记表中的记录，您的父亲并不姓克罗多德里克，而是姓马沙尔。您的家族源自苏格兰一个古老的贵族封地的说法纯属一派胡言。是一位姓柴德勒（Zedler）的先生把这些捏造的内容写进了 1739 年的《通用词典》（*Universal Lexikon*）里。据我所知，您和这位柴德勒先生私交甚密。他收了您的钱，所以接受了您提供的伪造的证书。"欧拉耸了耸肩，"您就是这样爬上去的。"

马沙尔用冷峻的目光看着他，没有做任何回答。欧拉接着说："这就是您行骗的事实，亲爱的塞缪尔·马沙尔。但这还没有结束，远远没有结束。因为遗憾的是，为了阻止腓特烈的政策付诸实践，您没有局限于您自己的影响力。即使那是骗来的，您还是

295

有影响力的。您凭借毕生的专业知识制订了一个邪恶的计划，制造出一种生化武器，妄图硬性阻断历史发展的自然进程。您让劳勒布置好了'金狮子'的7号房间，用于您不可告人的险恶目的。我敢打赌，他甚至一次都没有问过为什么要这样做。不过，想必他已经感觉到，事情有些不对劲。"

马沙尔把杯子端到嘴边，喝了一口茶，他的手微微有些颤抖。"那具体都是什么目的呢？"

"您选择了正对旅馆牲口圈的那个房间，是因为这样的房间里有蚊子不会引起任何人的怀疑。有大牲口在附近，人们受到蚊子的骚扰就不会觉得奇怪。而且，在您的安排下，有多个奥得沼泽委员会的成员都曾经入住这个房间。您无论如何都要阻止那些委员完成自己的工作。因此，您也一定希望我尽可能久地待在那个房间里，而不是马上开始我的巡视。所以，您才没有按照合乎礼仪的方式，邀请我那天晚上住在蓝夫特，而是让我在大半夜继续赶到弗里岑。您把这个房间布置成一个完美的陷阱，连最小的细节都没有放过——门框上涂了醋，还绑上了核桃枝，都是驱蚊用的，为了防止蚊子飞到旅馆的走廊里，您要把它们困在房间里。为什么那个房间里从来不放肥皂？——现在旅馆里提供肥皂已经是公认的标准。那是因为住客的体味越浓，您放出的那些小毒镖就越能准确地找到它们的目标。所有在7号房间住过的客人都受到了叮咬：马伊斯特、曲莫勒、赫尔勒姆，还有我自己。所有人都病了。爱喝红葡萄酒、喜欢享受生活的马伊斯特，在那儿住的几个晚上拍打着脸上的蚊子，最后中招了。还有曲莫勒，弯地的繁重工作让他的抵抗力下降，因此他也丢了性命。赫尔勒姆得益于弗里斯兰人的强健体魄，我则是因为去了雷文村，在那里得到了治疗，所以我们俩活了下来。"

"稍等，教授，我只是想确认一下，我是不是正确理解了您的意思：那么您是说，蚊子引起了所有的这一切？您不觉得这太过荒谬了吗？"

"并不荒谬。处心积虑，国务大臣先生，处心积虑。您的武器完全是隐形的。它可以随意变化，不会留下任何痕迹。是的：人们绝不会想到这些小东西和它们叮咬的小包会带来致命的结果。但是在非洲，人们知道，夺人性命的疾病就是以这种方式传播的。格洛丽亚小姐的描述令我印象深刻。而您，也是在那里了解到这些的。您自己就是在那儿被传染的。"

马沙尔摇了摇头，然后笑了起来。"您简直可以去写小说了，教授，不是吗？我不喜欢这种新式的谋杀，我还是更喜欢固守《圣经》里那些古老的、坚如磐石的文本。但是我的夫人最近也对荒诞的强盗故事感兴趣。或许您什么时候可以给她讲讲这个可笑的谋杀故事。还是您觉得，咱们应该直接问问劳勒？"

马沙尔指了指侧墙上黑帘遮盖的栅栏铁门。"他现在就在里面，正在享受蒸汽浴。把布帘拉上是为了让他不受打扰。但是他肯定会回答咱们提出的所有问题。教授，我跟您讲：在热气里坐上 20 分钟，然后用冷水冲个凉，您就会用全新的眼光去看待这个世界了。也许你那些荒谬的理论会因此重见曙光呢。"

"我倒是很想看看，这个房间里到底藏了什么。如果真是劳勒，我当然会问他的。"

"好！"马沙尔在前头，朝一扇狭窄的、还不到一人高的铁门走去。他拉开门闩，把门打开了一道缝。"劳勒先生，可以打扰一下吗？"

"有什么问题？！"劳勒的声音从里面传出来。

"进去吧，教授。"马沙尔转身朝向欧拉。"您看到了吧，咱们的劳勒就在这儿呢，正在享受他的轻松时刻。我确定，咱们很快就能把误会解释清楚。"

欧拉小心翼翼地靠近铁门。马沙尔把沉重的门闩拿掉，推开了门。欧拉看到了门框上挂着的核桃枝，闻到了涂抹在门框上的醋味。热气朝他涌来。劳勒穿着麻袋一样的粗布长袍，坐在那里蜷成一团。他的两只手被绑在背后，脚上捆着麻绳。一群蚊子正在他的周围嗡嗡叫着。

欧拉感觉到，马沙尔的手抓住了他，随后他就被推进了这个湿热而又狭小的房间。他定了定神，转过身来，但是马沙尔已经把门锁上了。欧拉听到，沉重的门闩被人从外面闩上了。

蒸汽浴

房间里很热，贴在墙上的浅色大号瓷砖上不断渗出水滴。每隔一块瓷砖上都有浅蓝色的画，主题是《旧约》里的内容。可以看到约拿（Jonas）和鲸鱼、巴别塔（der Turmzu Babylon）、施洗者约翰（Johannes）的头被交给莎乐美（Salome）的场景。地上放着正方形的箱子，上面都敞着口。欧拉慢慢地朝劳勒走过去，尽量让自己少出汗。他驱赶着从敞开的木箱里飞出的蚊子，给劳勒松了绑。

"好了，现在您可以自由些。要利用这一点，保持小幅度的移动。绝对不要坐着不动，不然蚊子会叮您的。但是动作也不能太快，或者幅度太大，因为那样会产生不必要的汗水，招引蚊子。"

劳勒伸展了一下身体，用他那双布满血丝的浅色眼睛看着欧拉："眼下让蚊子叮几下可能是我最小的麻烦了。"

"我可不这么想。因为它们会引发致命的高烧。"欧拉从上衣口袋里拿出一个圆形的锡盒。从盒子的封口处探出了一段灯芯。

"里面装的是江鳕鱼油和碾碎的柠檬香草叶。"他划着了一根火柴，送到灯芯的尽头。"浓烈的柠檬香气会迷惑蚊子，让它们找不到咱们的踪迹。"

劳勒站起身来，坚定地看着欧拉："咱们两个都很强壮，教授。咱们把门撞开吧。"

"那是铁的。您省省力气吧。急于行动只会招惹蚊子上身。倒不如利用这段时间，您给我讲讲，您和马沙尔之间是如何决裂的。他是不是对格洛丽亚小姐提出了非分的要求？"

"您怎么知道的？"劳勒惊讶地问。

"对于某些事我并不确定，但是我总是可以假设或高或低的可能性。咱们就不要再彼此隐瞒了，劳勒。我必须知道全部的真相。这可能会救我们的命。"欧拉拍了一下小臂，打死了一只蚊子。"这些畜生饿了。现在是日落时分，对咱们非常不利。而且雷雨马上就要来了，空气湿度变高会让它们更加活跃。"他挥舞着自制的油灯，转着圈。

"说吧。"

劳勒站了起来。"您要知道，那头猪一直以来都在勒索我。当我试图反抗时，他就指责我忘恩负义。我在他的'金狮子'旅馆干了这么多年，几乎相当于是白干。更别说露露了，她什么钱都拿不到。他说，他把露露安排在这样一个不显眼的位置上，我们应该感恩戴德。而格洛丽亚，他则强迫她在'腓特烈大帝堡'效力。所有的收入都归他所有。他说，所有的钱都要用于偿还那笔巨额债务：那笔当时他为她们两个人付的赎身钱。"劳勒激动地搓着他的红发，然后接着说："最近，他对格洛丽亚的要求越来越多，您明白我的意思吗？所以我出面干预了。但他说，他有权利要求格洛丽亚，他拥有要求一切的权利……他的四个孩子都夭折了。

他把这归罪于他的夫人。"劳勒迟疑了一下。"他想让格洛丽亚给他生一个孩子。他甚至都不在乎，孩子的皮肤可能会是棕色的。"他耸了耸肩，带着一丝绝望的神情看着欧拉。"今天晚上我到这儿来，就是为了告诉他，如果他再骚扰格洛丽亚的话，我就杀了他。他什么都不承认，表现得非常理智，而且态度和气。他表现得好像做了让步一样。——还邀请我来他的蒸汽浴室。说是这样可以冷静地把所有的事情都聊一聊。现在看来，他是把咱俩都囚禁了起来。但是，为什么呢？为什么还要抓您呢？"

"因为他要杀了咱们。"

这时门上的铁栅栏打开了。马沙尔毛发浓密的小臂朝他们伸了过来，一股浓重的味道随之散发出来。马沙尔的拳头紧握，手臂上的血管凸起。

"这是什么味道？"劳勒皱着眉头问。

"牛粪，"欧拉说，"他为了吸引蚊子，往自己身上涂了牛粪。"

"您说什么？"劳勒惊呆了。

"30 年以来，他自己身上一直携带着非洲的那种病毒。现在他想让蚊子吸他的毒血。好让它们把病传给咱们。"

马沙尔的声音传进来："您说得对，教授，你又说对了。您真是专家。也许是这世界上的最后一位全才了！等等，他们不就是这么说莱布尼茨的吗？啊！！"一只蚊子落在了马沙尔的胳膊上。又有一只落了上来。"吸吧！快点儿吸吧！"他像发疯了一样喊道。"彼得大帝曾经以为，烂掉的瓜是造成他的士兵全部病倒的原因。因此在波斯战争中他还禁止他的部队吃瓜。不，不是瓜的问题。哎，跟咱们同甘共苦的都是最优秀的人。但丁和彼特拉克都得过沼泽热。整个罗马帝国就是因此灭亡的。但是以前从没有人知道如何有针对性地利用这种病，把它当作一种武器。"马沙尔把脸移到通风窗前。他的脸看上去是扭曲的，左右两边几乎完全不对称。"我马上就要死了，教授。这您也知道吗？我复发的间隔……越来越短了。这是一个预兆。我的身体正在衰老……变得越来越虚弱。不，不，我的时间不多了。现在我就把最后一搏献给您！"

"马沙尔，别忘了您对国王的效忠誓言。"

"没错，教授。那是 1723 年。从那之后，尽我所能防止一切对国家不利的事情发生就是我的义务。是啊，沼泽热让我看清了一些事情。我变得更加敏感。更有远见：一个人的死亡，无论在这儿或者在那儿——是为了避免很多其他人的死亡。正如基督为我们而死一样，马伊斯特的死是为了顾全大局。现在，您的死也是一样，教授。我尊敬这样的牺牲，如果我还能，我会尽力让您的名字像太阳一样熠熠生辉。永垂不朽，教授，永垂不朽……上帝让国王坐上了他的王座。君主制度的终结将会是世界的末日。"国务大臣注视着欧拉，眼里闪着微黄的光。口水沿着他左边的嘴角流了下来。"很热，不是吗？热得能灼伤皮肤。就好像在非洲一样。在黄金海岸，我曾经无数次地诅咒这种炎热。它只对一件事有利：蚊子。沼泽热。"马沙尔摇晃着他的小臂。现在上面已经落了十多只蚊子，都在吸他的血。他放声大笑。"等这些小东西从我这里吸取了病毒之后，它们就会疯狂地交配，然后产下金色的卵。"

"所以，您让人在 7 号房间的盥洗台下面放了那个黑色的盒子。就是给蚊子产卵用的。"

"正确，教授，正确。当有人洗脸，有足够的水流进盒子里，蚊子就会到那里去产卵。然后幼虫就会开始孵化。也是一台不错的'机器'，您不觉得吗？"

"但您是怎么样把已经感染的蚊子从这儿带到旅馆的牲口圈的呢？"

"再简单不过了。饱餐了一顿之后，我的小金蚊子就会在蒸汽浴室的天花板上或者墙上的什么地方睡觉，消化。你可以用一个小管子把它们搜集起来，让信使飞速送到弗里岑。在那儿，我的好伙计劳勒就会把它们放到牲口圈天棚下面的那个盒子里——当然，劳勒还完全被蒙在鼓里……当同样对此全然不知的露露打开通风口的时候，那个盒子和 7 号房间的接口就敞开了。

"您还告诉我是为了科学研究！"劳勒愤怒地吼道。

"没错啊，亲爱的劳勒！是为了一项关于传染病传播的科学研究。从实践应用的角度。"马沙尔大笑。

"慢慢地，您成功地把那些真正能够传播非洲沼泽热的蚊子隔离了出来。"欧拉说。

"又是全对，教授。因为并不是所有的蚊子都可以。只有那些漂浮在水面上的虫卵才可以，而不像大多数蚊子卵那样悬浮在水里。"马沙尔满意地点着头。受高烧的影响，他的脸已经严重变形。这时劳勒冲上前来，还没等马沙尔反应过来，就抓住了他的手臂向下掰。劳勒用了极大的力气，疼得马沙尔大叫起来。国务大臣绝望地试图挣脱，但是劳勒的手就像一把钳子一样牢牢把他箍住，"把门打开，"劳勒狂怒地叫喊，"不然，我掰断您的骨头！"

"掰吧，掰吧。"马沙尔的牙缝里发出嘶嘶的声音，他再次尝试挣脱，但是劳勒一点一点地继续压低他的胳膊。马沙尔疼得又叫了出来，然后是咆哮，紧接着是咔吧一声。透过狭窄的方形窗，劳勒把负隅顽抗的国务大臣往瓷砖房的里边拉。忽然，马沙尔的身后出现了一个人。是接待欧拉的那个仆人。"主人，快！"来人大喊道。他十分紧张，因此一开始没能明白眼前发生的一切："您得来一下：大坝塌了，奥得河决堤了。大水冲到了排水闸，把托梁和桥冲走了。侧面的坝墙都没了。现在一切都在朝咱们这边涌来。整个村子都淹了。是破坏！坏人！哦，上帝啊！咱们得赶紧走了。夫人已经套好了马车。——但这是怎么回事儿？"

"快来帮我，该死的！"马沙尔还在设法挣脱。劳勒使出了全力，国务大臣在仆人的帮助下终于成功了。他的脸又一次出现在了那个小小的方形窗里。他得意地喊道："几分钟之后，这里就将被淹没，洪水将摧毁一切。也包括你们，先生们。还有所有的证据。不管是谁破坏了我们的大坝，现在他也帮我洗脱了罪名。我就知道：上帝会在必要时出手。"

"弗林斯"号

墨色的天空罩在沼泽上，好像一块裹尸布。由于水位很高，并且一直在上涨，欧达和鲁米没有走主河道，而是在沼泽中艰难前进。他们保持在通往雷茨村的方向上，但是拉斯舍支流（das Raßsche Fließ）将他们推向了西边，因此他们进入了巴尔多纳河，通过水流汹涌的公鸡沟，驶向蓝夫特。在河面上，到处都是水流遇阻产生的泡沫。欧达站在船头负责引路，盯着浅蓝色的洪流，一看到冒着泡沫的地方，就打一个绕行的手势。他们的船速极快，掌舵的鲁米必须眼疾手快，根据对欧达的手势迅速做出反应。

他们路过高卢的时候，天空开始闪电大作。他们一路沿着整个沼泽顺势而下，一直来到了径直垂下黑色深渊的终碛堤边缘。雷声隆隆，震得人直发抖。但是让河水在刚才的几分钟里迅速上涨的原因却不是天气，而是'海狸'们的大面积破坏造成的溃坝。这时他们来到了蓝夫特附近。一下子，教堂的塔楼和马沙尔的研究站映入眼帘，汹涌的洪水像一只巨大的手，拍打着小屋较长那一侧的墙。鲁米拼尽全力划着桨逆流而上：他额头上的青筋暴起，那双棕色的大眼睛目光坚毅。他感受到自己的肌肉在燃烧，能量已经消耗殆尽，码头就在几米远的地方，这时欧达大步冲了过去，跳到了岸上，迅速将缆绳绑紧。

鲁米也跳下船，蹚着齐膝深的汹涌河水，艰难靠近研究站。他逆着水流撑开了房门，这时洪水把整堵纵向的墙都推倒了——幸运的是，墙不是一下子倒的，而是一点一点向里坍塌，所以欧拉和劳勒才能得救，他们刚好来得及从房子里出来。鲁米让他们上了船，欧达解开了缆绳。

劳勒跟跟跄跄地进了舱房，筋疲力尽地躺倒在一张床上。莱昂哈德·欧拉站在掌着舵的鲁米身旁，转身回望蓝夫特。他们头上的天空突然亮如白昼，一道闪电劈下来，击中了教堂的塔楼，发出爆裂声。在前方的河岸边，洪水冲毁了研究站，与此同时，水流带着"弗林斯"号快速地朝弗莱恩瓦尔德的方向驶去。河水在那里渐渐平静了下来。在塔楼屋架燃烧的火光映照下，庄园的房屋犹如鬼影一般发着光。

尾声

内廷总管威廉·冯·施麦陶写了一份报告，以鲁米俊俏的字迹付诸纸上。报告里按照莱昂哈德·欧拉的陈述，围绕着工程师马伊斯特的死，以及其后发生的种种事件做了详细的说明。

腓特烈二世对此事一直保持沉默，直到塞缪尔·马沙尔死后才发表了自己的看法。国务大臣死于 1749 年 12 月 11 日，在带着在黄金海岸感染的沼泽热存活了三十年之后，病毒最终要了他的命。虽然关于他的真实来历和他的所作所为一直流言不断，但是马沙尔在有生之年并没有因此受到指控。为了平息流言，国王甚至在他死后不久颁布了一条内阁令，并在其中维护了这位他最重要的前国务大臣，还威胁说，每一个试图批评马沙尔的人都会引发龙颜不悦。另外，腓特烈还事无巨细地赞扬了马沙尔在排干沼泽一事上的功绩，并且强调，在这位已故的预算大臣（Etat-Minister）做出的诸多卓有成效的优秀业绩中，为奥得河围筑坝墙一事尤其值得称道。

玛丽安·卡罗琳·冯·马沙尔在蓝夫特重建了庄园，以修复那些以法伊特·马尔绍为首的"海狸"们造成的破坏。拦河筑坝的很大一部分费用都由她个人承担。她于 1752 年命人用粗石新建了一座教堂，用于致敬和纪念她的亡夫。和她已经故去的丈夫一样，她也拒绝缴纳分摊的筑坝费用，并且没有参与国王的下一步伟大行动，而是独立地开垦自己的领地。八年后，她接纳了第一批垦殖者，但并不是官方规划为蓝夫特分配的 34 个家庭，而是 6 个家庭。垦殖者组成的新的村庄被称为新蓝夫特，从此以后，人们就把蓝夫特称作老蓝夫特。

那条大运河，即奥得河新河床的建造工程又持续了好几年，并且遭到了沼泽居民的持续反抗。1753 年 7 月 2 日上午 11 点，通航仪式以庆典的形式举行：常驻沼泽的堤坝总建筑师西蒙·冯·赫尔勒姆从作为他临时住处的艾希霍斯特磨坊骑马赶到居斯特比泽，当着现场无数人的面宣布："毫无疑问，所有曾经与这项超出他们理解范围的伟大事业为敌的那些人，以及那些诽谤者们此刻都应该感到羞耻，因为如今硕果就在眼前，而且这个结果和他们以前理解的完全不同——是他们的能力限制了他们的理解，并且影响了他们的判断。"赫尔勒姆亲自铲了最后一锹沙土，倒入水中，填平了新的河床。

在很长一段时间里，奥得兰的土地上时时充满挑战。作为传染病的沼泽热折磨了居斯特比泽、弗莱恩瓦尔德和弗里岑一带的人们长达数十年。由于沼泽地的排干，蚊子的栖息地缩小，凶猛的沼泽热才渐渐收敛。大约在一百年之后，人们才开始使用疟疾（Malaria）这个词。

凶猛的洪水仍然困扰着人们：淹没一切的洪水。不少新来的移民都想再次离开，但是腓特烈下令禁止垦殖者离开这片经过改良的土地，否则将加以处罚。凡是逃离者，皆视为叛国。

1758 年 8 月 23 日，腓特烈大帝带领他的军队取道弗里岑附近的军工大路，雷厉风行地穿过已经排干的沼泽地，越过居斯特比泽的那座新桥，第二天就在曹恩道夫（Zorndorf）战役中给了措手不及的俄军凶狠的一击。这就是七年战争（der Siebenjährige Krieg），国王在这场战争中利用了他的地形优势，并且征集垦殖者服兵役。虽然因为他拒绝使用比较贵的铅管，所以无忧宫的大喷泉再也没有好用过，但是多年后，国王让这个国家的人口翻了一番，普鲁士也成了公认的欧洲强国。

莱昂哈德·欧拉在柏林一直住到了 1760 年。当他听从叶卡捷琳娜大帝的召唤回到圣彼得堡科学院的时候，腓特烈说，如果欧拉的船带着他的人和他那些无比复杂的曲线和方程式一起沉没的话，他也不会觉得遗憾。在沙皇的都城——顺便说一下，这座城市同样是建在一片排干的沼泽上——这位数学王子又丧失了他的左眼视力。从那时起，他就一直坐在那间由层层叠叠下落的数字构成的抽象的房间里，生活在破解他生活方程式的过程中——有时也会回忆起那个特别炎热的夏天，想起他曾经在奥得河穿越沼泽的过往。

　　文德人和沼泽渔民的文化就此消融了。就像雅克舍洞吞没了一切一样，兰度莫、法伊特、巴托克和欧达的，那个他们曾为之拼死战斗的魔幻的世界也沉没了。鲁米和欧拉回到了柏林，他再也没有见到过欧达。或许曾经见过，在某一天，在另外一个世界，比白昼更深的那个世界①。在那里，所有的方程式终将解开，所有的灵魂终将团聚。

---

① 出自尼采语录："世界很深，比白昼想象得更深。"——译者注

致　谢

这本书的成形跨越了超过十年的时间。在此我有很多人要感谢——而遗忘的沼泽却已把很多我要致谢的人吸入深渊，实属罪不可赦。写这本书的最初灵感来自我亲爱的以色列朋友、我的作家同行克利尔·津萨贝尔（Klil Zisapel）。是她告诉我，德国的兴起与其水路的发展息息相关。因此，我才乘着我的木篷船"阿顿"号（Aton）沿着古老的奥得河，穿越沼泽，一路到了弗里岑。我在当地最重要的联系人是德特勒夫·马尔肖（Detlef Malchow），他拿出了私人档案供我使用，还带我去品尝了地道的奥得鱼。昆虫学家多琳·瓦尔特（Doreen Walther）博士为我提供了宝贵的建议，黑尔格·坎彭（Helge Kampen）博士就蚊子作为潜在谋杀武器的讨论令我获益良多。从彼得·赫伯特（Peter Herbert）那里，我了解到关于奥得沼泽里甲虫的知识。而引荐工作则要归功于来自巴特·弗莱恩瓦尔德（Bad Freienwalde）的科杜拉·里尔格（Cordula Lillge），在这里也一并表示感谢。另外要致以诚挚谢意的还有莱因哈德·施穆克（Reinhard Schmook）博士，感谢他为我提供了关于奥得沼泽历史的精确信息……

关于贵族以及勃兰登堡奴隶贸易的所有问题，我要感谢于连·冯·赖岑施泰因（Julien von Reitzenstein）博士给予的指点。君士坦丁·萨卡斯（Konstantin Sakkas）为我提供了有关普鲁士历史的提示。文森特·普拉蒂尼（Vincent Platini）则为我翻译了马伊斯特及其家人的法语信件。我还要感谢蒂姆（Tim）和安妮·坦普林（Anne Templin），他们把我带到了他们在沼泽里的房子（而且从那里可以步行到达"潮手威利"现在的所在地），并且为我提供了理想的书桌。

在文学史方面，我要感谢克劳斯·米勒·撒尔格特（Klaus Müller-Salget）教授和来自西尔斯·玛丽亚（Sils-Maria）尼采故居（Nietzsche House）的彼得·维尔沃克（Peter Villwock）博士，本书的几个重要章节就是在那里完成的。另外，还要特别感谢试读本书的萨拉·埃尔莫（Sara Elmer）、萨拉·沃特菲尔德（Sarah Waterfeld）、康拉德·劳滕（Konrad Lauten），以及我的父亲沃尔夫冈·奥勒（Wolfgang Ohler）博士。此外，我还要感谢柏林普鲁士文化遗产国家机密档案馆的档案管理员，以及无与伦比的维拉（Velaa）私人岛岛主。我不仅要感谢我的经纪人马提亚斯·兰德威尔（Matthias Landwehr）的标题创意，还要感谢我的编辑卢茨·杜尔斯特霍夫（Lutz Dursthoff）的细心陪伴，以及我的出版商黑尔格·马尔肖（Helge Malchow）提供的一如既往的美好风景画。

译者后记

特奥多尔·冯塔纳（Theodor Fontane）曾把位于德国勃兰登堡州的奥得沼泽描述为"一幅美丽丰饶的图景"（Bild voll Schönheit und Fruchtbarkeit），这片土地同时展现着大自然的鬼斧神工与人类耕云播雨的卓绝能力。奥得沼泽能拥有今天的面貌，原因要追溯到腓特烈大帝执政时期。彼时这里还是一片荒蛮之地。在当地文德人古老的村落里，人们以捕鱼和零散的放牧为生，过着原始的生活。他们苦于每年两次的洪水带来的毁灭性破坏，同时也信奉着自己的神明。直到雄才大略的腓特烈大帝领导他的子民将这片长约 60 公里、宽约 17 公里的沼泽排干，将其改造成耕地，并在上面安置了数十个新的殖民村落，这一地区才获得了长足发展，拥有了一定的经济地位。

人口数量过少一度是困扰普鲁士王国的一个难题。尤其在两次西里西亚战争之后，增加国民数量更是腓特烈大帝作为统治者耿耿于怀的一件大事。1740 年，他曾就此断言："一个国家的强盛不在于国境线的扩张，而在于人口数量的增长。"因此，驯服奥得河、将沼泽的泥潭变成可供人民安居乐业的耕地，继而借此吸引外国移民的迁入，是普鲁士国王当时的强国之策。

然而，排干奥得沼泽的最初想法却并非来自于腓特烈大帝本人，而是他的父亲——腓特烈一世的遗愿。这位"士兵国王"见证了奥得河滚滚波涛的巨大破坏力，并决心将奥得沼泽变废为宝。

但他深知这一工程规模空前，必将耗资巨大，困难重重，因此他留下这句："我已老矣，此事留予我的儿子完成。"

1747年7月，在荷兰籍水利工程师西蒙·冯·赫尔勒姆的带领下，1600名劳工开始在奥得沼泽上筑坝防洪、挖渠排水。为保证此项目的顺利进行，腓特烈大帝特意委派时任柏林科学院物理数学所所长的欧拉计算奥得河的相关数据，为河道改流、筑堤围坝提供数据基础。洪水、疟疾以及原住民的抵抗都给沼泽排干工程造成了阻碍。1753年，这项宏大的工程终于竣工。此项目共计新建河道20.3公里，新增耕地32500公顷。腓特烈大帝命人在普鲁士之外招募垦殖者，并通过协议的形式保证来自波莫瑞、萨克森、施瓦本、弗兰肯、波兰、瑞典和波西米亚等地的移民获得各种优待，拥有宗教信仰自由，并为他们大幅减免赋税。最终，奥得沼泽上共出现了43个新的村庄。垦殖者的勤劳和沼泽土地的肥沃带来了丰硕的成果。奥得沼泽地区在19世纪成了普鲁士王国的粮仓，同时也是其首都柏林的一个重要蔬菜供给地。

本书作者诺曼·奥勒正是以上述史实为背景，通过详尽的史料调查，深入的实地考察，历经十数载完成了《生活方程式》这部小说的创作。小说通过丰富的人物刻画、浓厚的氛围渲染、入微的细节描述为读者呈现了一幅幅栩栩如生的18世纪奥得沼泽风情画。小说中的故事围绕着变革、恐惧、殖民等主题展开，在重现18世纪普鲁士王国的这一重大事件之余，也引人思索现代社会中的相似问题。

本书从写作风格来看属于自然小说。作为每一个章节的开端，作者都会用或是恬淡，或是激昂的文字为读者描绘奥得河以及奥得沼泽在不同时间里变化多端的样貌。翻译这些文字的同时，我也仿佛随作者一起，乘着那一叶小舟，徜徉在奥得河或是宽阔笔直，或是蜿蜒曲折的支流上，探寻着古人的踪迹。

本人有幸于 2018 年年末见到了这位才华横溢又勤奋内敛的青年作家，当时他来中国为他的另一本书《亢奋战：纳粹嗑药史》做推介。在交谈过程中，奥勒曾问我："翻译《生活方程式》这本书时，你觉得最难的地方是哪里？"我说，为了给奥得河里几十种鱼和王公贵族们的"奇装异服"找到准确的中文表述，我不知翻了多少字典，查了多少资料。但其实我知道，作为译者，我所花的这些工夫，可能都不及作者在为写作查找文献，以及实地考察过程中所投入精力的十分之一。但也许恰恰是这种需要在前期付出巨大努力，以充分挖掘史料细节就是历史小说的魅力所在。作者在为读者重现历史的同时，留有发挥想象的余地；读者则在紧张的情节和丰满的人物形象中，对历史事件的形成和发展拥有更生动的认知。

能承担本书的翻译工作对我来说实属一件幸事。这一方面是因为我十分喜欢本书的内容和写作风格，另一方面则是因为这项工作陪我走过了一段十分艰难的日子。很长一段时间，我无论走到哪儿都带着平板电脑，用沉醉于奥得河晨曦暮霭的方式来填满那些本可能困扰我的闲暇时刻。我想，这便是工作的意义吧！它让你忘却烦恼，它使你强大。希望广大读者也能在阅读过程中感受奥得河河畔的风光无限和美不胜收。

本书翻译的顺利完成首先要感谢社会科学文献出版社甲骨文工作室的编辑张骋老师一直以来的信任、适度的督促，以及对译文不足之处的修改建议。此外，我要感谢文学青年蒋雨峰作为本书中文版第一位读者对译稿的润色。感谢吴锡老师在我最初自我怀疑阶段给予的肯定与鼓励。最后，要感谢我的家人给我的爱和宽容。

程 巍

2020 年年末于北京

图书在版编目(CIP)数据

生活方程式 / (德)诺曼·奥勒 (Norman Ohler)著;
程巍译. -- 北京:社会科学文献出版社,2021.3
ISBN 978-7-5201-7896-9

Ⅰ.①生… Ⅱ.①诺… ②程… Ⅲ.①长篇小说－德
国－现代 Ⅳ.①I516.45

中国版本图书馆CIP数据核字(2021)第025151号

生活方程式 DIE GLEICHUNG DES LEBENS

著 者 / 〔德〕诺曼·奥勒 (Norman Ohler)
译 者 / 程 巍

出 版 人 / 王利民
组稿编辑 / 董风云
责任编辑 / 张 骋

出 版 / 社会科学文献出版社·甲骨文工作室(分社)(010)59366432
地址:北京市北三环中路甲29号院华龙大厦 邮编:100029
网址:www.ssap.com.cn
发 行 / 市场营销中心(010)59367081 59367083
印 装 / 北京盛通印刷股份有限公司

规 格 / 开 本:889mm×1194mm 1/32
印 张:10.125 字 数:223千字
版 次 / 2021年3月第1版 2021年3月第1次印刷
书 号 / ISBN 978-7-5201-7896-9
著作权合同
登 记 号 / 图字01-2017-5952号
定 价 / 62.00元